그대가,
내게로

그대가 내게로

1판 1쇄 찍음 2016년 5월 11일
1판 1쇄 펴냄 2016년 5월 18일

지은이 | 이은교
펴낸이 | 고운숙
펴낸곳 | 봄 미디어

기획·편집 | 정수경 김민지

출판등록 | 2014년 08월 25일 (제387-2014-000040호)
주소 | 경기도 부천시 원미구 소향로17, 304(두성프라자) (우)420-864
영업부 | 070-5015-0818 편집부 | 070-5015-0817 팩스 | 032-712-2815
E-mail | bommedia@naver.com
소식창 | http://blog.naver.com/bommedia

값 9,000원

ISBN 979-11-5810-216-6 03810

그대가,
내게로

이은교 | 장편 | 소설

contents

아현은 거울에 비친 긴장 어린 얼굴을 손바닥으로 톡톡 두들겼다.

어깨가 다 들썩일 정도로 깊게 한숨을 내쉬어도 무언가를 먹고 체한 것처럼 꽉 막힌 명치는 도통 뚫릴 기미가 보이지 않았다.

8년 만에 보는 면접이었다. 긴장을 하지 않으려야 않을 수가 없었다.

오롯이 취업을 하겠다는 일념 하나로 불타오르던 어린 날과는 확연히 다른 느낌이었다.

마지막으로 옷매무새를 깔끔하게 다듬고 화장실에서 나온 아현은 무거운 발걸음으로 인사팀 문을 조심스레 열었다.

이방인의 출현도 인지하지 못하고 일사불란하게 움직이는

직원들의 동선을 정신없이 살피는데 누군가가 알은체를 했다.

"어떻게 오셨어요?"

"안녕하세요. 오늘 면접 보기로 한……."

"아! 정아현 씨 맞으시죠? 오늘 최종 면접 보러 오신!"

"아, 네. 맞아요."

자신을 단박에 알아봐 주는 남자에 아현이 옅은 미소를 지으며 가볍게 목례를 취했다.

"이쪽으로 오세요."

남자의 친절한 안내를 받으며 아현은 회의실로 움직였다.

"이력서 보니까 여기서 집이 꽤 멀던데 얼마나 걸리셨어요?"

"한 시간 20분 정도 걸렸어요."

"와, 진짜 멀다. 오시느라 수고 많으셨네요."

남자의 너스레에 아현이 소리 없이 미소 지었다.

"잠깐만 기다리시면 저희 팀장님 오실 거예요. 차는 어떤 걸로 드릴까요?"

"괜찮습니다."

남자가 나가고 공허한 회의실을 건조한 눈길로 둘러보았다. 어디서나 쉽게 볼 수 있는 흔하디흔한 회의실이었다.

그러다 문득, 중앙에 앉아 마음에 들지 않는 프로젝트의 사안들을 살피며 느슨하게 넥타이를 풀던 재열이 떠올랐다.

그 무엇 하나 대충이라는 법이 없던 상사였다. 회의실 인테리어 하나에도 심혈을 기울였던 상사.

잘…… 지내고 계실까?

계절이 바뀌는 이 시기에는 꼭 한 번씩 독한 감기에 걸리곤 하셨는데…….

그리움과 걱정이 잔뜩 물든 염려조차도 주제넘은 일이라는 생각에 아현의 얼굴이 급속도로 씁쓸해져 갔다.

"반갑습니다."

시간이 얼마나 지났을까.

자꾸만 깊어지려는 과거에 대한 그리움을 떨어트리려 무던히도 애쓰던 아현은 회의실로 다급하게 들어오는 팀장을 보고 자리에서 일어나 목례를 취했다.

"많이 기다렸죠? 미안해요. 워낙 일이 많다 보니."

아현의 맞은편에 앉은 팀장은 턱 끝까지 흘러내린 땀을 손등으로 닦으며 멋쩍게 웃어 보였다.

"괜찮습니다. 얼마 기다리지도 않았어요."

한번 상념에 잠기면 시간이 어떻게 흘러가는지도 잘 인지하지 못하는 터라, 아현은 자신이 무려 30분이나 기다렸다는 것을 전혀 모르고 있었다.

"어디 보자……. 정아현 씨는 전에 있던 회사에서 꽤 높은 신뢰를 받고 있더군요."

이력서에 적은 경력이라고는 '쇼윈' 밖에 없기에 아현은 당혹스러움을 감추지 못했다.

그 기색을 읽은 팀장이 어색하게 미소 지으며 안경을 추켜올렸다.

"아, 아무래도 신뢰도가 중요시되는 직업이다 보니 이전 회사 근무 태도를 참고하게 되더라고요. 기분 나쁘게 생각하지는 말아 주셨으면 좋겠네요."

팀장의 호탕한 말에 아현은 대답 대신 쓴 미소를 지었다.

뭐라고 생각하실까.

가정에 충실하고 싶다며 단호하게 회사를 나온 직원이 다른 회사에 합격을 하기 위해 애쓰고 있다는 사실을 알게 되셨으니…….

재열이 어떤 표정을 짓고 있을지 도통 감이 오지 않아 걱정스러워 하던 아현은 속으로 가만히 자신을 비웃었다.

그런 것에 신경을 쓸 사람은 아니었다.

엄밀히 따지면 더 이상 자신의 상사가 아님에도 여전히 재열에게 연연하고 있는 스스로가 우습기까지 했다.

"저희 회사는 전에 일하셨던 엔터테인먼트 앤 미디어 사업인 '쇼윈'하고는 전문 분야가 아예 다른, 소프트웨어 개발을 다루는……."

아현은 자꾸만 퍼져 나가는 재열의 모습을 뒤로하고 회사 경영 철학부터 앞으로의 가능성까지 이어지는 자부심 충만한 팀장의 설명에 귀 기울이려 애썼다.

하지만 그럴수록 신경은 분산되고 머릿속에는 대표실에 앉아 있는 재열의 모습만 떠오를 뿐이었다. 아현이 격하게 고개를 내저었다.

"왜 그러세요?"

앞에 앉아 있던 팀장이 호기심 어린 눈빛으로 물었다.

"아, 아니에요."

"뭐 궁금한 사항 있으세요?"

"궁금한 건, 일하면서 물어보고 싶어요."

아현의 상냥하지만 꽤 당돌한 대답에 팀장은 만족스러운 미소를 띠었다.

"그럼, 다음 주 월요일 날 최종 합격 연락드리도록 하겠습니다."

오늘 면접을 볼 사람이 한 명 더 있지만, 자신은 인상 좋은 아현이 마음에 든다는 말을 덧붙인 팀장이 그녀를 엘리베이터 앞까지 배웅했다.

제발 합격하게 해 달라고 간절하게 빌었던 쇼윈 때와는 확연히 다른 기분이었다.

다른 분야를 다루는 회사인 데다 '경력직'이라는 타이틀을 달고 있어 그 정도의 일을 해내지 못할까 겁이 나는 건지도 모른다.

로비로 내려가는 번호판을 바라보며 한숨을 내쉬던 아현이 서서히 열리는 엘리베이터 문으로 시선을 돌렸을 때였다.

그곳엔 한때 너무나 익숙했던, 하지만 지금은 반가운 얼굴이 되어 버린,

"조금만 늦었어도 못 만날 뻔했네요, 우리."

그녀의 첫 직장 쇼윈의 대표 김재열이 서 있었다.

❋ ❋ ❋

"오랜만입니다."

고조 없는 중저음의 목소리가 두 사람 사이에 오래도록 맴돌고 있던 침묵을 뚫고 그녀의 귓가를 스쳤다.

"네. 정말 오랜만에 뵙네요."

창문을 통해 들어오는 다사로운 한줄기 빛에 반사된 그녀의 다갈색 눈동자가 그에게 잠시 머물렀다가 떨어졌다.

3년 만에 본 그는 크게 달라진 것이 없었다.

군더더기 하나 없이 다부져 슈트가 너무 잘 어울리는 몸매, 갈망에 차 있는 듯 촉촉한 까만 눈동자, 오뚝한 콧날까지.

여전히 주변에 있는 여자들의 시선을 단박에 사로잡고 있었다.

아이스 아메리카노에 투 샷을 넣는 것도, 커피를 마실 때 느슨하게 눈을 감았다가 뜨는 버릇도, 웬만한 테이블 밑으로는 들어가지 못하는 기다란 하체 때문에 비스듬히 앉아 오른쪽 다리를 꼬는 것도.

깊게 밴 추억 속의 그를 떠올린 아현은 입가에 옅은 미소를 띠며 커피로 입술을 적셨다.

"나름 괜찮은 상사라는 자부심이 있었는데 착각을 한 모양입니다."

주어 없는 그의 말에 아현의 커다란 눈동자가 휘둥그레졌다.

"그게 무슨 말씀이신지……."

"다시 일을 하게 된다면 당연히 저를 찾아올 줄 알았습니다."

아현이 쇼윈에서 일한 기간은 5년 정도였다. 처음엔 인사팀으로 입사했지만, 비서의 갑작스런 퇴사로 인해 공석이 되어버린 자리를 채우고자 임시로 투입이 되었다.

하나의 지시를 내리면 서너 개의 일을 완벽하게 수행해 오는 아현의 능력을 높게 산 재열이, 직속 비서로 정식 인사 발령을 내려 함께 호흡을 맞춘 게 4년이었다.

결코 다정다감한 상사는 아니었지만 괜한 트집을 잡거나 추태를 부리던 상사도 아니었다.

그 흔한 점심 한 번 같이해 본 기억이 없지만 상사인 재열에 대한 믿음과 신뢰는 꽤 두터웠다. 되도록 그의 단 한 명의 비서로 오래도록 머물고 싶었다.

3년이라는 결혼 생활의 종지부를 찍고 한국으로 귀국해 제일 먼저 들른 곳은 쇼윈 본사 앞이었다.

하루에도 몇 번을 들락날락했던 문인데 이제는 저 너머로 단 한 발자국도 내딛을 수 없다는 현실이 마음을 무겁게 짓눌렀다.

점심시간에 맞춰 한꺼번에 쏟아져 나오는 사람들 중 단연 돋보이는 재열을 본의 아니게 몰래 훔쳐보며 깊은 한숨을 되새기기도 했다.

한참을 두 눈에 옹골차게 들여놨던 쇼윈을 뒤로하고 돌아서는 길이 너무 멀게 느껴졌다.

집으로 돌아와선 구인 사이트에 공채조차 뜨지 않은 쇼윈의 이름을 몇 번이나 쳐 봤다.

쇼윈에 대한 그리움은 그렇게 아현의 손끝에서만, 마음 귀퉁이에서만 머물러야 했다.

돌아갈 수 없는 이유가 돌아가고 싶다는 막연한 그리움보다 더 많다는 것을 인정하는 데에는 생각보다 많은 시간이 걸렸다.

그리고 그걸 인정한 순간 다른 회사 공채를 보았다. 간신히 마음을 다잡고 면접까지 봤는데 이렇게 재열을 마주하고 있으니 또 욕심이 생긴다.

쇼윈으로 돌아가고 싶다는 욕심이.

그의 단 하나뿐인 비서로서 일하고 싶다는 과분한 욕심이.

유난히도 짙고 깊은 눈동자가 대답을 기다리듯 그녀를 두 눈에 꽉 담고 놓아주지 않았다.

문득, 변하지 않은 건 그의 외형만이 아니라는 생각이 스쳤다.

언제나 갈증에 이른 듯 자신을 옭매던 눈빛. 그 눈빛 또한 변하지 않았다. 아현은 자신을 향해 있는 재열의 눈동자를 살며시 피했다.

그녀가 조금 불편해하고 있다는 것을 인지했는지 재열이 시선에서 아현을 풀어 주었다.

"잘 지내셨어요?"

그제야 마음이 조금 편안해진 것을 느낀 아현이 뒤늦은 안부를 물었다.

"아니요. 잘 못 지냈습니다."

한 치의 망설임도 없는 무감한 대답에 아현의 낯빛이 눈에 띄게 어두워졌다.

애정이 많이 담겨 있던 직장이다 보니 퇴사 후에도 자연스럽게 관심이 갔다.

그래서 관련 기사는 꼭 읽어 보고 뉴스에 나오기라도 하면 하던 일을 만사 제쳐 두고 TV 앞에 앉았었다.

나쁜 소식을 들은 적은 한 번도 없었다.

사업가의 자질을 천성으로 타고난 재열의 판단은 언제나 옳았기에 아현이 그만두고도 회사는 그야말로 승승장구였다.

우리나라에서 내로라하는 톱스타의 영입에, 투자하는 드라마, 영화는 전부 흥행 행진을 보였고 발굴한 아이돌 역시 해외에서 다진 입지와 벌어들이는 수입이 어마 무시했다.

그러니까 즉, 잘 지내지 못했다는 재열의 말을 뒷받침할 만한 공적인 일은 없다는 게 아현의 생각이었다.

"무슨 안 좋은 일이라도 있으셨던 거예요?"

아현의 근심 어린 물음에 무심하게 손끝으로 커피 잔을 매만지고 있던 재열이 입술 끝에 작은 미소를 걸쳤다.

그게 좋아서인지 아니면 무언가를 비웃는 건지는 알 수 없었다.

"딱히 그런 건 없었는데, 잘 지내진 못했습니다."

입술 끝에 잠시 머물러 있던 미소만큼이나 묘한 대답이었다.

그 미소에 선뜻 말을 건넬 수 없는 자신의 상황이 아현은 그저 답답하기만 했다.

"걱정돼요? 표정이 딱 그런 거 같은데."

"안 된다면 거짓말이겠죠. 오래도록 함께 일했고, 저에게 참 좋은 상사셨어요."

"좋은 상사였다⋯⋯."

허탈함이 역력한 그의 말이 연기처럼 공기에 잠시 머물다 사라졌다.

재열은 눈썹을 살짝 들어 올리며 무언가를 망설였다.

그러다 굳은 마음을 먹고 습관처럼 관자놀이에 손을 올렸다.

"정 비서님에게 나에 대한 기억은 그게 끝인 거죠?"

뭐가 더 필요하냐는 듯 반항이 아닌 순진무구한 표정을 짓는 아현을 마주하며 재열이 조용히 고개를 끄덕였다.

"다행이네요. 그래도 좋았던 사람이라서."

여전히 알 수 없는 재열의 말을 들으며 아현은 앞에 있는 잔을 들었다. 코끝에 고소한 커피 향이 감돌았다.

"정 비서님."

목소리는 바로 어제 들은 듯 익숙하게 느껴졌다.

아현은 그렇게 생각하며 커피 잔에 두었던 시선을 재열에게로 돌렸다.

"네."

대답하고 싶다. '쇼윈'의 사원증을 목에 걸고 그 자리에서 서서 '네, 대표님'이라고.

"정 비서님의 기억 속에 좋은 상사는 나 하나였으면 싶은데. 과분한 욕심입니까?"

"네?"

"이렇게 나를 걱정해 주는 비서도 정 비서님뿐인 것 같은데. 다들 일 많이 시킨다며 싫어하더라고요."

"일이야……."

결코 적다고는 할 수 없지만 받는 대우에 비하면 충분히 감당할 수 있는 양이었기에 딱히 불만을 가져 본 적은 없었다.

"일들도 너무 못하고."

"……"

"그래서 이렇게 한달음에 달려온 겁니다. 더 이상 그 누구에게도 정 비서님을 뺏기고 싶지 않아서……."

카페에 퍼져 가는 잔잔한 클래식 음악 위로 실린 재열의 목소리에는 조금의 흔들림도 없었다.

그가 무슨 말을 하고 있는지 파악한 아현은 코끝이 괜스레 시큰해지는 것을 느꼈다.

돌아갈 곳이 있다는 사실에, 여전히 누군가는 그래도 자신을 원하고 기억해 주고 있다는 사실에 못내 안심이 됐다.

그것은 이곳에 오기까지 차갑게 굳어 있던 아현의 마음을 살며시 녹여 주었다.

뜨거워진 아현의 눈시울만큼 붉은 재열의 입술이 다시 떼어
졌다.

　　"쇼윈으로 돌아오시죠. 제겐 당신이 필요합니다."

제1화

눈을 뜨자마자 가야 할 곳이 생긴 아현의 발걸음은 제법 가벼웠다.

예전에 출근하던 습관대로 누구보다 일찍 회사에 도착한 아현은 건물로 들어가기 직전, 비치는 유리문을 보며 더할 것 없이 단정한 옷매무새를 다시 한 번 가다듬었다.

세상을 다 가진 것처럼 아현의 입가에 번진 미소는 사라질 기미를 보이지 않았다.

또다시 쇼윈의 일부분이 될 수 있는 기회가 찾아왔다. 이런 기회를 다시 쥐여 준 그날의 그 목소리가 여전히 이명처럼 아현의 귓가를 맴돌았다.

"제겐 당신이 필요합니다."

그러고 보니 그날은 경황이 없어서 알겠다고 대답만 했을 뿐 재열에게 고맙다는 인사조차 하지 못했다. 그것이 주말 내내 아현의 마음을 불편하게 억눌렀다.

고마움을 담아 점심을 좀 거하게 사야겠다고 생각하며 설레는 발걸음으로 막 건물 문을 밀고 들어설 때였다.

"아현아!"

뒤에서 들려오는 익숙하고도 반가운 목소리에 아현이 걸음을 멈추고 돌아섰다. 그곳엔 쇼윈에서 근무하는 동안 친하게 지냈던 언론&마케팅 1팀 팀장 연주가 서 있었다.

허겁지겁 뛰어오던 연주는 거의 넘어지다시피 아현을 끌어안았다.

"여전하시네요."

하루가 멀다 하고 덤벙대느라 넘어지거나 어딘가에 부딪히는 것이 특기인 연주를 부축하는 아현의 목소리에는 반가움이 잔뜩 묻어 있었다.

"여전한 건 너도 마찬가지인데? 어쩜 늙지도 않고 이렇게 똑같아! 계집애, 너 나만 늙으라고 남몰래 저주 퍼부었지! 정말 이게 얼마 만이야! 다른 회사 면접 보러 갔었다며? 그거 배신인 거 알아, 몰라! 나 안 보고 싶었어?"

아현은 갑자기 쏟아지는 소나기처럼 질문을 쏘아 대는 연주의 등을 다정하게 다독였다.

"이러다 숨넘어가시겠어요."

"숨 안 넘어가게 생겼어? 3년 전 결혼식 이후로 처음 보는 건데! 어쩜 국제전화 아까워서 전화 한 통 하기 싫디?"

힘겨운 결혼 생활 속에서 그래도 참아야지, 하며 스스로를 위로하고 달래는 동안 그리운 누군가의 목소리를 듣기라도 하면 모든 것을 포기하고 돌아와 버리고 싶은 충동이 들까 봐 아현은 쉽게 전화기조차 들 수가 없었다.

"죄송해요."

"그렇게 빨리 인정하지 마. 넌 그게 안 돼. 이런 핑계, 저런 핑계 일단 다 대 보란 말이야. 먹혀들어 갈지 누가 알아."

서운함이 만연한 연주를 아현은 적적한 눈길로 바라보았다. 연주가 자신의 이혼 소식을 듣고 속상한 마음에 괜한 투정을 부리고 있음을 소리 내어 듣지 않아도 느낄 수 있었다.

아현은 그 누구에게도 자신이 아프다는 걸 들키고 싶지 않았다.

할 수만 있다면 마지막으로 잡고 있는 지푸라기가 뜯어질 때까지 아니, 손쓸 새도 없이 거센 물길에 떠내려간다 해도 끝까지 버티고 싶었다.

자신이 그러쥐고 있었던 건 행복이 아니라 불행이었다는 사실을 깨달았기에 손을 쉽게 열어 볼 수가 없었다. 손에 쥔 것이 마음에 들지 않으면 버리면 된다는 것을 그때는 차마 알지 못했다.

손을 펴 볼 용기도, 버릴 용기는 더 없던 시리고 아린 기억들이 아현의 머릿속을 또다시 찔러 왔다.

"아침 안 먹었지? 예전에도 매번 일찍 출근한다고 아침 못 먹었잖아."

주위에 내려앉은 무거운 기운을 애써 떨어트리며 한 톤 밝게 묻는 연주의 노력을 배신하고 싶지 않았다. 그래서 아현도 자기가 지을 수 있는 최대치의 말간 얼굴로 연주를 마주했다.

"아직도 기억해 주시네요. 저희 자주 아침 먹던 그곳 아직도 있어요?"

주변에 소문이 자자할 정도로 맛있는 회사 직원 식당은 불행하게도 조식을 제공하고 있지 않았다.

"안타깝게도 거긴 없어졌는데, 재열이가…… 아니, 아니지. 대표님께서 추천해 준 곳이 있어!"

연주가 고개를 있는 힘껏 내저으며 말을 정정했다.

"내가 여기서 몇 년을 일하는데도 이 습관 고치기가 참 어렵다, 어려워."

연주와 재열, 그리고 회사의 모든 업무를 함께 총괄하고 있는 본부장 은석은 고등학생 때부터 죽마고우였다.

사업을 시작할 당시, 두 사람은 자신의 일처럼 팔을 걷어붙이고 적극적으로 나서 재열이 자리를 잡는 데에 단단한 버팀목이 되어 주었다.

적성에 안 맞는 공무원 시험을 준비하던 연주는 호적에서 파 버리겠다는 아버지의 협박에도 굴하지 않고 입사를 했고, 은석은 멀쩡히 잘 다니고 있던 IT 회사에 사표를 내고 재열의 피와 살이 되겠다는 거창한 포부와 함께 회사로 들어왔다.

20년 동안 의리에 죽고 의리에 살겠다고 결의하던 우정이 빛나는 순간이었다고, 세 사람은 소소한 술자리에서 흐뭇해하곤 했다.

"대표님 아직 출근 안 하신 거 같으니까, 후딱 먹고 오자."

연주는 비록 오래된 친구지만 낙하산이라는 소리가 듣기 싫어 회사나 그 근처에서는 언제나 호칭에 신경을 썼다.

"가격은 굉장히 저렴한데 나오는 반찬들 퀄리티가 굉장히 높아. 중독성이 강해서 그런지 계속 생각나고."

가게로 가는 동안 쉴 틈 없이 재잘거리는 연주를 아현이 마음 편하게 바라보았다.

차라리 이게 낫다.

이혼을 하고 한국으로 들어와 그동안 어떻게 지냈느냐, 많이 힘들지 않았느냐, 그때의 상처를 다시 꺼내 들어 헤쳐 놓는 이들보다 마치 어제 만났던 사람마냥 구는 연주의 배려가 마음을 더 편안하게 해 주었다.

유명세를 터트리던 배우 인호의 이혼 소식을 모르는 사람은 없을 것이다. 일반인 보호로 모자이크 처리가 되었지만 여전히 몇몇 포털 사이트를 뒤지면 아현의 얼굴이 버젓이 나왔다.

아현은 연주와 함께 가게로 가는 동안 종종 쏟아지는 눈길에 저도 모르게 몸을 움찔댔다.

"남의 일에 오지랖 떨 시간 있으면 지들 일이나 잘할 것이지. 남 일에 신경 쓰느라 시간 낭비하면서 매일 힘들다고 징징대는 것들 진짜 비호감이야."

연주가 아현을 안쪽으로 세우고 다정하게 팔짱을 끼며 투덜거렸다.

"다 들리겠어요."

"제발 좀 들었으면 좋겠네!"

그제야 힐끔거리던 사람들의 시선이 아현에게서 거두어졌다.

"팀장님⋯⋯."

"잘못한 거 없는데 기죽을 필요 없어. 그리고 저런 것들을 뭐하러 신경 써?"

아현의 이혼에 대해서 일절 말을 꺼내지 않으려고 했던 연주는 속상한 마음에 깊은 한숨을 내리쉬었다.

"이제 행복한 일들만 있을 거야. 걱정하지 마, 아현아."

"감사드려요. 그렇게 말씀해 주시는 거⋯⋯."

"근데 너 머리 자르니까 훨씬 세련되고 예쁘다."

연주는 애써 화젯거리를 돌렸다.

허리춤까지 내려와 질끈 묶고 다녔던 머리를 어깨 부근까지 잘랐다. 그걸 알아본 연주가 아현의 머리끝을 손가락으로 쓸어 넘겼다.

"팀장님도 변한 게 하나 있으신 거 같은데."

"어떤 거?"

"살, 많이 빠지셨죠?"

아현이 연주의 어깨 부근을 주무르며 말했다.

"어머, 티 나? 나 요즘 운동하잖아!"

연주는 언제 우울했냐는 듯 입이 찢어질 것처럼 웃으며 숨 넘어가게 좋아했다. 아현은 이런 연주의 순수하고 단순함을 귀여워했다.

"운동이요?"

"야근을 강요하는 건 아니지만 업무가 많다 보니 운동할 시간도 없다고 불만 갖는 직원들을 위해 우리 김 대표님께서 지하에 헬스장을 만들어 주셨잖아. 자기도 운동할 생각 있으면 괜히 돈 들여서 헬스장 등록하지 말고 거기서 해. 규모는 작아도 있을 건 다 있어. 샤워실에 찜질방, 거기다 캐비닛…… 어? 본부장님!"

대화를 나누다 보니 어느새 백반집 앞에 도착했다. 문을 열고 들어간 연주가 창가 테이블에 앉아 휴대전화를 만지고 있는 은석을 발견하고 반갑게 다가갔다.

"정말 오랜만이에요, 정 비서님!"

하지만 은석은 반가움에 달려드는 연주에겐 눈길조차 주지 않고 뒤에 서 있는 아현에게 손을 내밀었다. 그런 은석의 무심한 행동에 연주의 입술이 일시적으로 다발 튀어나왔다가 제자리를 찾았다.

"오랜만에 뵙습니다, 본부장님. 잘 지내셨죠?"

"다시 들어오신다는 소식 듣고 얼마나 기뻤는지 몰라요."

그는 진심으로 기뻐해 주고 있었다. 맞잡은 따뜻한 손이 그렇게 말해 주었다.

은석과는 업무적으로 부딪힐 일이 많이 없었지만 아현은 언제나 오고 가며 자신을 따뜻하게 대해 주던 은석이 고마웠다.

가끔 일이 힘들어 옥상에서 숨죽여 울 때면 커피 한 잔을 건네며 재열의 욕을 실컷 해 주던 상사였다.

물론, 진짜 재열을 싫어해서 하는 욕이 아니라 '재열도 알고 보면 인간적이다' 라는 것을 간접적으로 말해 주는 선의의 욕이었다.

은석과 대화를 하고 내려오면 그렇게도 무서웠던 상사 재열이 조금 귀여워 보이기도 했었다.

"그렇게 생각해 주셔서 감사드립니다."

"아니요. 진짜 감사한 건 저죠. 다시 돌아와 주셔서 진짜 감사드립니다, 정 비서님."

말을 반복하며 강조하는 은석의 모습에 아현이 어리둥절한 얼굴로 옆에 앉은 연주를 바라보았다.

"너 없는 동안…… 아이고, 말도 마. 성격답지 않게 별거 아닌 걸로 트집 잡고……. 아휴! 내가 그때 비서들 달래느라 들인 술값만 해도 거짓말 조금 보태면 강남에 빌딩 산다."

연주는 생각조차 하기 싫다는 성가신 얼굴로 말하기를 꺼려했다. 그러자 은석이 바통 터치 하듯 말을 이었다.

"저 녀석 정 비서님 그만두시고 3년 동안 퇴사시킨 비서가 무려 열 명이 넘어요. 인사팀 직원들이 신경쇠약에 걸릴 정도였다니까요. 제가 여기저기 눈치 보고 다니느라 얼마나 힘들었는데요."

은석의 시선 끝에 재열이 서 있었다. 굳게 다문 입술을 살포시 떼어 내 담배를 무는 그를 아현이 적적하게 바라보았다. 깊게 밴 담배 연기가 허허롭게 공중에서 흩어졌다.

무감한 얼굴로 뿌연 연기를 보던 재열의 짙은 눈동자가 느긋하게 감겼다가 떠졌다. 시선을 느꼈는지 그의 눈동자가 잠시 주위를 더듬거리더니 이내 가게 안에 있는 아현과 마주쳤다.

아현을 자신의 두 눈으로 꽉 잡아매며 재열이 입가에 옅은 미소를 띠었다. 마치, 괜찮다고 말해 주는 것 같은 그 미소에 어쩐지 아현은 위로를 받았다.

담배를 지져 끄고 문 쪽으로 향하는 재열의 동선을 말없이 눈길로 좇았다.

"근데 오늘 백반 메뉴 뭐예요?"

옆에서 열심히 수저를 세팅하고 있던 연주가 매우 들뜬 목소리로 은석에게 물었다.

"몰라. 궁금하면 한 팀장이 직접 물어봐."

아현의 기억 속 은석은 연주에게 항상 다정한 남자였다. 그랬기에 지금 들려오는 시큰둥한 목소리가 적응이 되지 않았다.

"본부장님."

연주의 부름에 은석이 '왜'라고 써져 있는 것 같은 반항적인 눈동자로 그녀를 응시했다.

"저한테 뭐 화난 거 있으세요?"

"화? 화났냐고 물었어, 지금?"

"네."

"내가 한 팀장한테 화낼 게 뭐가 있어. 추진력 있게 일 잘하고 회사를 위한 거라면 발 벗고 나서서 항상 희생하는데. 한 팀장한테는 화 안 났어."

두 사람 사이에 무슨 사달이 났어도 단단히 났던 모양이다. 별명이 '부처'일 정도로 인내심이 깊고 사람들에게 친절하며, 특히 아현의 앞에서는 매너 있고 사람 좋은 모습만 보여 주던 은석이 이렇게 심술궂은 얼굴을 하고 있는 것을 보면 말이다.

"말씀이 묘하시네요. 그럼 한 팀장한테는 화 안 나고 다른 사람한테는 화가 난 모양이시죠?"

"글쎄."

"혹시 해서 묻는 건데, 그 다른 사람이 한연주인가요?"

부정하지 않은 은석이 컵의 물을 단번에 비웠다. 아현은 살짝 긴장하면서도 은근히 흥미진진한 얼굴로 두 사람의 싸움을 지켜보았다.

연주가 주변을 산란하게 둘러보았다. 회사 사람으로 보이는 사람은 단 한 명도 없었다.

"박은석."

"이제 막 나갈 생각인가 봐, 한 팀장."

"네 친구인 한연주로서 말하는 거니까 존대 받을 생각하지 말고 들어."

그제야 은석도 위협적이던 눈빛을 거두었다.

"너 진짜 요즘 왜 그래? 나한테 뭐 화난 거 있어?"

연주가 은석에게 따지고 물을 때, 재열이 아현의 맞은편에 앉았다.

순간 일어난 미세한 바람에 독한 담배 연기가 아현의 코끝을 괴롭혔다. 아현은 자신도 모르게 미간을 찌푸렸다가 스쳐 지나가는 재열의 시선을 느끼고 얼른 표정을 고쳤다.

"아휴, 담배 냄새! 밥 먹는데 입맛 떨어지게!"

"넌 좀 떨어져도 되지 않을까."

표정 하나 바뀌지 않고 심각하게 던진 재열의 농담에 연주가 흥분하며 방방거렸다.

"무슨 소리야? 아현이가 나 보자마자 살 많이 빠졌다고 그랬거든!"

"많이 빠지긴 했지."

하지만 별로 달라진 건 없다는 듯한 재열의 반응에 연주가 콧방귀를 끼며 오늘따라 유난히 자신을 상대해 주지 않는 은석을 있는 힘껏 노려보았다.

"20년 지기 친구라는 것들이 한 명은 맨날 돼지라고 놀리고 한 명은 없는 사람 취급하며 무시하는 게 전부라니. 내가 인생을 헛살아도 한참을 헛살았어."

연주가 '나 좀 위로해 줄래, 아현아?' 하며 말을 덧붙이기가 무섭게 재열과 은석이 주문한 백반이 먼저 나왔다.

"이모, 저희 여기 백반 두 개 더 추가해 주세요."

"그중 순두부 하나에는 조개 빼 주세요."

재열이 돌솥에서 펄펄 끓고 있는 자신의 순두부에서 조개껍질을 걸러 내며 말했다. 연주가 어리둥절한 얼굴로 아현을 바라봤다.

"너 조개 못 먹어?"

"네? 네……. 갑각류 알레르기가 있어서……."

비서로 발령받고 얼마 되지 않아서 가진 회식 자리었다. 술에 취해 모르고 먹게 된 조갯살 때문에 아현은 급성 고열로 정신을 잃고 말았다. 나중에 들은 소리인데, 구두를 신다가 쓰러져 버린 아현을 들쳐 업고 병원까지 직접 뛴 사람은 재열이었다고 했다.

고맙다는 말을 전하던 아현에게 재열은 그 자리에서 유일하게 술을 마시지 않은 사람이 자기뿐이었다며 어쩔 수 없는 선택이었음을 강조했다.

7년도 더 된 일이니 참 오래전 얘기다.

그걸 아직도 재열이 기억해 주고 있다는 사실에 놀라던 아현은 밥뚜껑을 열 듯 말 듯 망설이고 있는 그의 손끝을 바라보았다.

자신이 갑각류 알레르기가 있듯 재열은 유난히도 뜨거운 것을 잘 만지지 못했다.

추운 겨울, 출장을 갔다 쉴 틈도 없이 바로 회사로 돌아온 재열에게 뜨거운 생강차를 가져다줬다가 그대로 바닥에 떨어뜨려 컵을 깨뜨렸던 추억이 머리를 스쳐 지나갔다.

음식을 먹다 입을 데는 일도 많았다. 겉모습만 보면 전혀 그럴 것 같지 않지만.

그 정도로 그는 뜨거운 것을 잘 만지지 못했고 싫어했다.

"제가 열어 드릴게요! 아, 뜨!"

아현이 얼른 재열의 밥뚜껑을 열어 주었다. 하지만 생각보다 뜨거운 밥뚜껑에 기함하며 손가락을 입술로 앙, 깨물었다.

"괜찮아?"

옆에 앉아 있던 연주가 덩달아 놀라 아현의 손목을 잡으며 걱정스럽게 물었다.

"괜, 괜찮아요."

괜한 호들갑에 민망해진 아현이 멋쩍게 웃으며 대답했다. 앞에서 자신보다 놀란 듯한 재열의 당황해하는 눈동자를 보니 더 미안함이 들었다.

"별거 아니니까 신경 안 쓰셔도 돼요."

"아무튼, 김재열 넌 뜨거우면 얼마나 뜨겁다고 그걸 머뭇거리고 있어서 앞에 있는 아현이를 불편하게 만들…… 악! 뜨거!"

재열에게 핀잔을 퍼붓던 연주는 마침 나온 자신의 밥뚜껑을 열다 테이블 위에 그것을 거의 던지다시피 하며 고함을 내질렀다.

"괜찮아? 어디 봐! 많이 다친 거 아니야? 병원 가 봐야 되는 거 아니냐고!"

그러자 시종일관 아무 관심 없다는 듯 밥만 먹고 있던 은석이 자리에서 벌떡 일어났다. 그는 연주의 손가락을 자신 쪽으로 끌어당기며 호호 바람을 불어 넣었다.

순간, 분위기는 찬물을 끼얹은 것처럼 썰렁해졌다.

"박은석."

"이거 흉 지면 어쩌지?"

"너 왜 이렇게 호들갑이야? 더 민망해지게."

연주의 말이 끝나자마자 그녀의 손을 홱 하고 놔 버린 은석은 다시 밥 먹는 데 집중을 하기 시작했다.

"쟤 왜 저러니, 진짜……."

그런 두 사람이 귀여워 자꾸만 비집고 나오려는 웃음을 가까스로 참던 아현은 순간, 자신의 시야로 불쑥 다가온 손등을 의아하게 바라보았다.

재열이 태연하게 아현의 밥뚜껑을 열어 주고 있었다.

"대표님, 안 뜨거우세요? 원래 뜨거운 거 잘 못 만지시잖아요."

"괜찮으니까 먹어요, 얼른."

표정은 굉장히 태연했지만 아현은 보았다. 재열이 의자 뒤에서 손을 빠르게 털며 열기를 식히고 있는 것을. 하지만 모른 척했다. 때로는 모른 척하는 것이 상대방을 보호해 주는 방법이기도 하니까.

"잘 먹겠습니다!"

연주의 우렁찬 인사와 함께 그들은 식사를 시작했다.

"재열아, 순두부 맛있지?"

한참 밥을 먹다 연주가 질문하자 재열이 고개를 내저었다.

"너무 뜨거워서 무슨 맛인지 모르겠어."

"넌 애도 아니고 왜 그렇게 뜨거운 걸 못 먹냐? 좀 인내를 갖고 천천히 음미하면서 먹어 봐."

재열은 연주의 말을 그대로 무시하며 보란 듯이 밥에 찬물을 말았다.

"한 팀장, 대표님은 대표님 스타일로 식사를 하시는 거니까 한 팀장은 그 입을 이제 그만 먹는 데에 쓰는 건 어때?"

"여태 먹는 데만 썼는데 뭘 또 먹는 데만 쓰라고 그래, 너는."

은석과 재열의 주고받는 말에 연주의 얼굴이 금세 태양을 집어 삼킨 것처럼 붉으락푸르락해졌다.

"두고 봐! 나 이번에는 살 진짜 제대로 빼서 놀라게 해 줄 거야, 오늘은 시킨 거 버리기 아까우니까 딱 이거까지만 먹는데! 아무튼 두고 봐, 니들!"

"저 말만 20년째지. 우리가."

허탈한 듯한 은석의 말에 재열이 웃음을 터트렸다. 그리고 한마디 덧붙였다.

"근데 앞으로 더 듣게 될 것 같지 않냐?"

"니들 진짜!"

예전도 느꼈던 거지만 이 세 사람과 함께 있으면 참 웃는 일이 많다. 그중 재열이 가장 그렇게 보이긴 했다.

회사에서는 언제나 경계하며 차갑게 행동하는 재열이 친구들 앞에서 아이처럼 스스럼없이 웃는 것을 보자 자장가를 불러 주는 것처럼 마음이 편안했다. 스치는 시야로 슬그머니 자

신의 빈 잔에 물을 채워 주는 재열의 손길을 보며 오랜만에 든
든하고 따뜻한 아침을 먹었다.

그리고 절실히 느낄 수 있었다.

자신이 정말, 그토록 원했던 쇼윈에 다시 돌아왔다는 사실
을.

＊　　　＊　　　＊

아침을 먹고 사무실로 올라온 재열은 미적지근한 공기 중으
로 뜨거운 한숨을 토해 내며 맨 끝 책상 서랍을 열었다.

유리로 만들어진 명패에는 아현의 이름이 선명하게 적혀 있
었다.

한 번도 잊어 본 적 없는 이름이었다. 하루에도 몇 번이고
꺼내 한참 동안 두 눈에 담고 손끝으로 어루만져 어느새 조금
낡아 버린 명패였다.

이렇게 매일 제 품 안에서만 머물며 감당하기 버거운 그리
움으로 숨통을 조일 줄 알았는데…….

서랍에 박혀 누군가에게는 잊혀져 갔던 명패가 다시 주인의
곁으로 돌아갈 수 있다는 것이 마음을 벅차게 만들었다. 재열
이 손으로 명패의 단면을 부드럽게 쓸었다. 손바닥에서 느껴
지는 서늘함과 딱딱함이 더 이상 싫지 않았다.

그녀와 함께 일했던 4년이란 시간 동안 재열은 고백 한 번
해 보지 못한 지독한 짝사랑을 했다. 그녀의 곁에 있는 남자를

보며, 몇 년 후 그녀가 건네는 청첩장을 보며 마음을 접어야지 하면서도 쉽게 되지 않았다.

눈치채지 못하게 스며든 사랑을 깨달은 후에는 이미 욕심을 내서도 안 되고, 품에 안을 수도 없는 다른 남자의 여자가 되어 있었다.

그런 그녀가 혼자가 되어 돌아왔다.

쉽게 아물지 않을 것같이 깊은 상처가 새겨진 마음으로 혼자가 되었다.

인사팀에 들렀다가 우연히 그녀가 새로 일자리를 구하고 있다는 소식을 접한 순간, 재열은 한 치의 망설임도 없이 그녀가 있는 곳으로 달려갔다.

외로운 기로에 혼자 서 있게 만들고 싶지 않았다. 아니, 조금 더 솔직하게 말하자면 그녀를 다시 곁에 두고 싶다는 거센 욕망 때문이었다.

"정아현……."

재열은 대답을 들을 수 없어 소리 내어 불러 보지 못했던 그 이름을, 되새기면 되새길수록 더욱 아프게 조여 오는 그 이름을, 가장 가까운 관계에서 불러 보고 싶었던 그 이름을 처음으로 소리 내어 불러 보았다.

"……."

모두가 말하듯 몸이 멀어지면 마음 또한 멀어질 수 있을 거라 단언했다. 하지만 그것은 마치 재열을 조롱하기라도 하듯, 몸속 이곳저곳에 깊숙하고도 진한 그리움을 기생시켜 그의 삶을 여기저기 파헤쳐 놨다.

그녀로 인해 그의 밤은 언제나 외로웠다.

그렇다고 다른 남자의 여자가 된 그녀의 불행을 바란 적은 없었다.

이렇게 혼자 아파해도 그녀가 행복할 수만 있다면 이깟 고통쯤이야 얼마든지 감당할 수 있었다.

그리고 그녀와 다시 재회한 순간, 재열은 다짐했다.

이제 그 누구도 그녀에게 상처 따위 줄 수 없다고.

이제 그녀를 절대, 그 누구에게도 뺏기지 않겠다고.

이제 그녀를 반드시 자신의 품에 안을 것이라고.

재열은 명패를 들고 나와 군더더기 없는 발걸음을 옮겼다. 다시 돌아온 감회가 새로운지, 주위를 천천히 훑으며 책상을 어루만지는 뽀얀 아현의 얼굴에 심장이 사정없이 뛰기 시작했다.

이제 정말 볼 수 있구나.

고작 몇 발자국만 걸으면 그녀를 볼 수 있다는 사실에 재열은 자신도 모르게 입술 끝이 깊게 파일 정도의 미소를 지었다.

"큼."

인기척을 어떻게 내야 할지 몰라 괜히 헛기침을 하며 아현의 자리 바로 앞에서 걸음을 멈췄다. 그를 오래도록 기다리게 만든 줄 안 아현이 놀라 자리에서 일어났다.

"대표님, 언제 나오셨어요?"

"방금요."

재열이 어색한 손동작으로 활짝 문이 열려 있는 자신의 사무실을 가리켰다.

"나오신 지 한참 되셨는데 제가 눈치 못 챘는 줄 알았어요. 뭐 필요한 거라도 있으세요?"

재열은 대답 대신 명패를 아현의 책상 위에 올려놓았다. 그 명패를 보는 순간, 아현의 눈동자가 사정없이 일렁였다.

"이걸…… 아직도 가지고 계셨던 거예요?"

아현이 애틋하게 명패를 어루만지며 물었다.

"맡아 달라고 했잖아요. 그건 언젠가 찾으러 온다는 뜻이기도 하니까."

재열이 직접 디자인에 제작까지 한, 오롯이 아현만을 위한 선물 같은 명패였다. 직원들 모두가 생일날 그 선물을 받던 아현을 부러워했었다.

그렇게 정성이 들어간 것을 퇴사한다고 쉽게 버릴 수는 없었고, 미련이 남을까 봐 선뜻 가져갈 수도 없었기에 빈말로나마 맡아 달라고 했던 거였다. 다시 찾게 될 거라고는 예상하지 못했지만 재열이 여태 이것을 가지고 있을 줄은 더욱 예상하지 못했다.

이 명패를 보며 무슨 생각을 했을까…….

본의 아니게 그를 기다리게 만든 것이 너무 미안해져 왔다.

"죄송해요……."

자신의 실수를 대충 무마시키려고 만든 방패막이 같다며 재열이 참 싫어했던 말이었다.

미안해할 필요 없다고, 어차피 당신이 저지른 일 당신이 감당하면 되는 일이라고, 첫날 잘못 전달한 일정 때문에 소속 연기자의 스케줄이 통째로 날아갔을 때 들었던 말이다.

물론 당장 현장으로 날아가 감독에게 사정해 실수는 무마했었다. 일을 수습하는 모습을 보고 재열의 신뢰를 받게 되긴 했지만 뼈저리게 결심한 것이 하나 있었다.

그에게 절대, 공적인 일로는 죄송하다는 말을 할 일을 만들지 않겠다고.

"정말, 죄송합니다."

다시 한 번 사과를 하며 아현의 고개가 바닥으로 힘없이 떨어졌다.

"고개 들어요."

머리 위에서 들려오는 재열의 목소리에 아현은 바닥에 떨어졌던 고개를 천천히 들어 올렸다.

"어디에서도 고개 숙이지 말아요. 정아현 씨는 고개 숙일 이유 없으니까. 죄송할 일은 더욱 없고."

그 누구도 고개 숙이는 자신을 위로해 주지 않았던 지난날을 떠올리며 아현은 재열의 작은 위로에 코끝이 시큰해짐을 느꼈다. 얼른 고개를 내저으며 급하게 가면을 뒤집어써야 했다.

"여러모로 정말, 감사드립니다. 대표님……."

아현의 감사의 말이 끝남과 동시에 둘 사이에 어색한 기류가 흘렀다.

이야기는 어느 정도 마무리가 된 것 같은데 재열은 마치 할 말이 남은 사람처럼 자리를 쉽게 떠나지 않고 있었다.

확실한 무언가가 필요해서 머무는 것이 아닌 어정쩡한 모습이었다.

"저, 대표님. 뭐 필요하신 거라도……."

"의자는 좀 괜찮아요?"

"의자요?"

뜬금없는 의자 타령에 어리둥절해진 아현이 자신의 의자를 바라보았다.

"네. 의자가 좀 많이 낡았던 거 같아서 새로 바꿨는데."

재열이 대뜸 아현의 의자에 앉더니 몸을 뒤로 획획 젖히고 버튼을 잡아당겨 위아래로 움직였다. 그리고 굉장히 만족스러운 목소리로 말했다.

"뭐, 편할 것 같긴 하네요. 쿠션도 푹신하고."

"여러모로 신경 써 주셔서 정말 감사드려요."

별거 아니라는 듯한 얼굴을 하던 재열이 여전히 할 말이 남아 있는 사람처럼 괜스레 관자놀이를 긁적이며 두리번거렸다.

"아, 인터넷은 어때요?"

"인터넷이요?"

"네. 그때 인터넷이 느린 원인이 컴퓨터 때문일지도 모른다고 하기에 바꿨는데."

"아…… 어쩐지, 전보다 로그인 하는 과정이 좀 빠른 거 같더라고요."

"다행이네."

상냥하게 웃으며 대답하는 아현의 모습에 재열이 여전히 의자에 앉은 채로 낮게 고개를 끄덕였다.

"저, 대표님⋯⋯."

"이 앞에 있던 편의점, 앞쪽 사거리로 이전한 거 알아요?"

"아, 정말요? 어쩐지, 뭔가 바뀐 거 같기는 했는데 편의점이 없어졌던 거구나."

"자주 갔던 것 같아서. 아, 그리고 명함 신청은 해 놨어요. 내일 점심쯤 올 거예요."

"아, 맞다. 명함."

"새로 입사한 직원들도 있고 퇴사한 직원도 있어요. 이따가 나랑 같이 내려가서 부서별로 인사 한번 해요."

"네. 그렇게 하도록 하겠습니다."

"근데 혹시, 오늘 점심에 약속 있어요?"

"점심이요?"

"그, 여기서 리엔 매니저로 일했던 민구 생각나요?"

"민구 씨요?"

자신의 원래 꿈은 개그맨이었다며 종종 콘티를 짜 와서 선보이곤 했던 아이돌 매니저였다. 장단을 잘 맞춰 주었던 아현의 퇴사 소식을 듣고 연주 다음으로 아쉬워했던 인물이기도 했다.

"그러고 보니 민구 씨하고도 인사를 해야 하는데."

"그 친구 퇴사했어요."

"퇴사했어요?"

아현이 아쉬워하며 물었다.

"왜 그렇게 아쉬워해요? 많이 친했어요?"

"네. 전 많이 친했다고 생각해요."

"아…… 그렇구나."

착각이라면 착각일까, 아현은 재열의 얼굴에 떨떠름함이 잠시 번졌다가 사라지는 것을 봤다. 혹시 자신이 실수라도 했나 싶어 걱정스럽게 재열을 올려다보았다.

"그 친구 이쪽에서 아예 발 떼고 마포 쪽에 이탈리아 레스토랑 차렸거든요."

하지만 재열은 어느새 평소의 무감한 얼굴로 돌아와 대답했다.

"이탈리아 레스토랑이요?"

예상치 못한 얘기에 아현이 실소를 터트렸다. 정말 상상해 본 적 없는 엉뚱한 소식이었다.

"언제 가서 밥 먹는다고 했는데, 한 번도 먹은 적이 없어서……. 아현 씨 안부도 줄곧 물었으니까 오늘 같이 가죠. 마포 간 김에 KBS 들러서 오늘 생방송으로 컴백하는 애들도 좀 보고."

재열은 자신의 제안을 아현이 거절할까 싶어 입술이 바짝바짝 말라 왔다. 구구절절 핑계 아닌 핑계를 대고 있는 자신의 모습이 조금 덜떨어지게 느껴지기도 했다.

하지만 그런 걱정과 달리 아현은 미안해하는 표정이 아닌,

환한 미소를 지어 주었다.

"전 좋아요. 대신, 조건이 있어요."

"조건이요?"

"그 점심 값 제가 내게 해 주세요."

"아니요. 제가 먹으러 가자고 했으니까 제가 내죠. 다시 돌아온 기념으로 사는 거라고 생각하세요."

"제가 먼저죠. 돌아올 수 있는 기회를 주신 거니까."

참 좋아했던 모습이었다. 머리를 귀 뒤로 넘기며 수줍게 웃는 저 모습.

재열은 오랜만인 아현의 습관을 넋 놓고 바라보다가 번뜩 정신을 차리며 입술을 떼어 냈다.

"그럼 이렇게 하죠. 이번에는 아현 씨가 내는 걸로 하고, 제가 밥 사 줄 시간은 따로 꼭 내 주는 걸로."

아현이 소리 없이 미소 지으며 고개를 끄덕였다. 그녀의 화답에 재열은 자꾸만 비집고 튀어나오려는 웃음을 애써 감추며 무거운 발걸음을 돌렸다. 그리고 자신의 사무실 앞까지 걸어갔다가 불현듯 무언가가 떠올랐는지 손가락을 튕기며 돌아섰다.

"아! 그리고 한 팀장한테는 말하지 말아요. 한 팀장이 가면 그 레스토랑 식재료 다 거덜 날지도 모르니까. 정 비서님 돈이 그렇게 많지도 않으실 테고."

그토록 기다렸던…… 완벽하진 않지만 그래도 엄연히 첫 데이트인데 그 수다쟁이가 끼면 안 되지.

입언저리를 간질이는 그 말은 뒤로 꾹꾹 참아 넘기며 아현에게서 멀어져야 하는, 그래서 도통 떨어지지 않는 발걸음을 어렵게 옮겼다.

담처럼 쌓여 있는 서류들은 재열의 책상 귀퉁이에서 줄어들 기미를 보이지 않고 있었다.

재열은 오늘따라 너무 더디게 움직여 애간장을 바싹 태우는 시계 침이 원망스러워 책상을 탁, 탁, 치며 한껏 노려보았다.

이렇게 일을 안 한 적도 처음이었고 점심시간을 애타게 기다려 본 것도 처음이었다.

하지만 기대에 부풀 수밖에 없는 이유가 너무 컸기 때문에 이 기다림조차 달콤하게 느껴졌다. 그녀가 돌아오기 전에는 언제나 무의미하다고 느껴졌던 시간이었으니 말이다.

마침내 시계 침들이 키스를 했다. 재열은 의자를 박력 있게 밀고 일어나 거울을 보며 자신의 매무시를 다시 한 번 점검했다. 그리고 제법 여유로운 발걸음으로 대표실을 나왔다.

"대표님!"

나오자마자 귓전을 후비는 낯익은 목소리에 재열의 입 밖으로 조심성 없는 탄식이 터져 나왔다. 연주는 굳어 있는 재열의 표정을 전혀 알아차리지 못하고 쓸데없는 애교를 한 트럭 싣고 뛰어왔다.

"웬일이야?"

눈치 없이. 당장 식당으로 달려가야 할 이 시간에.

재열은 행여나 자신을 신경 쓸까 봐 일부러 시선을 아끼며 열심히 자료를 정리하는 아현의 움직임을 눈으로 조용히 좇았다.

"다름이 아니라, 이번에 언론에서 언급된……."

연주가 힐끔 뒤를 돌아 아현의 눈치를 살피더니 느닷없이 재열의 팔짱을 꼈다.

"왜 이래?"

자리에서 버티는 재열을 연주가 억척스럽게 구석으로 끌어당겼다.

"요즘 운동하는 효과가 다른 데서 돋보이는 거 같은데."

"무슨 뜻이야?"

"내가 설마 힘을 하나도 안 줬다고 생각하는 건 아니겠지?"

재열의 가시 박힌 말에 연주가 울컥한 얼굴로 따지고 들려다 꾹 참았다.

"티 내지 마시고. 유니크 애들 연습실에다가 아현이 복귀 파티 준비해 놨어요."

연주는 특급 정보를 입수해 아군에게 전달하는 스파이처럼 은밀하게 속삭였다.

"아니, 티 내지 말라니까."

말을 듣자마자 아현이 있는 방향으로 돌아가려는 재열의 머리통을 잡은 연주가 미간을 찌푸렸다. 이렇게 구석에서 상사라는 사람들이 속닥거리는 모습이 아현에게 더 티가 날 거라고는 예상하지 못하는 모양이었다.

"그걸 꼭 오늘 해야 돼?"

애타게 기다렸던 시간이 헛되게 버려질지도 모른다는 허무함에 재열의 얼굴이 노골적으로 구겨졌다.

"오늘 복귀했으니 오늘 해야 의미가 있지!"

'애가 뭘 모르네' 라는 말을 덧붙이는 연주의 면전에 대고 재열은 그대로 한숨을 내뱉었다.

이렇게까지 눈치 없는 애한테 한 부서를 맡겨 놔도 되나. 하지만 누구에게도 입 밖으로 꺼내 얘기해 본 적 없는 지독한 짝사랑이었으니 그럴 수도 있다는 생각이 들었다.

"네가 케이크 들고 안으로 들어와."

그러나 이해를 한다는 뜻은 아니었다.

"뭐? 지금 나한테 뭘 하라고?"

"케이크 말이야. 네가 들고 오라고."

어이가 없어 되물은 것이었지만 연주는 정말 못 들은 줄 안 모양인지 아주 친절하게 같은 말을 반복했다.

"한연주. 내가 그런 짓을 할 인간으로 보여?"

"직원을 아끼고 사랑하는 마음으로 회사를 이끌어 나가겠다던 경영자의 이념을 벌써 잊은 건 아니시겠죠?"

연주가 두 눈을 반짝거리며 야무지게 말했다.

"아니, 그건……."

"생크림 케이크로 부탁드릴게요. 없으면 블루베리 치즈 케이크로."

아현이 다시 회사로 돌아온 것에 대해서는 그 누구보다 환영하는 자신이었지만 그래도 못 하는 건 못 하는 거였다.

"절대 못 합니다. 케이크 준비는 오지랖으로 만리장성도 쌓을 수 있을 한 팀장님이 직접 하시죠."

급박한 일이 닥쳐도 긴장을 잘 하지 않는 재열이었다.

예전에 소속 연예인의 건전하지 못한 사생활이 수면 위로 올라와 주식이 눈에 띄게 하락을 보였을 때도 침착성을 잃지 않고 일을 원만하게 풀어 나갔었다.

그런 자신이 대체, 이게 뭐라고 이렇게 긴장이 되는 걸까 의문이었다.

재열은 어둠이 깔려 있는 연습실 귀퉁이에 마련된 창고 방에 갇혀 손에 들고 있는 촛불 켠 케이크를 물끄러미 내려다보았다.

결국 모든 상황은 연주의 뜻대로 진행되는 중이었다.

카페에 가서 장미로 장식이 되어 있는 새하얀 생크림 케이크를 매우 신중하게 고민하여 산 사람도 자신이었고, 그것을 들고 한 번도 들어와 본 적 없는 창고에 숨어든 사람도 자신이라는 생각에 재열이 헛웃음을 지었다.

만약 은석이 봤다면 배를 잡고 자지러지게 비웃은 걸로 부족해서 평생을 우려먹고도 남았을 놀림감이었다.

한 회사의 대표가 케이크를 들고 등장이라니. 그것도 이런 색색의 모양의 고깔모자까지 쓰고.

재열은 머리 위에 올려져 있는 고깔모자를 벗었다. 아무리 생각해도 고깔모자는 아니다.

"온다! 온다! 대표님! 정 비서님 오세요!"

망을 보던 직원이 오두방정을 떨며 뛰어 들어오더니 재열이 있는 창고를 향해서도 잊지 않고 소리쳤다.

덤덤한 척 아무 의식 없이 여전히 케이크를 들고 서 있었지만 재열은 자꾸만 요동치는 심장 때문에 손이 다 떨려 왔다.

콩닥콩닥. 밀폐된 창고에서 들려오는 자신의 심장 소리가 너무 크다는 느낌을 받았을 때 굳게 닫혀 있던 연습실 문이 열렸다.

폭죽 터지는 소리가 들렸다.

재열은 양손에 케이크를 정성스럽게 들고 창고 문짝을 발로 밀어 붙이며 나왔다. 박수갈채를 쏟아부으며 직원들이 양쪽으로 퍼져 길을 만들어 주었다.

재열은 행여나 초에 붙은 불이 꺼질세라 조심스럽게 아현에게로 향했다. 마침내 아현의 지척에 다가서자 여기저기에서 축하의 메시지가 터져 나왔다.

"정 비서님! 축하드려요!"

"다시 돌아오신 거 너무 축하드립니다!"

"얼른 초 불어요! 정 비서님!"

아현의 얼굴이 감동과 쑥스러움으로 발그레해졌다. 머리카락을 귀 뒤로 살짝 넘긴 아현은 고개를 앞으로 내밀어 뜨거운 입김으로 촛불을 껐다.

위에서 지그시 바라본 그녀의 짙고 풍성한 속눈썹이 참 예쁘다는 생각이 몰려왔다.

"다들, 정말 고마워요."

아현이 모든 사람들에게 하나하나 눈을 맞추며 말했다.

"정말 감사합니다, 대표님."

마지막으로 자신의 지척에 서 있는 재열을 향해 아현이 환하게 웃어 보였다.

그 순간 재열은 연주가 참 좋은 친구라는 생각이 들었다. 이렇게 가까이에서 아현의 환한 미소를 볼 수 있게 만들어 주다니. 세상에 둘도 없는 진정한 친구임이 확실했다.

재열은 한동안 자신의 짙고 까만 눈동자에 아현의 모든 것을 꽉 채워 담았다.

정갈한 눈썹, 투명함에 가까운 다갈색 눈동자, 오뚝하면서도 앙증맞은 콧망울, 복숭앗빛이 감도는 도톰한 입술. 손끝으로라도 닿고 싶어서, 자꾸만 손을 뻗고 싶은 충동을 간신히 참아 내며 돌아와 줘서 고맙다는 말을 하려고 입술을 떼어 낸 순간이었다.

옆에 서 있던 참을성 없는 남자 직원들이 재열을 은근히 밀쳐 내며 아현에게 덩치에 어울리지도 않는 앙탈을 피워 댔다.

"정 비서님! 이제 정말 저희와 끝까지 함께해 주시는 겁니다!"

"약속하세요! 저희가 비서님 그만두고 나서 얼마나 힘들었는지 아세요?"

아현의 새끼손가락까지 잡고 늘어지는 직원들에게 밀려 멀찍이 나가 떨어져 버린 재열은 이 상황이 어이가 없어 그저 들고 있던 케이크를 묵묵히 조각내기 시작했다.

조촐한 파티가 끝나고 올라오는 엘리베이터 안, 아현은 약간의 거리를 두고 서 있는 재열에게로 시선을 돌렸다.

그의 얼굴엔 파티 내내 보였던 어색함이 여전히 잔뜩 묻어 있었다.

"점심 제대로 못 드셔서 어떡해요?"

아현이 기억하고 있는 지난날의 재열은 분식을 그다지 좋아하지 않았다. 밥은 언제나 밥다워야 한다며 분식으로 점심을 해결했다는 연주를 잘 이해하지 못했었다.

하지만 오늘 자신의 환영 파티에 마련되어 있던 음식은 대부분이 분식이었고 그마저도 허기짐에 시달렸던 직원들이 득달같이 달려들었기에 재열은 제대로 손도 뻗지 못했다.

"괜찮아요."

"맛있는 거 사 드리고 싶었는데…… 다음에 꼭 사 드릴게요."

"다음 언제요? 그런 건 좀 확실히 했으면 좋겠는데."

"어…… 언제든지요."

"그럼 내일 점심으로 할까요? 이런 건 확실히 해야 직성이 풀리는 성격이라서."

장난기는 단 한 줄기도 찾아볼 수 없는 진지한 얼굴에 아현은 커다란 눈망울을 굴렸다.

식사에 대해 이렇게 까다롭게 굴던 사람이었던가?

하지만 생각은 곧 바뀌었다. 사실, 자신의 상사 재열은 뭐든지 'Yes' 아니면 'No' 라는 확실한 결과를 손에 쥐어야지 직성이 풀리는 사람이었다. 그건 의심할 것도 없는 일이었다.

"내일 점심은 이미 강 PD님, 구 작가님과 선약이 되어 있으세요."

"아."

시청률이면 시청률, 인기면 인기. 모든 것을 정상에 끌어 올린다고 해도 과언이 아닌 능력 있는 작가의 시놉시스가 재열의 회사 소속 배우에게로 넘겨졌다. 시놉시스를 볼 것도 없이 출현 의사를 밝힌 배우를 잘 부탁한다는 의미에서 대접하는 중요한 자리였다.

"금요일 저녁은 어떠세요? 잡혀 있는 일정이 없긴 한데……"

재열의 얼굴로 순식간에 서운한 기색이 퍼졌다가 사라졌다.

"그거 좋은 생각이네요. 그럼 아현 씨도 금요일 저녁에 꼭시간 비워 두도록 해요."

"네. 그렇게 하겠습니다. 아, 그리고 강 PD님께서 한정식 말고는 잘 드시지 않는다고 하니 내일 점심은 여의도 근처 한식당으로 12시 30분에 예약해 두겠습니다. 식당 주소는 오늘 오후 중에 알려 드릴게요."

식사를 할 상대방에 대한 조사까지 철저하게 해 주는 비서는 아현뿐이었다.

좋아하지 않을 수 없는 직원이었다.

도착한 엘리베이터가 입을 쩍 벌렸다.

한 번도 상사보다 먼저 움직여 본 적이 없는 아현은 엘리베이터를 내려설 기미를 보이지 않는 재열을 의아하게 올려다보았다.

아현의 시선이 닿자마자, 그는 마치 기다렸다는 듯이 살포시 입술을 떼어 냈다.

"아까 말해 주고 싶었는데, 못 했네요."

"어떤 말씀이요?"

밀폐된 공간에 퍼져 있는 침묵이 재열과 아현 사이를 잠시 떠돌았다.

"돌아와 줘서."

"……."

"고맙다는, 말. 그리고 부탁합니다."

재열이 잠시 숨을 멈추고 아현을 마주했다. 그의 촉촉한 눈동자가 아현의 눈동자에 한동안 머물러 있다가 이내 천천히 떼어졌다.

"무슨 일이 있어도 다시는 쇼윈을 떠나지 말아요."

이젠 그렇게 쉽게 보내 주지도 않을 거지만.

재열에 말에 아현이 입술 끝이 눕혀진 반달 모양이 되었다.

"네. 그렇게 하겠습니다, 대표님."

✳   ✳   ✳

오랫만에 한 출근길이 버거웠는지 아현은 집으로 돌아오자 마자 그대로 침대 귀퉁이에 드러누웠다. 하지만 결코 찌뿌드드한 이 피로함이 싫지 않았다.

백반집에서 아침을 먹고 사무실에 올라왔을 때, 생각보다 변한 것이 없는 사무실에 자꾸만 붉어지려는 눈시울을 참느라 애를 먹어야 했다.

그것은 마치 타지에서 온갖 고생을 다 하다가 고향으로 돌아왔을 때 느낄 수 있는 포근하면서도 뭉클한 기분이었다.

물론 곳곳에 남겨져 있는 인호의 흔적에 휘청이기도 했고 도망치듯 자리를 벗어나기도 했지만 그래도 쇼윈은 가장 안정적인 보금자리였다.

"……."

그때 갑자기 인호라는 기억의 잔해가 머릿속에 번져 나가기 시작했다.

좋은 기억보다는 나쁜 기억이 더 많이 남아 있는 인호를 생각하면 입술 사이로 자연스럽게 한숨이 터져 나왔다.

아현은 혼자 남겨질 때면 간간이 떠오르는 인호를 머리에서 지워 버리기 위해 자리를 박차고 일어났다.

아직 뜯지 않은 채 테이블 위에 올려 두었던 택배 상자로 손을 뻗었다.

상자에는 매년 쌀쌀해지는 이맘때쯤 정성을 다해 끓여서 보내 주는 엄마표 인삼차가 들어 있었다.

몸이 으슬으슬 춥거나 피로할 때 마신 뒤 한숨 푹 자고 일어나면 개운해지는 기분이었다.

매번 잊지 않고 보내 주는 엄마에게 고마운 마음이 들어 핸드백에서 휴대전화를 찾아 통화 버튼을 눌렀다.

신호는 얼마 가지 않아 반가운 기색이 역력한 엄마의 목소리로 바뀌었다.

―딸!

"뭐하고 있었어, 엄마?"

―저녁 먹고 설거지하려고 했지. 우리 딸은? 저녁 먹었어?

"이제 막 퇴근해서 들어왔어."

―아휴, 많이 피곤하겠다. 얼른 씻고 밥 먹어. 곁에 있으면서 밥이라도 차려 주겠건만…….

함께 살고 싶어 하는 엄마의 은근한 바람을 아현은 여전히 모른 척하고 있었다.

자신의 곁에 있으면 엄마가 신경 써야 할 것이 많았다.

특히 혼자가 되어 버린 자신을 보면서 많이 아파할 터였다. 자신의 뒤치다꺼리를 하는 것도 모자라 힘들게 하고 싶지는 않았다.

"엄마, 인삼차 잘 받았어."

아현이 애써 밝은 목소리로 화제를 돌렸다.

―받았어? 다행이네. 요즘 날씨가 많이 쌀쌀해졌더라. 노곤하면 한 잔씩 마시고 푹 자. 일은 좀 할 만해?

"그럼, 당연하지. 모두들 잘 돌아왔다면서 격하게 반겨 줬어."

—고마운 사람들이네.

"응. 근데 뭐하러 두 병씩이나 보냈어. 담그느라 많이 힘들었겠다."

—한 병은 너희 대표님 갖다 드려. 별거 아니지만 너 받아주신 감사한 마음 이렇게라도 조금씩 갚고 싶어.

재열에 대한 고마움을 아낌없이 표현하는 엄마의 목소리에 아현은 불현듯 결혼식 날을 떠올렸다.

아무리 바빠도 그렇지 4년을 넘게 같이 일한 정이 있는데, 어떻게 축의금만 달랑 보내고 코빼기도 안 보이냐며 끝끝내 모습을 드러내지 않았던 재열에게 하루 종일 서운함을 토해내던 엄마였다.

겉으로는 티 내지 않았지만 그때 아현도 재열에게 많은 서운함을 느꼈다.

중요한 계약 때문에 런던으로 출장이 잡혀 어쩔 수 없다는 것을 알면서도 신부 대기실에 앉아 계속 입구를 힐끔거렸고, 식장에 들어가는 순간까지도 그의 모습을 눈으로 찾고 또 찾았었다.

—까먹지 말고 꼭 갖다 드려! 늦었어도 저녁 챙겨 먹고.

"응. 걱정하지 마, 아무것도. 엄마도 밥 잘 챙겨 먹어. 날씨가 많이 쌀쌀해지니까 감기 조심하시구요."

그때의 서운함은 모두 잊어버렸는지 엄마는 인삼차를 꼭 가져다주라며 신신당부를 한 끝에 전화를 끊었다.

행여나 정신없는 아침에 잊어버릴까 싶어 쇼핑백을 핸드백 옆에 단단히 묶어 놓고 아현은 주방으로 향했다.

"뭘 해 먹을까⋯⋯."

꽤 늦은 시간, 아현은 서둘러 저녁을 준비했다.

제2화

밀폐된 엘리베이터의 공간을 연주의 신나는 벨 소리가 점령
했다.

하지만 그 벨 소리와 어울리지 않게 연주는 까칠한 아우라
를 풍기고 있었다. 심기를 건드리지 않기 위해 신경 쓰지 않는
척 중인 아래 직원들과 다르게 재열이 연주의 팔을 무심하게
툭, 쳤다.

"한 팀장, 전화 좀 받죠? 시끄러워 죽겠는데."

재열의 독촉에 연주가 눈을 세모꼴로 세우며 노려보았다.
'한마디만 더 해 봐, 어디'라고 쏘아붙이는 그 눈빛이 어찌나
사나운지 재열도 순간 멈칫했다.

"왜 그래요, 한 팀장? 뭐 안 좋은 일이라도 있어요?"

연주는 앞머리가 다 들썩일 정도로 거친 한숨을 뱉어 냈다.

그리고 대답 대신 가벼운 목례를 취하곤 엘리베이터에서 내렸다.

화딱지가 나도 단단히 난 연주를 내심 신경 쓰면서 대표실로 올라온 재열의 시야에 벌써 출근해 자리를 지키고 있는 아현의 모습이 보였다. 재열은 몸을 한 바퀴 돌려 굳게 닫혀 있는 엘리베이터에 비치는 자신의 매무시를 한 번 가다듬고 가뿐하게 걸음을 옮겼다.

아현을 본 순간 머릿속에 맴돌던 연주는 사라진 지 오래였다.

"일찍 왔네요."

"오셨어요?"

다시 듣게 된 자신을 반기는 아현의 살가운 목소리가 참 좋았다.

"안 피곤해요?"

시곗바늘은 아직 8시에 도착도 하지 않은 상태였다.

"괜찮습니다."

"난 괜찮으니까 9시까지 출근해요. 너무 무리하는 거 같아."

"습관이 돼서 눈이 일찍 떠져요. 다시 잠도 안 오고 그냥 있기도 좀 애매해서요. 정말 이 시간에 나오는 것이 마음 편해서 그러니 대표님께서는 신경 안 쓰셔도 됩니다."

그녀는 항상 상사인 재열보다 먼저 출근하고 더 늦게 퇴근했다. 그것에 대해선 어떤 불만도 품고 있지 않는 것 같아 보였다. 오히려 그러지 말라는 재열에게 한결같이 여유로운 미소를 지으며 이것이 더 편하니 신경 쓰지 않아도 된다고 말해왔다.

아슬아슬한 시간에 헐레벌떡 뛰어 들어오고 일을 조금만 더 시켜도 얼굴 가득 불만을 품던 다른 비서들과는 확연히 다른 모습이었다.

그가 그녀를 좋아하는 이유 중 하나였다. 자신의 일에 누구보다도 자부심을 갖고 사랑하는 모습.

"그럼, 오늘도 수고해요."

"아, 대표님. 잠시만요."

대표실로 향하려는 재열을 아현이 불러 세웠다. 무슨 일이냐며 얼굴을 돌리는 순간, 그새 가까이 다가온 아현이 뒤에 바짝 붙어 서서는 재열의 등에서 무언가를 떼어 냈다.

"머리카락이."

아현이 잘 보이지도 않는 머리카락을 들고 환하게 웃어 보였다. 그 모습이 너무 예뻐 품 안에 끌어안고 싶다는 아찔한 충동이 재열을 괴롭혔다. 앞으로 출근하기 전에 등에 먼지를 잔뜩 붙이고 올까 하고 잠시 혼자 웃긴 상상을 했다.

"고마워요."

"별말씀을요."

재열은 자꾸만 자신을 떠미는 충동을 이겨 낼 자신이 없어 아현을 급하게 외면하고 돌아섰다.

"방이 좀 칙칙한가?"

대표실로 들어온 재열은 괜히 트집을 잡으며 블라인드를 전부 걷었다. 그러자 아현의 자리가 단박에 눈에 들어왔다. 대표실의 밝기에는 그다지 변화가 없었지만 재열의 표정은 한층 밝아졌다.

"이제야 환하네."

먼지처럼 가볍게 혼잣말을 내뱉는 재열의 시야로 탕비실에서 막 차를 내오는 아현이 보였다. 정신을 차리고 보니, 스스로 사무실 문을 활짝 열고 아현을 맞이하고 있었다. 멋쩍어하는 아현의 모습에 자신이 너무 오버를 했다는 생각이 들었다.

"저희 어머니께서 대표님 드시라고 붙여 주신 인삼차예요. 입맛에 맞으실지 모르겠어요."

코끝을 스치고 지나가는 특유의 인삼 향을 맡으며 재열이 잔을 들어 입술을 축였다.

"몸 으슬으슬하니 추울 때 한 잔씩 마시면 제격일 것 같네요."

말을 이으며 다시 한 번 인삼차를 마셨다.

"맞아요. 저도 노곤함이 쌓이고 감기 기운이 돌 때 한 잔 마시고 푹 자면 개운해지더라고요. 입맛에 맞으신다니 다행이에요. 집에 가지고 가실 거죠?"

"아니요. 여기다가 두고 마실 생각인데."

재열이 잔의 단면을 부드럽게 쓸며 말을 이어 갔다.

"매일 타 줄 수 있어요? 아현 씨가 타 주는 차가 내가 타는 것보다 훨씬 맛있어서."

"아, 그럼요! 언제든지요. 그냥 탕비실에 두고 아침마다 커피 대신 타 드리겠습니다."

찻잔에 가려진 재열의 입술이 매우 흡족스럽게 올라갔다.

"고마워요. 그리고 어머니께 이런 거 받을 자격이 될지는 모르겠지만 잘 마시겠다고, 감사하다고 전해 주세요."

다시 한 번 입술을 축이는 재열을 아현이 소리 없이 바라보고 있을 때였다.

형식적인 노크가 빠른 속도로 두 번 들리더니 대표실 문이 벌컥 열리고 은석이 들어왔다. 연주만큼은 아니었지만 은석의 표정도 상당히 불쾌해 보였다.

은석의 등장에 아현이 목례를 취했다. 아현과 오붓한 시간을 보내고 있던 재열은 당연히 은석의 등장이 반갑지 않았다. 연주를 포함하여 어제부터 친구라는 것들이 산통을 깨는 데 아주 도가 텄다.

"본부장님 차도 금방 내오겠습니다."

"괜찮습니다. 박 본부장 신경 쓰지 마시고 볼일 보세요."

이렇게 눈치 없는 놈 뭐가 예쁘다고 차까지 대접을 하나. 재열은 입 밖으로 꺼내지 못한 말을 속으로 가만히 되새겼다.

"그래요. 나 신경 쓰지 말고 정 비서님 할 일 하세요."

아현이 자리를 비키고 나서야 은석은 자신의 목을 꽉 조이고 있던 넥타이를 느슨하게 풀며 재열의 앞에 털썩 주저앉았다. 그리고 전혀 관심 없는 듯 오롯이 차 마시는 데만 집중하고 있는 재열을 어이없게 바라보았다.

"무슨 차를 그렇게 국빈 대접하듯이 마셔?"

"인삼차."

"인삼차? 너 쓴 거 안 좋아하잖아."

"내가? 아닌데?"

"안 쓴 인삼차인가? 줘 봐. 한번 마셔 보자."

은석이 손을 내밀었지만 재열은 잔을 보호하듯이 뒤로 뺐다.

"안 돼."

"야, 치사하게."

"정 비서님 어머니께서 나 마시라고 주신 귀한 인삼차야."

은석은 알 수 있었다. 눈을 감고 음미하는 척하고 있는 재열이었지만 중간중간 보이는 미세한 찌푸림과 줄어들지 않는 양이 억지로 마시고 있다는 사실을 나타내고 있었다. 생긴 것과 다르게 재열은 뜨거운 것, 쓴 것, 아픈 것을 싫어하고 은근히 엄살도 심한 편이었다.

하지만 지금은 그걸 걸고넘어질 상황이 아니었다. 은석은 몸을 앞으로 당겨 재열과의 간격을 좁힌 후 흥분한 얼굴로 입술을 떼어 냈다.

"한연주가 너한테 아무 말도 안 해?"

"아무 말 없던데? 그냥 내버려 뒀어. 말 시키면 가만 안 둔다고 으르렁거리면서 노려보기에."

그럴 줄 알았다고 고개를 내젓는 은석을 보며 재열은 슬쩍 인상을 찌푸렸다.

"너네 무슨 일 있었냐?"

"어제 만나기로 했는데 예기치 못하게 회의가 길어져서 기다리게 만들었거든."

"얼마나."

"한 시간 정도……."

"한 달은 넘게 가겠네."

무감하게 툭 던져 놓는 재열의 말에 은석이 자신의 부드러운 머리카락을 쥐어뜯었다. 그런 은석을 재열은 전혀 이해하지 못하겠다는 얼굴로 바라보았다.

"왜 그렇게 신경 써? 삐진 상태가 좀 오래가서 그렇지 어차피 한 달 뒤면 다 잊고 아무렇지 않아 할 텐데. 한연주를 한두 번 겪어 봐?"

위로에도 은석은 쥐어뜯고 있는 머리채를 놓지 않았다. 재열은 그런 은석을 건조하게 바라보며 인삼차를 마셨다.

은석의 말대로 입안에서 퍼지는 쓴 맛이 재열을 괴롭게 만들었다. 하지만, 마시고 싶었다. 컵의 바닥이 보일 때까지.

"며칠 전에는 네가 삐졌었지."

"삐지다니, 남자가 품위 없게 뭘 삐져. 그냥 좀 화났던 거지."

"왜 화가 났었더라?"

"나랑 한 약속 멋대로 취소하고 맞선 나갔잖아!"

"뭐에 화났던 거야? 약속 멋대로 취소한 거, 아니면 맞선 나간 거?"

"그거야 당연히 날 두고 맞선! 아니, 약속 멋대로 취소한 거지! 당연한 걸 물어, 너는? 내가 설마 걔가 맞선 나갔다고 화가 났겠냐? 대체 무슨 이유로? 친구가 맞선 나가는데 그게 왜 화날 일이야? 넌 화 안 나잖아. 그렇지?"

"당연히 안 나지."

재열의 입가에 묘한 웃음기가 떠올랐다.

언제부턴가 연주를 향한 은석의 태도가 달라져 있었다. 연주에게 전우애 비슷한 것을 느끼는 자기와 다르게 은석은 이성적인 감정을 느끼고 있었다. 물론 그건 연주도 마찬가지였다.

"그렇잖아! 근데 뭘 물어."

"나랑 넌 다르니까 묻지."

"뭐?"

"너, 연주 좋아하잖아."

"지금 무슨 소리를 하는 거야? 내가 미쳤다고! 어디 좋아할 사람이 없어서 걔를 좋아하냐!"

팔짝 뛰며 강한 부정을 하던 은석은 자신의 속내를 이미 꿰뚫은 듯한 재열의 눈에 단념을 했는지 냅다 깊은 한숨을 내리쉬었다.

"이제 그만 숨겨. 숨겨지지도 않았지만."

힘이 풀렸는지 소파가 깊게 파일 정도로 몸을 완전히 늘어뜨린 은석이 중얼거렸다.

"티…… 많이 났어?"

"어. 무진장."

"……."

"연주를 쳐다보는 네 눈빛이 얼마나 애잔한데. 그걸 어떻게 모를 수가 있겠어. 오늘 아침 댓바람부터 전화한 것도 너 아냐?"

"네가 어떻게 알아? 같이 있었어?"

"출근길이었거든."

"어떤 표정 짓고 있던?"

재열이 자신의 양쪽 눈꼬리를 잡고 위로 휙 올렸다. 그러자 은석이 좌절하듯 고개를 바닥으로 힘없이 떨어트렸다.

"한연주도 눈치챘을까?"

걱정 섞인 은석의 물음에 재열이 말간 얼굴로 어깨를 으쓱였다.

"눈치채길 바라는 거 아니야?"

"그건 그런데, 또 한편으로는 아니야. 걘 나를 친구 이상의 감정으로 생각도 안 하는데 나 혼자 김칫국 마시고 섣불리 고백했다가 어색해지기라도 하면……."

은석이 그건 상상도 하기 싫다며 고개를 내저었다. 그 반응에 재열이 나지막하게 고개를 끄덕이며 공감했다.

"기왕 말 나온 김에 물어보는 건데 도대체 걘 어디가 좋아?"

"귀엽잖아. 예쁘고 말도 잘 통하고. 애가 정도 얼마나 많은데. 어쩔 때는 섹시하기도 하고."

"뭘, 뭘 해?"

연주와 전혀 연관되지 않는 단어를 들은 재열의 얼굴이 순식간에 구겨졌다.

"섹시하다고."

"아무리 콩깍지가 씌었어도 그렇지, 그게 한연주한테 가져다 붙여선 안 되는 단어라는 것쯤은 알 텐데?"

"네가 잘 몰라서 그래. 너 걔 요리하는 거 봤어? 안 봤으면 말을 말아. 요리할 때 진짜 섹시해."

재열은 물 만난 물고기처럼 연주의 자랑을 늘어놓는 은석을 한동안 못 말린다는 얼굴로 바라보다 결국 대표실에서 내쫓아 버렸다.

✣ ✣ ✣

어제 새벽부터 오늘 오전까지 쏟아진 소속 배우 관련 기사들을 전부 스크랩해서 인쇄하는 동안, 아현은 오늘 해야 할 목록을 적어 놓은 다이어리를 꼼꼼히 살폈다.

"아! 뮤직비디오 콘티!"

별이 세 개나 붙어 있는 '유시영 씨 뮤직비디오 콘티 확인'에서 시선을 멈춘 아현이 급하게 메일을 확인했다.

재열은 소속 가수의 뮤직비디오 하나도 소홀히 하는 법이 없었다. 꼭 직접 콘티를 확인하고 마음에 들지 않는 부분은 수정을 하거나, 부족한 부분은 좀 더 나은 방향으로 나아갈 수 있도록 수십 번의 회의를 걸치곤 했다.

그래서 못해도 뮤직비디오를 찍기 한 달 전에는 모든 콘티들을 확인해야 했다.

한 달하고도 조금 더 남은 지금으로는 꽤 시간이 넉넉한 편이지만, 아현에게는 발등에 불똥이 떨어진 것 같았다.

"어…… 아직 안 왔네."

메일이 도착하지 않은 것을 확인한 아현은 콘텐츠 영상팀에 전화를 걸었다.

─네. 콘텐츠 영상팀입니다.

"안녕하세요. 대표실 정아현 비서입니다."

─아! 네. 정 비서님!

"다름이 아니라, 유시영 씨의 뮤직비디오 콘티가 아직 오지 않았더라고요. 확인 한번 부탁드릴게요."

─아휴, 정말. 우리 정 비서님 부지런함을 누가 따라가겠어요.

담당자가 밉지 않게 투덜거렸다.

"제가 너무 보채나요?"

─정 비서님이 일을 너무 잘하시니까 대표님께서는 모든 직원이 다 정 비서님 같은 줄 아신단 말이에요. 아, 제가 이런 말한 거 절대 대표님한테 이르시면 안 됩니다.

그녀의 투정에 아현은 작게 웃었다.

"그럼, 적어도 오늘 오후 중으로는 부탁드립니다."

─알겠습니다. 오후 중으로 꼭 메일 보내 드리도록 하겠습니다.

"수고하세요."

전화를 끊고 인쇄가 끝난 기사 스크랩을 손에 든 아현이 대표실 문을 노크했다. 안에서 짤막하게 들려오는 재열의 대답에 문을 열고 들어선 아현은 책상 귀퉁이에 스크랩을 올려놓았다.

"어제 새벽부터 오늘 오전까지의 배우들 기사 스크랩입니다."

"아, 고마워요."

대답을 하며 재열이 인터폰 옆에 붙어 있는 각 팀의 내선 번호를 훑었다.

"찾으시는 부서가 어디세요?"

"디자인팀입니다."

"#702입니다. 직접 연결해 드릴까요?"

한 치의 망설임도 없이 디자인팀 내선 번호를 읊는 아현을 재열이 신기한 얼굴로 올려다보았다.

"나도 다 못 외웠는데, 각 부서별 내선 번호를 다 외우고 있는 거예요?"

"비서로 처음 일하던 날, 대표님이 인터폰으로 연결시켜 달라고 하실 때마다 찾는 시간이 더뎌 업무에 지장을 주는 느낌을 받았어요. 그래서 외운 건데 잠깐 쉬었다고 쉽게 잊혀지지는 않더라고요."

"지금 와서 또 드는 생각이지만 정말 그때 아현 씨를 못 만나서 다른 오너에게 이 능력을 빼앗겼다면 어땠을까, 아찔합니다."

"과찬이세요. 그럼, 필요하신 거 있으시면 말씀하세요."

대표실에서 나온 아현은 그의 아낌없는 칭찬에 마음이 뿌듯
해졌다. 다른 직원들에게 너무 보챈다고, 그래서 힘들다고 핀
잔을 받아도 자신으로 하여금 조금이나마 업무가 편하다고 말
해 주는 재열 때문에 모든 것을 감내할 수 있었다.

재열의 비서로 사는 건 어쩔 수 없는 운명이었다고 생각하
며 업무를 보기 위해 자리로 걸음을 옮겼다.

❈   ❈   ❈

아현은 점심시간이 되자마자 기운이 잔뜩 빠진 얼굴로 올라
온 연주와 이탈리아 레스토랑으로 걸음을 옮겼다. 주문한 음
식이 나오기도 전에 연주는 억울한 얼굴로 어제 있었던 일을
토씨 하나 빠트리지 않고 하소연했다.

"아니, 생각할수록 열 받네!"

연주가 들고 있던 포크를 거칠게 테이블 위로 탁! 내려놓으
며 소리쳤다. 아현은 주위 사람들의 눈치를 살피고는 연주를
조용히 달랬다.

"박 본부장님도 그럴 만한 이유가 있지 않으셨을까요?"

"이유는 무슨 이유야! 괜히 꽁해 있는 거 달래 주려고 빠듯
한 일정 조절해서 겨우 뮤지컬 티켓 예매했는데. 아니, 늦을
거 같으면 늦는다고 메시지 하나 남겨 주는 게 그렇게 힘들어?

자기만 일해? 자기만 바쁘냐고! 이런 남자랑 연애하면 평생 마음 고생하지, 평생."

고개를 절레절레 흔들며 다시 파스타를 먹으려던 연주는 문득 느껴지는 아현의 시선에 박수까지 치며 요란스럽게 웃어 보였다. 그 모습이 아현의 마음에 묘한 감정을 툭 던져 놓았다.

"내가 방금 뭐라고 그랬어?"

"어떤 거요? 뮤지컬 티켓이요?"

연주가 묻는 건 그게 아니라는 걸 알았지만 아현은 능청맞게 대답하며 은근한 긴장감이 퍼져 있는 연주의 낯빛을 마주했다.

"그거 아닌가? 그럼 혹시 연애, 말씀하신 거요?"

"그러니까! 하하! 거기서 왜 연애 얘기가 나왔을까? 그것도 그 소심쟁이 박은석이랑! 참, 이상하다. 신경 쓰지 마."

연주의 초조한 강요에 아현이 고개를 끄덕였다.

"근데, 저는 일하면서 단 한 번도 박 본부장님이 소심하다고 느껴 본 적 없어요."

" 네가 몰라서 그래. 걔 되게 소심해."

"아마 아무도 공감 못 할 걸요? 뒤끝 없으시고 유쾌하시고 매너도 좋으시고. 그래서 인기 많으시잖아요."

"누가? 박 본부장이?"

"네. 모르셨어요? 무슨 데이 때마다 선물 엄청 받으시는데."

"아주 돈지랄들을 하시는구만, 돈지랄들을……."

그렇게 투덜거리면서도 연주의 얼굴에는 찜찜한 기색이 역력했다. 아마 신경을 쓰고 있는 자신의 감정이 헷갈리는 눈치였다.

"제 눈에는 박 본부장님이 팀장님한테만 그러시는 것처럼 보이는데."

연주는 부정하지 않고 잠시 상념에 잠겼다가 이미 불어 터질 대로 불어 버린 파스타를 갑자기 입에 꾸역꾸역 집어넣었다.

"체하시겠어요……."

"아니, 그러니까 왜 나한테만 그러느냐고! 왜 나한테만! 내가 만만한가?"

"그건 아닌 거 같아요."

차분한 아현의 목소리에 연주가 입안 가득 차 있는 파스타를 오물거리며 다음 말을 기다렸다.

"팀장님께서 기분 안 좋은 날에는 언제나 안절부절 어쩔 줄 몰라 하시잖아요. 만만하게 보는 거라면 절대 그렇게는 못 하시죠."

생각해 보니까 그건 또 그렇다. 연주는 커다란 눈망울을 굴렸다.

사실, 아현은 3년 전인 그때부터 은석과 연주 사이에 흐르는 감정이 우정을 넘어선 것임을 눈치챘지만 섣불리 나서서 말할 수는 없었다.

괜히 나섰다가 서로에게 상처만 입히고 끝날 수도 있다는 생각 때문이었다.

그 뒤로도 한참 동안 쏟아지는 연주의 얘기를 들어 준 아현은 이미 끝나 버린 점심시간에 화들짝 놀라 정신없이 사무실로 들어왔다.

급하게 돌아왔지만 사무실에는 침묵만이 무겁게 내려앉아 있었다. 그제야 재열이 없다는 사실을 깨달았다.

아현은 각 부서별에서 올린 보고서와 소속 배우들의 스케줄 사항 및 언론에 보도된 것들을 정리하여 대표실 문을 열었다.

재열이 없어서 그런지 사무실은 서늘하다고 느낄 정도로 휑했다. 아현은 '대표 김재열'이라는 명패를 바라보며 걸음을 옮겼다.

정리한 서류들을 책상 위에 올려놓으려는데, 급하게 나간 모양인지 평소답지 않게 지저분한 책상이 눈에 들어왔다.

대표실 청소는 언제나 재열이 직접 했다. 청소 아주머니가 중요한 자료를 버리는 실수를 하고 나서부터 재열은 자신의 방에 있는 것들을 함부로 만지지 못하게 했다.

단 한 사람, 자신이 진행하고 있는 일과 상황들을 파악하고 있는 비서 아현을 제외하고.

아현은 가지고 온 서류들을 귀퉁이에 밀어 놓고 재열의 책상 위를 정리하기 시작했다. 흩어져 있는 서류들을 순서대로 정돈하여 집게로 집은 뒤 바닥을 보이는 종이컵과 조금 차오른 쓰레기통을 정리했다. 키보드와 마우스도 반듯하게 정렬시켰다.

한참을 치우다 보니 조금 더운 것 같아 입고 있던 카디건을 벗고 소매를 걷어붙였다.

하는 김에 블라인드가 쳐져 있는 창문의 지문도 닦고 소파 구석에 쌓인 먼지도 닦아 내었다. 사무실 구석에 있는 화초들에게 물을 주고 햇볕을 보이게 하기 위해 낑낑거리며 창문 쪽으로 옮겨 놓았다.

조금 퀴퀴해진 것 같은 공기를 정화시키려 창문을 활짝 열었다.

"음. 좋다."

어떤 불만이 있어도 전부 녹여 버릴 만큼 청명한 가을의 날씨가 기분을 상쾌하게 만들었다.

아현은 산뜻하게 불어오는 바람을 가만히 들이마시며 조용히 눈을 감았다.

자동차의 경적 소리, 재잘거리는 사람들의 수다 소리, 새들의 지저귐. 자신의 얼굴을 부드럽게 매만져 주는 듯한 다사로운 햇살을 받으며 잠깐의 휴식을 만끽했다.

두 팔을 창틀에 올려놓고 찌뿌드드한 허리를 쭉 세우던 아현은 갑자기 팔에 힘이 빠져 몸이 창문 밖으로 확 기울어졌다.

"위험해요!"

그때 누군가가 아현의 팔을 다급하게 잡아당겼다. 돌아보니 재열이 놀란 얼굴을 하고 서 있었다.

"대표님."

"무슨 생각을 하고 있기에 몸이 앞으로 기우는 것도 몰라요?"

재열이 상기된 얼굴로 언성을 높여 물었다.

"죄송해요. 날씨가 너무 좋아서 저도 모르게……."

놀란 가슴을 쓸어 넘기느라 재열이 깊은 한숨을 내리쉬었다. 그리고는 꼭 잡고 있던 아현의 팔을 천천히 놓아주었다.

"따라와요."

아현은 앞서 걷는 재열의 다부진 등을 따라가며 팔에 선명하게 남은 감촉을 쓱쓱 매만졌다.

창문 밖으로 몸이 기울어지고 있던 자신을 끌어당기던 재열의 눈동자는 겁에 질려 있었다. 평소 쉽게 감정을 드러내지 않는 재열을 괜한 행동으로 놀라게 만든 것 같아 자꾸만 마음에 걸렸다.

"대표님."

지하 주차장 문고리를 잡으려던 재열이 뒤에서 자신을 부르는 아현의 목소리에 반사적으로 반응하듯 돌아섰다.

"어디 가시는 거예요?"

"땡땡이치러요."

너무 당당한 재열의 대답에 아현은 자신이 잘못 들은 줄 알고 다시 한 번 되물었다.

"네? 뭘 하신다구요?"

"날씨가 좋다면서요. 나도 마침 날씨가 좋아서 일하기 싫다고 생각하며 오던 길이거든요."

"아무리 그래도……."

"땡땡이 한 번 친다고 회사 안 망합니다. 이런 날이 또 언제

오겠어요? 날씨는 너무 좋고 상사가 격하게 딴짓을 하고 싶은 마음이 들 날이."

자기가 괜한 짓을 했다는 변명을 늘어놓으며 손사래까지 치고 물러서려는 아현을 재열이 가볍게 잡아 세웠다. 아현은 자신의 손목에 닿는 부드럽고도 따뜻한 재열의 손에 이끌려 결국 보조석에 앉혀졌다.

"대표님, 아무리 그래도 업무 중에 이렇게 나오는 건 제 마음이 편지 않아요. 밀려 있는 업무도 있고……."

"내일 해요, 내일."

"대표님……."

"땡땡이쳐도 혼낼 사람 하나 없는데 뭘 그렇게 걱정해요. 사장이 앞장섰는데."

재열이 여유 있게 미소 지으며 시동을 걸었다. 어두컴컴하고 을씨년스러운 주차장을 나와 펼쳐진 푸른 하늘을 보니, 아현도 더 이상 사무실로 돌아가고 싶지 않았다.

재열이 차의 모든 창문을 내렸다. 도로 위를 질주하는 차 안으로 시원한 바람이 사정없이 뚫고 들어와 답답했던 마음을 위로해 주었다.

상큼한 레몬 향기가 아현의 곁을 맴돌았다. 재열에게서 나는 익숙한 향기였다.

"어때요? 창문에서 느끼는 것보다 훨씬 좋지 않아요?"

재열이 신나는 목소리로 물었다.

"네. 너무 좋아요."

"소리 한번 크게 질러 봐요. 스트레스 제대로 풀릴걸요?"

"창피하게 어떻게 그래요."

아현이 쑥스러운 얼굴로 말하자 재열이 속도를 더 밟으며 느닷없이 고함을 내질렀다.

"아, 스트레스 풀린다! 이래도 안 할 거예요?"

재열이 다시 한 번 창문 밖으로 고함을 질러 보냈다. 재열의 고함에 힘을 얻은 아현도 두 눈을 찔끔 감고 창문 밖으로 고함을 내질렀다.

정말, 답답한 마음이 뻥 뚫리는 기분이었다.

"앞으로 좋은 날씨 제대로 만끽하고 싶으면 말해요. 언제든지 함께해 줄 테니까."

재열은 바쁜 사람이었다. 자신을 신경 써 주는 말에 고마워 웃음이 절로 났다.

오후의 거리는 한산했다. 옆에서 들려오는 미세한 재열의 숨소리가 마치 자장가처럼 느껴져 기분을 나른하게 만들었다. 한산함 속에서 아현은 한동안 느껴 보지 못했던 평온을 찾았다.

평화롭고 따스한 오후였다.

이대로 시간이 멈춰도 상관없다고 느껴질 정도로.

차가 도착한 곳은 억새와 갈대가 무성하게 자리 잡은 하늘공원이었다. 평일의 애매한 시간이라 그런지 공원은 꽤 한가로웠다.

갈대와 억새풀 사이에 만들어진 길을 재열과 나란히 거닐며 아현은 문득 생각했다.

달라진 것이 하나도 없다고 느꼈던 재열이 조금은 달라졌을지도 모른다는 생각.

가히, 근무 중 이탈하여 이런 곳에 오는 건 상상조차 할 수 없는 일이었다. 일밖에 모르는 워커홀릭인 그와 함께라는 가정은 더 있을 수 없었다.

조금 더딘 자신의 걸음 속도에 맞춰 걷는 것도 마찬가지였다. 그는 자신이 뒤에서 따라오든지 말든지 신경 쓰지 않고 제 갈 길을 묵묵히 가던 상사였다.

그런 그가 왜 갑자기 이렇게 행동하는 것일까. 싫지 않은 변화였지만 꽤 궁금했다.

물어보기에는 너무 애매한 질문이 아현의 입술 언저리를 간질였다.

"여기 와 본 적 있어요? 난 처음인데."

조금은 들떠 있는 재열의 목소리가 상념에 빠져 있던 아현을 끌어당겼다.

"아니요. 저도 처음이에요."

"그럼 나랑 단둘이서 처음으로 같이 와 보는 곳이네요."

"네, 그러네요."

"다행이에요. 꼭…… 와 보고 싶었던 곳인데, 같이 오게 돼서."

낮게 중얼거리는 재열의 목소리가 너무 작아서 알아듣지 못한 아현이 고개를 갸웃했다.

"무슨 말씀 하셨어요?"

"별말 아닙니다. 오늘 점심 연주랑 먹었죠?"

재열이 보들보들한 갈댓잎을 손에 그러쥐고 물었다.

"네."

"무슨 말 안 해요? 아침에 기분이 꽤 안 좋아 보이던데."

"본부장님 얘기하셨어요."

"뭐래요? 요즘 왜 그렇게 은석이한테 퉁명스럽대요?"

"모르시겠어요?"

"세상에서 가장 어려운 게 여자 마음입니다. 여자 중에서도 한연주 마음. 감정이 숨쉴 때마다 바뀌는 것 같아서."

"에이, 그 정도는 아니에요. 정말 대표님이나 본부장님이나 여자 마음 잘 모르시는 거 같아요. 전 대충 알 거 같은데."

"그럼, 말해 줘요. 말해 줘야 알아요."

"제가 당사자가 아니라, 말을 아끼는 게 맞는 거 같아요."

"나 궁금한 거 못 참는 성격인 거 아현 씨가 제일 잘 알 텐데."

"그래도 말씀드릴 수 없어요."

곤란하다며 아현이 고개를 내저었다.

재열은 더 캐묻지 않았다. 지금은 '둘' 만의 이야기를 하기에도 시간이 너무 부족하니까.

"와, 저 구름 봐요."

재열이 멀찍이 떠 있는 구름을 가리켰다. 에메랄드빛을 띤 하늘과 달콤한 솜사탕 같은 새하얀 뭉게구름에 아현은 황홀한 감탄을 내뱉었다.

"와, 정말 너무 예뻐요."

아현은 선물을 받은 아이처럼 좋아했다. 두 사람 주위로 한창 사진을 찍느라 바쁜 사람들이 보였다.

"사진 찍기 참 좋은 날씨네요."

아현이 그들을 흐뭇하게 바라보며 말했다.

"찍어 줄까요?"

"아, 아니요. 괜찮습니다, 대표님."

손사래까지 치며 거절했지만 재열은 자신의 휴대전화를 꺼내며 한 발자국 물러섰다.

"거기 서 봐요."

재열이 갈대숲을 가리켰다.

"아니에요, 대표님! 제가 찍어 드릴게요!"

"브이 해 봐요. 얼굴 꽃받침도 해 보고."

"대표님! 저 주세요! 이 배경엔 저보다 대표님이 훨씬 더 잘 어울리세요."

찰칵, 아현이 말리거나 말거나 버튼을 누른 재열이 액정을 매우 심각하게 들여다보았다.

"눈 제대로 감았는데?"

"아! 대표님!"

아현이 붉어진 얼굴로 한달음에 뛰어왔을 때였다.

"저기요."

누군가가 휴대전화를 뺏어 들려는 아현을 불렀다. 재열과 아현이 동시에 뒤를 돌아보았다. 뒤에는 이제 막 대학생이 된 듯한 앳된 커플이 서 있었다.

"죄송한데 저희 사진 한 장만 찍어 주실 수 있으세요? 대신 두 분도 찍어 드릴게요."

"저희는 괜찮습……!"

"그럼 저희부터 찍어 주세요. 세로로 한 번, 가로로 한 번씩 부탁드리죠. 하늘도 다 보이도록."

재열이 뭉게구름 하늘을 가리키며 커플에게 휴대전화를 건넨 후, 난감해하는 아현의 손목을 잡고 금빛을 두르고 있는 갈대숲으로 이끌었다.

"아니, 대표님. 저는……!"

여전히 사진 찍기를 격렬하게 사양하는 아현의 작은 어깨 위로 재열은 가볍게 손을 올려 브이를 그렸다.

그 순간 찰칵, 하는 소리가 들려왔다.

"웃어요. 웃으면서 같이 꽃받침 할까요?"

"아니요."

그의 부드러운 목소리에 아현은 더 이상 다른 방법이 없다 생각하며 카메라를 향해 어색하게 웃어 보였다.

찰칵.

작은 틀 안에 갇힌 재열의 얼굴엔 짙은 웃음기가 만연했다.

기왕 이렇게 될 줄 알았다면 제대로 찍을걸…….

꽤 귀엽게 나왔다는 재열의 말과 전혀 다른 사진 속의 저를 보며 아현은 속상해했다.

퇴근을 하는 버스 안에서 아현의 얼굴은 아쉬움과 불만이 가득했다.

사진에서 정말 잘 나온 건 자신이나 뭉게구름의 가을 하늘, 바람에 날리고 있는 금빛 색깔의 갈대도 아닌 재열뿐이었다.

"……."

아현은 존재 자체가 빛나는 환한 얼굴의 재열을 적적한 눈길로 바라보았다.

참 이상하다. 3년 전에는 그와 함께 있으면 그저 불편했다. 아무래도 보필을 해야 하는 상사이다 보니 그 압박감이 부담스럽게 마음을 억눌렀었다.

그런데 오늘의 재열은 전과는 확실히 다른 느낌이었다. 달리는 차 안에서 창문을 활짝 열어 놓고 고함을 지르는 반항기와 사진을 찍으며 좋아하는 모습을 재열에게서 볼 줄은 전혀 몰랐다.

하지만 그 모습이 어색하거나 싫지 않았다.

언제나 감정을 배제시킨 차가운 인형처럼 보이던 재열에게서 익숙한 사람의 냄새가 느껴지자 전과 다르게 가까이 있어도 불편하지가 않았다.

그의 웃는 얼굴이 예쁘다고 느낀 것도 오늘이 처음이었다. 생각해 보니 웃는 그의 모습을 본 것이 어쩌면 오늘이 처음이었을지도 모른다.

〈오늘 즐거웠습니다. 내일 봐요.〉

　그의 짤막한 문자에 아현의 입술 끝이 무의식중에 싱긋 올
라갔다.

제3화

"아니, 근데 너 그 얘기 들었어? 정 비서님이 배우 윤인호 전 와이프였다며."

비품실에서 필요한 사무용품을 이것저것 챙겨 휴게실을 지나쳐 가던 아현은 안에서 들려오는 은밀한 대화 소리에 걸음을 멈추었다.

괜찮을 줄 알았는데 아니, 적어도 괜찮은 척은 할 수 있을 거라고 생각했는데 여전히 그때의 상처가 아물지 않은 모양이다.

아직도 그 사람의 이름이 언급될 때마다 가슴이 철렁 내려앉는 것을 보면. 단 한 발자국도 움직이지 못하는 자신을 보면……

과거의 일들이 일어나지 않았던 일인 것처럼 아예 사라질 수는 없지만 이런 식으로 접하는 흔적들은 결코 달갑지 않았다.

아현은 본의 아니게 복도 기둥 뒤에 숨어 인기척도 내지 않고 사람들의 숙덕거림을 엿들었다.

같이 일해 본 적이 없는 신입 사원들이었다. 그래서 더욱 왈가왈부하기가 쉬울 터였다.

"이제야 알았냐? 나는 예전에 알았는데."

"이혼했다는 소리는 들었는데 그 이혼 상대가 배우 윤인호일 거라고는 상상도 못 했지."

"그래서 선배들은 정 비서님이랑 윤인호 얘기 나오는 거 쉬쉬하잖아."

"왜 쉬쉬해?"

"정 비서님 얘기가 회사 내에서 가십거리처럼 씹히는 것에 대표님이 유난히 예민하게 반응하신대. 사실인지 그냥 헛소문인지는 모르겠다만, 예전에 정 비서님에 관한 얘기를 함부로 입방정 떨던 직원이 잘리기까지 했었대."

제멋대로 굴러가 결국 눈덩이처럼 불어난 헛된 소문들은 사람들의 머릿속에 엉터리로 자리 잡고는 숨겨진 진심을 하염없이 조롱했다.

아현은 알고 있다.

재열이 자신을 이유로 직원을 자르는 경솔한 짓을 할 리가 없다는 것을.

그럴 이유도, 그럴 필요도 없을뿐더러 어느 기업보다 '직원'을 귀하게 여기는 재열이었다.

사사로운 정에 휘둘려 떳떳하지 못한 행동을 할 사람이 절대 아니었다.

하지만 섣불리 나설 수가 없었다. 비겁하게도 그럴 용기가 없었다.

남이 상처를 받든지 말든지 호기심만 채우고 싶어 하는 이기적인 사람이 자신의 팔을 붙잡고 늘어지며 상처에 대해 집요하게 물고 늘어질까 봐, 두려웠다.

"아니, 대표님은 정 비서님을 왜 그렇게까지 감싸고도시는 건데?"

"일 잘하잖아."

"그 이유뿐일까?"

"그럼 설마 다른 이유가 있겠냐? 대표님, 완전 잘나가는 톱스타 여배우들한테도 고백받고 대기업 오너들도 사위 삼으려고 다들 얼마나 난리인데. 막말로 자기 심부름 따위나 하는 비서가 눈에 들어오겠어? 이혼까지 한 여자인데."

"하긴, 우리 대표님이 뭐가 부족해서 그런 여자랑……."

"그리고 대표님이랑 윤인호랑 얼마나 친한지 알잖아. 대표님 밑바닥부터 윤인호 데리고 시작했던 거. 두 사람 사이에는 특별한 애정 같은 게 있을 거야."

"말은 똑바로 해. 애정이 아니라 애증이겠지."

"애증?"

"막판에 윤인호가 깽판치고 나간 건 사실이잖아. 계약 만료

되지도 않았는데 결혼하더니 본가인 미국에서 다른 기획사랑 활동하겠다며 계약 파기해 달라고 대표님을 그렇게 괴롭혔다며. 잡아 놓은 스케줄 다 펑크 내고, 아무 말도 없이 몰래 출국해 버리고. 들어오는 시나리오 다 차고."

"맞다. 그랬다고 했지?"

"솔직히 우리 대표님 마음이 넓으신 거지. 정 비서님 볼 때마다 윤인호가 생각날 수도 있는데 사적인 감정은 배제하고 오롯이 공적으로만 대하는 거, 그거 쉬운 일 아니다?"

"그것보다 정 비서님은 좋겠다. 대표님이랑 매일 얼굴 보며 일해서. 난 몇 번이나 비서 지원했는데도 떨어졌는데."

"가능성은 더 희박해졌지. 정 비서가 일을 그렇게 잘해서 다른 회사 입사하려던 걸 대표님이 직접 모시고 왔다잖아."

"일을 잘하면 뭐 얼마나 잘한다고."

"설마, 좀 반반한 얼굴 믿고 우리 대표님한테 꼬리 치는 건 아니겠지?"

"야, 염치가 있지. 다른 사람도 아닌 윤인호 와이프였는데. 그리고 우리 대표님도 아무리 윤인호랑 사이가 안 좋아졌어도 한때 무지 아끼던 동생의 여자를…… 말도 안 돼."

아쉬워하며 테이블에 몸을 늘어트리는 한 여직원의 등을 멀거니 바라보던 아현은 뒤에서 들려오는 목소리에 화들짝 놀랐다.

"왜 듣고만 있어요? 가서 꿀밤이라도 한 대 때려 버려요."

놀란 눈으로 돌아보니 오늘따라 꽤 수수한 인상을 풍기는 은석이 서 있었다.

"못 때릴 거 같으면 내가 때려 주고."

은석이 앙칼지게 주먹을 쥐며 오버스럽게 몸을 풀었다. 그런 은석을 보며 아현은 자신도 모르게 피식, 웃어 버리고 말았다.

마음 같아서는 그렇게 해 달라고 하고 싶었지만 인상 찌푸리는 일을 만들고 싶지는 않았다.

더 이상 입방아에 마구잡이로 오르락내리락하여 마음에 생채기를 내고 싶지도 않았다.

"아니에요. 틀린 말 하나도 없던데요, 뭐……."

그래서 아현은 최대한 자신이 여유롭게 웃을 수 있는 미소를 지으며 은석을 마주했다.

"윤인호의 전 와이프도 맞고, 대표님한테 부족한 사람도 맞고……."

자꾸만 처지려고 하는 기분을 아현은 애써 추슬러 세웠다.

"일 잘하는 것도 맞고……. 틀린 말이 없잖아요. 아, 하나 있네요. 꼬리 친다는 거. 전 꼬리 같은 건 없는데 말이에요."

공중으로 추켜세우고 있던 주먹을 천천히 내린 은석은 가만히 아현을 들여다보았다.

화려한 입담으로 위로를 해 주지는 않았지만 아현은 작게 일렁이는 은석의 눈빛만 보아도 알 수 있었다.

그가 속으로 생각보다 씩씩해서 다행이라며 안도하고 있다는 것을.

"도와줄게요."

은석이 아현의 품에 한가득 있는 사무용품으로 두 팔을 뻗었다.

"괜찮아요."

"어차피 대표실에 올라가던 길이에요. 제가 또 워낙 괜찮은 상사라 이렇게 부하 직원 혼자 힘들어하는 건 두 눈 뜨고 못 보잖아요."

너스레를 떨며 사무용품을 나눠 든 은석은 아현과 나란히 엘리베이터로 향했다.

"한 팀장님이랑은 좀 푸셨어요?"

상하 버튼을 누르고 올라오는 엘리베이터를 기다리는 동안 아현은 문득 어제 점심을 먹으며 은석에 대해 불만을 토해 내던 연주를 떠올렸다.

하늘 정원에서 남자는 말해 줘야 안다는 재열의 말도 떠오르고.

"사실, 뭐 풀 게 있겠습니까. 한 팀장이 일방적으로 화난 건데."

"……."

"근데 혹시 왜 화났는지 정 비서님은 알아요?"

왜 화가 났는지 알 것 같긴 했지만 당사자에게 직접 듣는 편이 좋겠다고 생각한 아현이 옅은 미소를 띠며 고개를 내저었다.

"글쎄요. 그건 저도 잘 모르겠지만 한 팀장님도 본부장님 신경 많이 쓰고 계시는 거 같더라고요."

"걔가요?"

의외라는 반응과 달리 그는 내심 은근히 안도를 하는 눈치였다.

"이런 말씀 드려도 될지는 모르겠지만 한 팀장님이랑 박 본부장님은 바늘과 실 같으세요."

"나랑 한 팀장이요?"

"네. 바늘엔 실이 필요하고 실에는 바늘이 필요한 법이잖아요. 꼭 그런 것 같아요, 두 분은."

은석의 실없는 웃음에서 딱히 부정의 의미가 보이진 않았다.

"예전에 김재열도 그런 소리를 한 적이 한 번 있었는데."

"대표님께서요?"

"네. 너희는 라면과 김치 같다고. 고등학교 때인가? PC방에서 같이 게임하면서 라면 먹다가 느닷없이 그랬죠. 잘 어울린다고. 어찌나 사귀어 보라고 등을 떠밀던지."

은석이 싫지 않게 중얼거렸다.

"아, 그러셨구나……."

재열의 고등학생 모습이 얼추 상상되자 아현은 웃음을 감출수가 없었다.

지금보다 조금 앳되고 반항심이 묻어 나는 눈빛으로 사춘기를 앓고 있는 소년.

"김재열, 고등학교 때 사진 있는데 보여 줄까요?"

마침 도착한 엘리베이터에 올라타면서 은석이 아현의 생각이라도 읽은 것처럼 바지에서 휴대전화를 꺼내 들었다.

"어디 보자…… 우리 흑역사 앨범이."

사무용품을 들지 않은 반대쪽 손에 휴대전화를 들고 연신 살피던 은석이 앨범을 찾았는지, 흥미로운 미소를 지으며 아현의 곁으로 바짝 다가섰다.

"여기요. 김재열 표정 좀 봐요. 카메라를 부숴 버릴 것 같지 않아요?"

아현이 상상한 그대로의 모습이다.

나란히 선 친구들에 비해 월등히 큰 키와 특유의 무미건조한 표정까지. 달라진 건 조금 성숙해지고 다부져진 몸매가 전부였다.

"대표님은 그대로시네요."

"뭐가 그대로예요, 완전 촌스러운데! 와, 직속 상사라고 입에 꿀 제대로 바르셨네요. 우리 정 비서님."

은석에 의해 넘겨진 사진에는 재열이 이런 표정도 지을 수 있나, 싶을 정도로 낯선 표정의 셀카가 찍혀 있었다.

턱을 살짝 치켜들고 과감하게 윙크를 하고 있는 사진에 아현은 차마 웃지도 못하고 숨을 삼켰다.

"귀여워요."

자신도 모르게 터져 나온 말에 아현이 금세 재열의 눈치를 살폈다.

"이게 귀여워요? 웃긴 거지."

하지만 은석은 대수롭지 않은 반응이었다.

"아, 진짜 웃긴 거 있다! 우리 수련회 갔을 때 찍힌 사진인데……."

무언가가 생각났는지 은석의 손놀림이 굉장히 빨라졌다. 몇 장의 사진을 급하게 넘기던 은석이 '찾았다!' 하며 휴대전화를 아현에게 내밀었다.

그곳엔 얼굴 가득 도깨비를 연상시키는 낙서가 칠해진 채 새근새근 잠들어 있는 재열의 사진이 찍혀 있었다.

"어머……."

"웃기죠? 이 사진 삭제하려고 김재열이 엄청 노력했는데, 제가 이거 복사본만 한 100개는 가지고 있어요."

"이건 맞네요. 대표님 흑역사."

은석은 따뜻한 눈망울로 다시 휴대전화의 사진을 들여다보았다.

"저는 김재열이 잘되길 바랐지만 진짜 이렇게 사람답게 잘 살 줄은 사실 상상조차 못 했어요. 항상 겉돌았던 친구거든요. 자꾸만 어디론가 사라져 버릴 것 같아서 매일 옆에 꼭 붙어 있어야만 했던 그런 친구."

"……."

"앞으로도 진짜 잘 부탁드려요, 우리 재열이."

"언제나 절 믿어 주시는 대표님께 감사하게 생각하며 열심히 일하겠습니다."

"아 참, 그리고 이거 내가 보여 줬다고 재열이한테 절대 말하면 안 돼요."

대표실에 볼일이 있다던 은석의 말은 선의의 거짓말이었던 모양이었다.

은석은 나눠 들었던 사무용품을 건네주고는 방금 타고 올라온 엘리베이터를 급하게 잡아 다시 내려가 버렸다.

어쩌면 사랑하는 친구의 부하 직원이 힘들어하는 것을 조금이나마 위로해 주고 싶어 일부러 따라붙었던 것인지도 몰랐다.

은석이 가고 얼마 되지 않아 굳게 닫혀 있던 대표실 문이 열렸다.

재열은 피곤함에 한층 젖어 있는 얼굴이었다.

그 얼굴에 그만 낙서 가득한 얼굴로 쿨쿨 자고 있던 앳된 재열의 얼굴이 오버랩되고 말았다.

참으려고 버둥거렸지만 결국 쿡, 하고 재열의 면전에 대고 웃어 버리고 말았다.

재열의 낯빛에 순간 뭐지? 하는 궁금증이 서렸다.

"아, 저도 모르게……."

아현이 자꾸만 터져 나오려는 웃음을 감추려 입을 틀어막았다.

"웬만하면 같이 좀 웃죠?"

재열이 솟아오르는 불길한 예감을 떨어트리지 못한 얼굴로 말했다.

"아니에요. 아무것도."

"아무것도 아닌 얼굴이 전혀 아닌데요. 나 보면서 웃음도 못 참고."

아현이 간신히 표정을 가다듬고는 입술을 떼어 냈다.

"사실은 본부장님께서 대표님 고등학교 때……."

아현의 말이 다 끝나지도 않았는데 재열의 얼굴이 금방 붉으락푸르락해졌다.

언제나 무감한 얼굴이라 무슨 생각을 하고 있는지 모를 정도로 포커페이스인 재열이 노골적으로 감정을 드러내고 있었다.

"설마 아니죠? 그, 수련회 사진."

"맞아요. 수련회 사진."

욱하고 치밀어 오르는 화를 가까스로 참아 내며 재열이 흐트러진 자신의 정신 줄을 잡았다.

당장이라도 뛰어 내려가 은석의 멱살이라도 잡을 기세였던 그는 최대한 덤덤하고 뻔뻔한 표정으로 입술을 떼어 냈다.

"자세히 안 봤죠?"

"자세히 봤어요."

"아, 그럼 눈치챘을 텐데? 나 아닌 거."

순간, 아현의 마음 언저리에서 장난기가 빠끔히 고개를 내밀었다.

"대표님은 정말, 연예인 안 하신 게 잘한 선택 같아요."

"무슨 뜻이에요?"

"연기에는 영, 소질이 없으신 거 같아서요."

"……."

이미 들켜 버린 거짓말에 대한 민망함은 오롯이 재열의 몫이었다.

"우리 본부장 자리에 있나?"

재열은 아현의 시선을 황급히 피하며 군더더기 없는 발걸음으로 자리를 옮겼다.

재열의 모습이 엘리베이터 안으로 들어가 사라질 때까지 아현은 눈을 뗄 수 없었다.

처음으로 그가,

귀엽다고 느껴지는 순간이었다.

❅   ❅   ❅

"대표님, 뭐 마음에 안 드시는 부분이나 전달하실 말씀이라도 있으신지요."

회의가 끝나고도 꼼짝 않고 그 자리에 앉아 옆에 있는 은석을 노려보는 재열에게 아직도 긴장감을 풀지 못한 신인개발팀 대리가 넌지시 물어왔다.

"아닙니다. 다들 회의하느라 수고하셨습니다. 점심 맛있게 하세요. 아, 본부장님은 잠시 저 좀 보시죠?"

그제야 직원들이 서류들을 품에 안고 빛과 같은 속도로 갑갑했던 회의실을 빠져나갔다.

모두 나가고 나자 큰 회의실에는 달랑 두 사람만 남았다.

"회의 때 하셨던 말씀대로 진행하도록 하겠습니다."

아무 대꾸 없이 팔짱을 끼고 의자에 몸을 기댄 채 못마땅하게 바라보는 재열의 모습에 은석은 결국 두 손 두 발 다 들어 버리고 말았다.

"기분이 별로 안 좋은 것 같아서 보여 드린 거야. 그거 보고 나서 막 웃는데 스트레스가 제대로 풀렸던 것 같더라고."

"내가 듣고 싶은 말을 다 듣지 않았다는 걸 잘 알 텐데?"

굳어 있는 재열의 얼굴에서는 단 한 톨의 웃음도 보이지 않았다.

"알겠다. 알겠어."

은석이 연신 아쉬운 내색을 보이며 휴대전화를 꺼내 재열이 보는 앞에서 수련회 때의 사진을 지웠다. 그리고는 자신 있게 휴대전화 갤러리를 재열에게 들이밀었다.

"자, 말끔히 지웠어."

만족했냐는 듯 서류를 들고 일어나는 은석의 뒤를 재열이 따랐다.

"그런데 그게 무슨 말이야."

"어떤 말?"

"기분이 별로 안 좋은 것 같았다며."

"아, 정 비서님? 회사에 이상한 소문이 돌더라."

"무슨 소문?"

"네가 정 비서님 때문에 직원을 잘랐다는 소문."

사실, 헛소문은 아니다. 예전 이야기였다. 인호와 한창 연애를 하던 아현에 대한 얼토당토않은 루머가 인터넷을 뜨겁게 달군 적이 있었다.

과거에 했던 짓이라며 차마 입에 담을 수도 없는 흉악한 말들이 적혀져 있었다.

두고 볼 수는 없었다.

자신이 아끼는 부하 직원의 명예를 더럽히고 자신이 사랑하는 여자의 마음에 상처를 주는 악플러를 당장 고소해 잡아냈다.

그리고 찾아간 경찰서에서 몸을 부들부들 떨며 자신을 바라보는 범인을 보고 기겁하고 말았다.

범인은 바로 자신의 회사에 다니는 광고팀 여직원이었던 것이다.

배신감이 매우 컸지만 고소를 하는 대신 조용히 사표를 내라고 경고했다.

그 과정이 이렇게 주어 없이 퍼져 버리다니. 그저 어이가 없을 뿐이었다.

"그래? 그럼 다들 그 입 조심히 놀리면서 다니라고 전해 줘."

변명 따위 할 생각은 없다. 괜히 하는 소리도 결코 아니었다.

그녀에게 함부로 지껄이는 인간들은 이제 정말, 그 누구라도 용서하지 않을 생각이니까.

"그런데 어땠어?"

"뭘?"

"정 비서님. 표정 말이야."

"아…… 많이 힘들어 보이더라. 그 자리에 멈춰 서서 한 발자국도 움직이지 못하더라고. 사무용품을 품에 안고 있는 손이 미세하게 떨리는데……. 상처가 아물려면 아직 멀었지. 너무 안쓰러웠어."

은석과 헤어지고 대표실로 올라온 재열은 자리에 앉아 열심히 업무에 집중하고 있는 아현을 소리 없이 바라보았다.

"많이 힘들어 보이더라."

은석의 목소리가 이명처럼 다시 귀를 스쳤다.

재열의 마음이 순식간에 먹먹해져 왔다.

어딜 가나 그녀의 상처를 건드리는 첨예한 가시들이 존재한다는 것에, 그리고 그걸 하나하나 다 뽑아 주지 못하고 그녀 스스로 이겨 내는 모습을 지켜봐야만 한다는 것에.

재열은 쉽게 위로조차 할 수가 없었다.

그리고 한편으로는 그 위로조차 할 수 없는 자신의 위치가 한없이……

초라하게 느껴졌다.

❈ ❈ ❈

평일임에도 불구하고 홀을 꽤 채우고 있는 사람들에 놀라워하며 아현은 문을 열고 들어섰다. 야근 중인 재열이 퇴근할 때까지 자리를 지키려고 했다.

하지만 대표실 문을 열고 나온 재열이 귀에 대고 있던 휴대전화를 아현에게 건넨 순간 모든 것이 달라졌다.

—아현아. 내가 대표님께 너 지금 퇴근시켜 달라고 간곡히 부탁드려 놨으니까, 얼른 퇴근하고 우리가 자주 가던 회사 근처 이자카야로 와! 오늘 한잔하자.

아직 직속 상사가 퇴근을 하지 않은 상태라 마음이 불편해 거절을 하려고 했지만, 재열은 괜찮다며 미소 지어 주었다.

이유는 하나였다. 연주가 삐지는 꼴을 별로 보고 싶지 않다는 것이었다.

자신도 오랜만에 연주와 한잔하고 싶은 마음에 아현은 재열이 대표실로 들어가자마자 쏜살같이 퇴근 준비를 하고 한달음에 가게로 달려왔다.

"사람이 꽤 많네요."

아현이 자리에 앉으며 하는 말에 연주가 홀을 쭉 둘러보았다.

"분위기도 좋고 가격도 저렴하고, 기억나? 우리 여기서 되게 자주 먹었잖아."

"맞아요."

"아, 그거 기억난다. 너 재열이 비서 하고 일주일? 그 정도 됐을 때, 여기서 재열이 너무 무섭다고 내 손 잡고 펑펑 울던 거."

"그랬어요, 제가?"

"기억나면서 안 나는 척하기는. 지금 표정 되게 어색한 거 알지?"

아까 재열이 이런 기분이었을까.

너무 창피해서 되도록 빨리 화제를 바꿔 버리고 싶은 간절한 심정.

"뭐라도 먼저 드시고 계시지 그러셨어요."

"오늘은 내가 결심하고 쏘는 자리인데 그건 예의가 아니지. 먹고 싶은 거 있으면 망설이지 말고 전부 다 시켜. 나 저번 달에 월급 올랐잖아."

"정말 다 시켜도 돼요?"

아현이 메뉴판을 들고 장난스럽게 물었다.

"그럼! 다 시켜."

술잔이 세팅되고 아현과 연주는 서로의 빈 잔에 술을 채워 주었다.

"다시 한 번 말하지만 같이 일하게 돼서 너무 좋다, 정아현."

"저도 너무 반갑고 이렇게 반가워해 주셔서 감사드려요, 팀장님."

건배를 하고 잔을 그대로 비워 버렸다. 곧 주문한 음식이 나오자 아현과 연주는 배고픈 나머지 오가는 대화 없이 안주 하나를 금세 바닥내 버리고 말았다.

"우리 술집에 식사하러 온 거 아니지?"

"아닌 줄 알았는데, 아닌 게 아니었나 봐요."

"그러니까. 가벼운 안주로 하나 더 시키자."

"좋아요."

"술도 하나 더 시키고?"

"너무 좋아요."

언제나 느끼는 거지만 연주하고는 죽이 참 척척 잘 맞았다. 사고방식이나 웃고 떠들 수 있는 공감 가는 개그까지.

아현에게 연주는 직장 상사라기보단 정말 오래도록 알고 지낸 친한 언니 같은 존재였다. 조금 푼수기가 있는.

"아 참, 며칠 전에 대표실 올라갔는데 너랑 대표님 둘 다 자리 비웠더라? 한참을 기다렸는데도 안 오더라고. 솔직하게 말해 봐. 그날 둘이 어디 갔어?"

"아, 그날이요."

하늘 정원에 갔다 온 날을 묻는 듯싶었다.

"거짓말할 생각은 하지 말고."

눈을 번쩍이며 추궁하는 연주에 변명거리를 찾으려고 열심히 머리를 굴렸지만 결국 있었던 일들을 모두 털어 놓을 수밖에 없었다.

"김재열이 웬일이래? 참 별일이다."

"사실 저도 대표님의 그런 모습이 많이 낯설게 느껴지기는 하더라고요."

"20년 넘게 지낸 나도 낯선데 넌 오죽했겠어."

"그런데 별로 싫지 않았어요. 왜, 팀장님이 예전에 대표님에 대해서 말씀해 주셨을 때 저는 공감 못 했던 게 많았잖아요."

"어떤 거? 김재열 귀엽다는 거?"

아현이 나지막하게 고개를 끄덕였다.

"그런데 귀여우시더라고요. 맑은 하늘을 보고 좋아하시고…… 꽃받침 하고 사진 찍으시고."

"나잇값 못 하게 꽃받침은! 하하, 김재열 귀엽지. 마음도 많이 여리고…… 이상해. 난 이렇게 꼭 술 먹고 감성적인 상태에서 재열이만 생각하면……."

무언가가 생각났는지 연주가 울컥 차오르는 감정에 말을 멈추었다. 코끝이 붉어진 채로 연주는 뺨을 타고 내리는 눈물을 황급하게 훔쳐 냈다.

"아휴, 내가 왜 이러지?"

"……."

"아무튼, 네가 돌아와서 그런지 재열이 모습이 한껏 편안해 보여. 참 다행이야."

"이래저래 죄송한 분들이 너무 많네요. 제가 너무 이기적으로 저만 생각하고 살았던 거 같아요."

"무슨 말을 또 그렇게 하냐, 너는……. 네가 뭘 어쨌다고.

아! 갑자기 분위기 우울해져서 싫다. 기분 전환도 할 겸 우리
도 오랜만에 셀카나 찍을까? 나 어제 마사지 받아서 오늘 피부
진짜 좋은데."

술잔을 기울이며 정신없이 수다를 떨다 보니 어느새 시간은
꽤 깊어져 있었다.

두 사람은 붉어진 얼굴로 기분 좋게 가게 문을 열고 나섰
다.

"오늘 우리 집에서 자고 가."

연주가 자신이 살고 있는 오피스텔을 손으로 가리키며 말
했지만 아현은 부득이한 사정이 아니고서는 잠은 집에서 자고
싶었다.

아현의 거절이 못내 섭섭한 모양이었는지 연주가 입술을 삐
죽였다.

"그럼 조심히 들어가고, 도착하면 전화해. 걱정되니까."

고작 9시가 조금 넘은 시각이라 그렇게까지 걱정을 하지 않
아도 되련만, 새벽에라도 들여보내는 것처럼 연주의 얼굴엔
근심이 가득했다.

"네. 오늘 정말 잘 먹었습니다."

"우리 아현이, 내가 많이 아끼는 거 알지?"

연주가 두 팔을 쫙 벌려 아현을 있는 힘껏 끌어안고 등을
다정하게 다독였다.

순간, 울컥하고 무언가가 치밀어 오르려해 아현은 머릿속에
재열의 수련회 사진을 떠올리며 참았다. 눈가를 촉촉하게 적

시던 눈물은 어느새 말끔히 말라 버렸고 웃음기만 남아 있을 뿐이었다.

"갑자기 왜 웃어?"

"아니, 저희 대표님 말이에요."

"재열이?"

"네. 수련회 가서서 얼굴에 낙서한 사진이 갑자기 떠올라서요."

"그걸 지가 보여 줘?"

"아니요. 본부장님께서 보여 주셨어요."

"박은석이 보여 줬다고?"

"네."

아현이 짤막하게 대답을 했다.

"지 사진은?"

"누구 사진이요?"

"박은석 지 사진 말이야. 재열이 사진만 보여 주고 지 사진은 안 보여 줬지?"

연주의 물음에 아현이 고개를 끄덕였다.

"진짜 웃긴다. 자기 얼굴이 더 웃겼어, 그날!"

"정말요?"

"기다려 봐. 내가 박은석 사진 보여 줄게."

연주가 보여 준 은석의 사진은 정말 재열과는 비교도 되지 않을 정도로 엉망이었다.

"어머."

"진짜 웃기지?"

아현이 뒤로 자지러지듯 넘어갔다.

"오랜만에 너랑 이렇게 한잔하면서 얘기하니까 너무 좋다."

"저도요."

"자주 좀 하자."

"네. 언제든지 불러만 주세요, 팀장님."

연주와 헤어진 후, 아현은 평소 타던 버스 정류장으로 향하려다가 술에 달아오른 몸을 조금 식히고 싶어 한 정거장을 더 걷기로 결심했다.

제법 쌀쌀해진 바람이 이제 곧 겨울이 다가오고 있다는 것을 알렸다.

아현은 오래도록 꺼내지 않아 손에 감기는 이어폰을 풀어 귀에 꽂았다.

에피톤 프로젝트의 잔잔한 노래가 귓가에 기분 좋게 퍼져 갔다.

노래를 나지막하게 흥얼거리며 바닥에 우수수 떨어져 있는 버석한 단풍잎을 천천히 밟아 갔다.

이런 여유, 얼마 만에 가져 보는 건지. 아현은 여유로움에 외로울 것만 같던 밤을 위로받고 있었다.

서로 어깨동무를 하며 뭐라 고함을 지르고 있는 회사원들을 지나, 지친 기색이 역력한 모습으로 어깨를 두들기고 있는 요리사를 지나, 테이크아웃 컵을 들고 담배를 피우고 있는 사람을 지나, 서로 헤어지기 싫어 끌어안고 있는 커플을 지나 버스 정류장에 도착했다.

버스는 얼마 되지 않아 도착했고 아현은 그대로 올라탔다. 자리에 앉아 창문을 살짝 열고 불어오는 바람을 만끽했다. 적당히 알딸딸한 이 기분이 싫지 않았다.

살며시 눈을 감았다. 세상이 어두워졌다.

그러자 잔잔한 바람에, 귀를 간질이는 노래에, 나른한 잠이 실려 와 아현의 몸을 살포시 감싸 안았다.

✳   ✳   ✳

탈진 상태에 가까운 피로가 몰려들었다.

운전대를 잡은 것을 후회할 정도로 재열은 피곤함에 푹 잠겨 있었다.

회사 주차장에서 빠져나온 차는 얼마 가지 못해 신호에 걸려 멈추었다.

재열은 운전대에서 손을 떼고 자꾸만 무겁게 내려앉으려는 눈꺼풀을 간신히 거두며 마른 얼굴을 문질렀다.

음반 사업부터 시작해서 드라마 투자 사업까지, 밀려 있는 업무는 재열을 잡고 쉽게 놓아 주지 않았다.

몰려오는 피곤함을 억지로 버티며 막 바뀐 신호에 차를 출발시키려고 할 때였다.

앞쪽 정류장에서 버스에 올라타는 아현의 모습이 보였다. 술을 꽤 많이 마신 모양인지, 아현의 얼굴은 붉게 달아올라 있었다.

액셀을 밟은 재열이 천천히 굴러가는 버스 옆에 차를 붙이고 안을 살폈다.

반대쪽에 앉은 아현의 모습이 보일 듯 말 듯 애간장을 태웠다.

하지만 어렴풋한 그림자만으로도, 아현을 보자마자 온몸에 내려앉았던 피곤함이 이미 저만치 사라져 버린 기분이 들었다.

재열은 속으로 쓴웃음을 지었다. 정말로 어쩔 수가 없나 보다.

몇 시간 전에 봤음에도 자꾸만 보고 싶어 넘실거리는 욕망을 버리지 못한 재열이 결국 더 세게 액셀을 밟아 앞쪽에 차를 세우고 버스에 올라탔다.

참 짧은 시간이었는데 아현은 어느새 창문에 머리를 부딪치며 꾸벅꾸벅 졸고 있었다.

재열은 아현의 바로 뒤, 빈자리에 앉아 창문과 아현의 머리 사이에 자신의 손을 가져갔다.

"……."

커다란 손에 작은 머리가 편안하게 기대어졌다.

예전에도 한 번 이런 적이 있었다. 늦게까지 회식을 한 터라 데려다주겠다고 말했지만 한사코 거절하고 버스에 올라탄 그녀가 걱정되어 차로 몰래 쫓아갔었다.

그러다 결국 함께하고 싶다는 욕심에 버스에 올라탔었다.

그때도 그랬다.

이렇게 뒤에서 지켜보는 것만으로도 행복하다고 자신을 달래고 모든 충동을 버겁게 자제시켰다.

한쪽 손으로는 여전히 아현의 머리를 받쳐 주고 나머지 손은 주먹을 쥔 후, 앞 의자의 등받이에 가져가 자신의 턱을 괴었다. 그리고 비스듬히 아현의 옆모습을 바라보았다.

세상모르게 잠들어 있는 아현을 보자 입가에 서서히 미소가 번져 나갔다.

바라보기만 해도 사랑스러운 여자였다.

그녀를 보면 언제나 갈증이 일었다.

무엇으로도 채워지지 않는 결핍과 간절히 원해도 가질 수 없는 것이 있음을 그녀로 인해 처음 알았다.

그녀로 인해 '처음'이라는 경험을 많이 했다.

처음으로 출근길의 자신의 매무시가 신경 쓰였고 처음으로 밤에 잠을 설쳤으며 처음으로 다정한 말투를 연습해 보았다.

오롯이 그녀 때문에.

완벽하게 옆자리에 앉아 바라볼 수 있는 날을 언제나 애타게 기다렸던 재열이었지만 결국 운명이라는 것을 원망하며 끝나 버린 사랑이었다.

재열은 턱을 괴고 있던 손을 천천히 뻗어 아현의 얼굴 언저리를 맴돌았다.

그러다 이내 아현의 집 근처에 도착했다는 것을 알고 화들짝 놀랐다.

아현의 머리를 받치고 있던 손을 조심스럽게 빼고 버스에서 내리기 위해 뒷문에 섰다.

막 문이 열리는 사이 아현을 바라보는 재열의 눈빛엔 아쉬움이 역력했다.

이 시간 이후로도 계속 그녀의 곁에 머물고 싶었다. 그녀의 밤을 가지고 싶었다.

하지만 이룰 수 없는 그 바람을 뒤로하고 버스에서 내린 재열은 멀어져 가는 버스를 바라보며 휴대전화를 들어 아현에게 전화를 걸었다.

신호는 얼마 가지 않아, 잠에 푹 잠긴 아현의 목소리로 바뀌었다.

—네, 대표님.

"신인개발팀에서 올린 수정한 서류들 메일로 보내⋯⋯."

—어머. 잠시만요, 대표님.

아현이 다급하게 재열에게 양해를 구했다.

아주 작은 목소리였지만 재열은 아현이 기사 아저씨께 죄송하다며 여기서 세워 달라고 간절히 부탁하는 목소리를 들을 수가 있었다.

—네, 대표님. 신인개발팀에서 올린 수정한 보고서들은 내일 오전에 책상 위에 올려놓도록 하겠습니다.

"그래요. 집에 조심히 들어가고."

전화를 끊은 후에도 재열은 더 이상 보이지 않는 버스를 한참 동안 바라보다 서서히 뒤돌아섰다.

"……."

순간 몰려오는 피로함에 나지막이 한숨을 몰아쉰 재열이 차가운 바람을 밟으며 천천히 걸음을 옮겼다.

제4화

재열은 더디게 내려오는 엘리베이터 화면의 붉은 숫자를 의미 없이 바라보며 바지 주머니에 손을 넣었다 빼기를 반복했다.

그러다 충동을 결국 이기지 못하고 방금 전 바지에 넣었던 휴대전화를 다시 꺼내 들었다.

이런 행동은 며칠 전부터 시작되어 하루에도 몇 번씩 반복되기 일쑤였다.

따사로운 햇살에 비춰 금빛 가루를 뿌린 듯한 갈대숲에서 찍은, 수줍게 웃고 있는 아현의 사진은 모든 신경을 기울이게 만들었다.

보고 또 봐도 그리운 사진을 보며 자꾸만 비집고 튀어나오는 웃음을 가까스로 참고 있던 중이었다.

"뭐 좋은 일 있으신가 봐요, 대표님."

재열은 뒤에서 바짝 들려오는 소리에 움찔하며 얼른 휴대전화를 바지에 넣었다.

은석이 차 키를 손가락으로 휙휙 돌리며 의심쩍은 눈빛으로 재열을 뚫어져라 훑었다.

"왜 그렇게 놀라지? 김재열답지 않게?"

"아무 기척 없이 뒤에서 갑자기 말하는데 누가 안 놀라."

"너."

"뭐?"

"너라고. 너 진짜 잘 안 놀라는 성격이잖아. 기억 안 나? 고등학교 담력 훈련 때 애들은 다 난린데, 너만 안 놀란다고 체육 선생님이 오기 생겨서 너 놀라게 하려다 목소리 완전 나가셨던 거."

"그랬나?"

가물가물한 기억에 미적지근하게 대답을 하며 열린 엘리베이터에 몸을 실었다. 그 옆을 은석이 차지했다.

"근데 진짜 뭐였기에 누가 볼세라 그렇게 허겁지겁 집어넣은 거야?"

"프라이버시."

신경 끄라는 듯 쌀쌀맞은 재열의 대답에 은석의 얼굴로 서운함이 퍼졌다가 사라졌다.

"진짜 말 안 해 줄 거냐?"

"나중에. 지금은 좀……."

재열이 은석의 복부를 가볍게 툭 치며 말을 대신했다. 무슨 말을 하기가 곤란할 때 보이는 습관적인 행동이었다. 은석은 입이 간질간질할 정도로 궁금했지만 더는 재열을 난감하게 만들고 싶지 않았기에 물어보지 않기로 했다.

"아, 피곤해."

은석이 입을 쩍 벌리며 하품을 했다. 아래 직원들이 있을 땐 절대 하지 않는 행동이었다.

"상사보다 아래 직원을 더 신경 쓰는 사람은 너밖에 없을 거다."

재열의 핀잔에 은석이 새삼스럽다며 실없이 웃었다.

"대접해 드려요, 상사로? 대표님, 아침 식사는 하셨는지요! 오시는 길에 차가 많이 막히진 않으셨는지요! 오늘 점심 메뉴는 어떤 걸로 드시는 것이 좋으신지요!"

은석이 두 손을 공손히 모으고 부담스러울 정도로 굽실거리자 재열이 한심하다는 얼굴로 고개를 내저었다.

"사양."

"그럴 거면서."

"근데 오늘 나 어때?"

뜬금없이 재열이 정장 재킷을 으쓱이며 묻자 은석은 감흥 없이 대답했다.

"평소랑 별반 다를 게 없는데?"

다부진 어깨와 모델 못지않은 기럭지에 재열만의 특유의 분위기는 유난히도 정장과 잘 어울렸다.

어쩌다 한 번씩 새벽 늦게까지 술을 마신 다음 날 아침, 상태가 말이 아니라며 불만을 터트려도 은석의 눈에는 그저 멋있는 친구일 뿐이었다.

"요즘 말로 '김재열 is 뭔들'이겠지만 그래도 평소보다 더 괜찮다든지, 더 멋져 보인다든지."

"스스로 그런 말 하면 안 민망하냐?"

"어. 안 민망한데? 나 때문에 생겨난 말 아니었어?"

뻔뻔할 정도로 당당하게 말하는 재열을 보며 은석이 심하게 콧방귀를 꼈다.

"진짜 재수 없는데 틀린 말이 아니라 더 재수 없게 느껴져."

오늘은 애타게 기다리던 아현과 민구네 가게에서 저녁을 먹기로 한 날이었다.

그 설렘에 밤새 몸을 뒤척였고 출근을 위해 준비하는 동안에는 내내 콧노래까지 흥얼거렸다.

"왜, 오늘 무슨 중요한 약속 있어?"

재열이 얼굴 가득 환한 미소를 띠며 고개를 끄덕였다. 얼마나 중요한 약속이기에 저렇게 매무시에 신경을 다 쓰고 들떠있는지 의아했다.

"응. 아주, 아주 중요한 약속."

"맞선이라도 보러 가냐?"

"내가 맞선을 아주 중요한 약속이라고 생각할 사람인가?"

그건 아니었다. 맞선 자리에 나가지 않아 상대방이 회사로 직접 쳐들어온 것이 한두 번이 아니니 말이다.

"그럼 뭔데?"

"프. 라. 이. 버. 시."

"그놈의 프라이버시!"

흥분하는 은석을 재밌다는 듯 바라보던 재열의 눈동자가 엘리베이터 구석 천장에 달려 있는 모니터로 향했다.

작은 모니터에서는 유니크의 뮤직비디오가 흘러나오고 있었다.

"아, 유니크 아시아 투어 공연 얼마나 진행되어 가고 있지?"

"일찍도 물어보시네. 요즘 우리 대표님 질풍노도의 시기인가요, 아님 뒤늦게 사춘기가 찾아와서 이리 반항을 하시는 건가요?"

"무슨 소리야?"

"며칠 전에는 땡땡이를 치셨다면서요."

아현과 함께 오후 근무를 제끼고 하늘 공원에 갔던 이야기를 하는 듯싶었다. 재열은 일단 정색을 지으며 시치미를 뚝 뗐다.

"누가 그래?"

"연주가."

"땡땡이가 아니라 외근이지, 외근. 사업차 중요한 곳을 가봐야 했어. 그건 그렇고 한 팀장이랑은 풀었나 봐?"

"그건 아니고 지나……."

은석의 말은 1층에 도착해 활짝 열린 엘리베이터로 몸을 싣는 누군가로 인해 끊겼다.

"안녕하세요. 대표님, 본부장님."

재열의 무감했던 얼굴에 슬그머니 웃음기가 감돌 때 은석의 얼굴은 한층 더 어두워졌다.

"안녕하세요, 대표님!"

아현과는 달리 재열에게만 달랑 인사를 하고 몸을 휙 돌려 버리는 연주 때문이었다. 연주의 그 행동으로 분위기는 무겁다 못해 다소 살벌해졌다.

이 분위기를 감당하기 힘들어할 사람이 다름 아닌 아현일 거라는 생각에 재열의 마음도 덩달아 심란해져 왔다.

재열은 은석을 팔꿈치로 치며 연주를 향해 눈짓을 해 보였다.

푼 거 아니었어?

재열의 입 모양을 보고 은석이 고개를 내저었다. 우울함으로 가득 찬 은석의 눈이 가만히 연주의 뒤통수를 바라보았다.

"한 팀장 잠깐 나랑 얘기 좀 하지."

은석의 말에 연주가 뒤도 돌아보지 않은 채 콧방귀를 꼈다. 이번엔 옆에 있던 아현이 일촉즉발로 터질 것 같은 그들의 눈치를 살폈다.

"한 팀장, 얘기 좀 하자고 그랬는데."

"본부장님께서 저랑 할 얘기가 뭐가 있죠? 엄연히 부서도 다른데. 그리고 하실 말씀 있으시면 지금 여기서 하세요."

연주가 톡하고 쏘아붙이자 은석이 입을 굳게 다물었다. 상사라는 작자들이 아래 직원 앞에서 이게 무슨 짓들인지. 재열은 낯짝이 부끄러워졌다.

공중에서 불꽃까지 튀기며 싸우는 두 사람을 더는 방임해서는 안 되겠다고 생각한 재열이 한마디 하려고 막 입술을 떼어냈을 때였다.

마침 타이밍 좋게 엘리베이터가 멈췄다.

"그럼 저희 먼저 내리겠습니다, 대표님."

재열을 향해 목례를 취한 은석은 아차 할 틈도 허락하지 않고 그대로 무방비한 연주의 손목을 잡고 내렸다.

"둘 다 참 솔직하게 굴지 못하고 왜 저러는지."

친구들이 뿌리고 간 민망한 사태를 주워 담으며 재열이 머쓱한 표정을 지었다. 그런 재열을 마주하며 아현 역시 어색하게 웃었다.

"아 참, 오늘 민구네 가기로 한 약속 안 잊었죠?"

"당연하죠. 드시고 싶은 거 마음껏 고르세요, 대표님."

잊지 않았다는 말에 재열은 자신도 모르게 올라가려는 입꼬리를 얼른 내렸다.

"음, 그럼 점심을 굶는 게 좋겠군."

웃음기 하나 없는 진지한 얼굴로 건네는 농담에 아현이 피식, 하고 웃어 버렸다. 이런 농담조차도 전혀 던지지 못하는 사람인 줄 알았는데…….

"대표님!"

엘리베이터에서 막 내린 재열은 자신을 향해 반갑게 달려오는 동하를 다급하게 돌려세웠다.

"들어가서 얘기하자."

"어? 대표님, 잠깐만요."

재열에게 등을 떠밀리고 있던 동하가 뒤쪽에서 자신을 뿌듯하게 바라보고 있는 아현에게 다급히 다가갔다.

"정 비서님?"

믿기 힘들다는 듯한 동하의 물음에 아현이 크게 고개를 끄덕였다.

"대박, 정 비서님!"

동하가 귀여운 인디언 보조개를 보이며 막을 틈도 없이 아현을 와락 끌어안았다.

저 자식이. 동하의 돌발 행동에 재열의 얼굴이 금세 분노로 붉어져 갔다.

"언제 돌아오신 거예요? 대표님은 정 비서님 돌아오신 거왜 말씀 안 해 주셨어요!"

너 그럴까 봐. 네가 이럴 걸 뻔히 아니까. 재열은 고목나무에 달라붙은 매미처럼 아현에게 붙어 있는 동하를 억지로 떼어 냈다.

"나 바쁘니까 할 말 있으면 빨리 들어와."

아현과 동하는 각별한 사연을 지닌 사이였다.

열세 살이라는 어린 나이에 연습생으로 들어와 온갖 기대와 부담에 시달리다 모든 걸 포기하려던 동하를 잡아 준 사람이 바로 아현이었다.

매일 비상구에서 숨죽여 울던 동하를 안아 주며 함께 울어 준 유일한 사람이 아현이다 보니, 동하는 아현을 회사 사람 그 이상으로 애틋하게 생각하고 있었다.

재열 역시 두 사람의 사연을 지극히도 잘 알고 있었다. 그래서 자신의 맞은편에 앉고 나서도 산만하게 밖을 힐끔거리는 동하를 충분히 이해할 수 있었다.

다만, 허락과 용서가 되지 않을 뿐.

자리에서 일어나 창문 블라인드를 거둬 동하의 시야에서부터 아현을 철저하게 차단시켰다. 동하의 입에서 아쉬움 어린 한숨이 터져 나왔다.

"내가 한가해 보이나 봐?"

"무슨 말씀이세요?"

"할 말 있어서 올라온 거 아니야?"

"아, 맞아요."

동하가 늘어트리고 있던 몸을 반듯하게 세웠다. 무언가를 부탁할 때 나오는 자세였다.

"저 이번에 들어가는 드라마, 제이랑 같이할 수 있게 대표님이 도와주세요."

"제이?"

제이라면 쇼윈과는 비교가 안 될 정도로 작은 소속사에서 비장의 무기로 데뷔시킨, 막 뜨기 시작하는 신인 그룹의 리더였다.

"네."

"왜 그래야 되지?"

"어린 시절부터 형제처럼 지내던 친구 사이예요. 그 애가 잘 되었으면 좋겠어요. 회사에서 제작하는 드라마니까 작은 역할 하나쯤은 주실 수 있잖아요."

"그래서 내가 얻는 건?"

재열의 얼굴엔 어느새 사업가로서의 냉철함과 강건함만이 남아 있었다.

"저요."

짤막한 동하의 대답에도 재열은 전혀 흔들림이 없었다.

"이번 연도에 계약 만료인 거 아시죠? 제이만 도와주신다면 두말없이 5년 재계약하도록 하겠습니다."

협상을 하자는 거였다. 재열은 감히 협상을 걸어오는 동하가 건방지다는 생각이 들면서도 한편으로는 언제 이렇게 컸나 싶어 마음이 복잡했다.

저 아이를 다른 회사로 보내는 게 달갑지 않은 이유는 순전히 금전적인 이익이 아쉬워서는 절대 아니었다.

다른 곳으로 가게 됐을 때 그 회사가 얼마나 정성을 다해 동하를 보호할 수 있을지가 걱정이었다. 조카같이 애정이 가는 녀석이었다.

동하 역시, 사고 한 번 안 치고 어린 시절부터 함께한 자신을 재열이 쉽게 버리진 못할 것을 알고 있었다.

더군다나 그렇게 어려운 부탁도 아니었다. 이번에 제작하게 된 드라마 중 아직 비어 있는 역할 하나가 있었다.

출연료를 생각하면 신인 아이돌을 쓰는 것도 그리 나쁘진 않았다.

비록 신인이라도 뜨고 있는 그룹이라 팬층으로 인해 어느 정도 시청률에 도움이 될 거라 판단했다.

"좋아. 대신 한 입으로 두말하는 남자가 되진 마라."

"그 부분은 절대 걱정 마세요."

가슴을 주먹으로 당당하게 치며 장담한 동하가 다시 한 번 재열의 확답을 듣고 자리에서 일어났다.

"그럼 여러모로 부탁드리겠습니다! 대표님!"

동하가 반달 모양의 눈을 보이며 더 이상 미련은 없다는 듯 깃털 같은 발걸음으로 대표실을 빠져나갔다.

"정 비서님!"

동하의 손에 의해 닫히던 문틈 사이로 일순간 들려오는 살가운 목소리에 재열의 고운 미간이 찌푸려졌다. 그들이 정확히 어떤 대화를 하는지는 워낙 튼튼하게 시공된 대표실의 방음 장치로 인해 듣지 못했다.

다만 간간이 터지는 동하의 웃음소리가 작게 들려올 뿐이었다.

아현이 어떤 표정으로 동하를 대하고 있을지가 궁금했다. 블라인드를 은근슬쩍 열어 볼까 생각했지만 너무 없어 보일 것 같았다.

그리고 만약, 블라인드를 걷는다고 해도 창가에 우두커니 서서 계속 지켜볼 수도 없는 노릇이었다.

그 심술궂은 궁금증을 속 시원하게 풀 수 없다는 현실이 결국 재열을 다른 곳으로 이끌었다. 재열은 동하의 매니저에게 전화를 걸었다. 신호는 얼마 가지 않아 군기가 잔뜩 든 목소리로 바뀌었다.

—네! 대표님! 유니크 최동하 매니저 김동진이라고 합니다!

몇 번이나 그럴 필요 없다고 주의를 줬지만 매니저들은 늘 이런 부담스러운 자세였다. 은석의 말로는 매니저들끼리는 선후배라고 부르는데, 그 선후배 체계가 깍듯하다 못해 살벌하기까지 하다고 했다.

그들이 정해 놓은 룰에 함부로 개입하고 싶지는 않았다. 그래서 재열은 거슬리는 말투를 애써 무시하고 넘겼다.

"오늘 동하 스케줄 없습니까?"

—오후에 뮤지컬 연습, 보이는 라디오 출연이 있고 내일 지방 팬 사인회를 위해 스케줄 완료 후 바로 내려가 봐야 합니다!

그러니까, 시답지 않은 시간을 소비할 여유가 없다는 뜻이었다. 저렇게 넋 놓고 수다를 떨게 된다면 스케줄에 영향을 끼칠 것이 농후했다.

대표이사로서 소속 배우가 어떤 꼬투리도 잡히게 해서는 안 된다는 사명감을 확실히 보여 줘야겠다는 투철한 정신이 들었다.

—그런데 동하가 방금 대표님과의 대화가 길어질 것 같다며 자기가 먼저하기 전까지는 연락을 하지 말라고 했습니다.

"얘기 벌써 끝났습니다. 전화를 계속 안 받으면 직접 올라와서 데리고 가셔도 됩니다."

잠시 후, 가야 한다는 매니저와 조금만 더 있겠다는 동하의 실랑이 소리가 들려왔다. 그러다 이내 잠잠해지고 나서야 재열은 소파에서 일어나 서류가 잔뜩 쌓여 있는 책상 앞에 앉았다.

✳　　　✳　　　✳

"저 남자 좀 봐."

뒤에서 들려오는 목소리에 계산을 하려던 아현이 살며시 돌아보았다. 여자들의 시선 끝에는 아현이 예상한 대로 그, 재열이 서 있었다.

민구네 가게는 오픈하고 처음 가는 것이었다. 빈손으로 가기가 마음에 걸렸던 아현은 근처 고급 수제 케이크 카페로 들어왔다.

자신이 지불하겠다는 재열을 들어오지도 말라며 만류하고 가까스로 혼자 들어선 아현이었다.

그런데 케이크를 고르는 동안, 계산을 하는 동안, 포장을 기다리는 동안, 아현은 창가 너머에 서 있는 재열을 호들갑 떨며 감상하는 여자들의 행동에 은근히 마음이 쓰였다.

"눈만 감았다가 뜨는데도 분위기가 장난 아니야."

"내 말이. 저게 바로 말로만 듣던 색기인가 봐."

"저런 남자는 완전 예쁜 여자랑 다니겠지?"

"예쁜 걸 넘어서 여신급이겠지."

여자들의 질투 섞인 기대에 부응하지 못할 자신의 행색을 떠올리자 아현은 멍해졌다.

비록 저 여자들이 얘기하는 이성적인 관계는 아니지만 현재 그의 옆에 서게 될 여자는 자신뿐이니, 괜히 신경이 쓰이는 것이었다.

"넌 내 가치를 채워 줄 만한 여자가 못 돼. 알잖아. 한순간의 잘못된 선택으로 모두의 반대를 무릅쓰고 너랑 결혼한 거 진심으로 후회해."

문득, 가슴을 첨예하게 찌르던 인호의 말이 떠오르자 마음이 저려 왔다.

떠올려 봤자 아픔밖에 없을 과거라는 걸 알지만, 한번 모습을 드러낸 상처는 자신의 존재를 잊지 말라는 듯이 더욱 짙게 아현을 괴롭혔다.

도망치려는 발목을 자꾸만 잡고 늘어지며 마음 귀퉁이에 기생하여 다른 생각들을 남기지 않고 갉아먹었다. 점점 커지고 깊어지는 상처의 늪에서 아현은 숨통이 막혀 오는 고통과 함께 허우적거렸다.

"손님, 주문하신 케이크 나왔습니다."

직원은 상자를 받을 생각도 않고 허허로운 눈길로 넋이 나가 있는 아현을 의아하게 바라보았다.

"저, 손님?"

"감사합니다."

아현은 뒤에서 들려오는 재열의 목소리에 그제야 발목을 잡고 늘어지던 상념을 있는 힘을 다해 떨어트릴 수 있었다.

"가요."

그가 케이크 상자를 들고 앞장서 갔다. 하지만 아현은 따라갈 수가 없었다.

이미 한층 쏟아진 조소 서린 시선에 단 한 발자국도 움직일 용기가 나지 않았다.

그때도 이런 시선이었다.

세상에서 가장 행복해야 할 결혼식장의 신부였을 때도. 법원에서 나와 급하게 밴으로 올라타며 슬픈 척 눈물을 훔치는 연기를 하던 그를 먹먹하게 바라보던 이혼녀가 되어 버렸을 때도.

그들의 눈빛은 묻고 있었다.

왜? 도대체 네까짓 게 뭔데?

"그냥 나만 보고 걸어요."

그 말을 끝으로 아현의 귀로 노랫소리가 들려왔고, 재킷으로 무언가가 들어왔다. 귓가에서 퍼지는 잔잔한 노래에 아현은 눈물을 삼켜 넘겼다.

거짓말처럼 노래 하나로 가시밭 같던 마음의 세상이 조금 안온해져 왔다.

"......."

자신의 손목을 꽉 잡고 이끄는 재열의 부드러운 손을 물끄러미 바라보며 아현은 풀려 버렸던 다리에 간신히 힘을 주고 떼어 냈다.

재열만 바라보았다. 오롯이 자신을 잡아 주고 있는 재열만.

그가 이끄는 곳으로, 그렇게 더 이상의 상처는 없을 것만 같은 그곳으로, 한 걸음.

또, 한 걸음.

"저녁은 다음에 할까요?"

무슨 정신으로 올라탔는지도 모를 조수석에 앉아 귓전으로 들려오는 재열의 목소리에 아현이 고개를 내저었다.

"아니요. 오늘 먹고 싶어요. 약속한 거잖아요."

아현의 말에 나지막이 고개를 끄덕인 재열이 천천히 액셀을 밟았다.

순간순간마다 자꾸만 멍해지는 아현의 모습에 재열의 한숨은 더 깊어졌다.

왜 그러느냐고 묻지 않았다. 굳이 물어보지 않아도 그녀의 아픔이 고스란히 전해져 왔다.

괜찮냐고 묻지 않았다. 자신과 있는 순간만큼은 그녀가 애써 괜찮은 척하며 외로워하지 않길 바라서였다.

아무 도움도 주지 못하고 이렇게 지켜볼 수밖에 없는 현실이 지치지도 않고 재열을 수십 번 무너트렸다.

어떻게 하면 그녀의 상처를 위로해 줄 수 있을까…….

그녀의 상처를 한 줌도 남기지 않고 전부 가져와 대신 아파할 수만 있다면 얼마나 좋을까…….

아현을 담은 재열의 눈동자에 수심이 짙어질 때쯤 바쁜 일을 대충 마무리 지은 민구가 와인을 들고 재열의 등을 툭 건드렸다.

"대표님, 여기서 뭐하세요?"

행여나 자신의 존재로 인해 상념에 잡혀 있는 걸 미안해할까 봐, 자리로도 돌아가지 못하고 있던 재열이었다.

"어? 아니야. 바쁜 건 다 끝났어?"

"네. 오래 기다리게 해서 죄송해요. 대신 제가 제일 좋아했던 두 분이 오셨으니까 거하게 쏘겠습니다!"

민구가 와인병을 들고 으쓱대며 재열을 자리로 이끌었다.

"와! 우리 정 비서님은 더 예뻐지셨네요!"

"민구 씨, 정말 오랜만이에요!"

민구의 너스레에 그녀가 애써 미소를 지었다. 그 미소를 마주하고 있자니 저려 오는 마음이 지독한 갈증을 일으켰다. 재열은 조용히 마른 입술에 물을 축였다.

"매장이 너무 예뻐요."

"감사합니다. 식사는 입맛에 좀 맞으셨어요?"

"네. 너무 맛있어서 계속 먹느라 이제야 좀 걱정이 드네요. 살찌는 걱정."

"아휴! 정 비서님이 무슨 살 걱정을 하세요? 세상 모든 여자들 야유 보냅니다."

와인을 오픈하고 세 사람은 옛 추억을 얘기하며 얼굴이 붉어질 대로 웃었다.

다행인지 아닌지 아현의 얼굴에서 그늘짐은 점점 사라져 가고 있었다.

"민구 씨는 정말 여전히 유쾌하시네요."

"제가 이래 봬도 개그맨 지망생 아니었습니까."

직원을 시켜 이제 막 세 병째의 와인을 오픈한 민구가 자랑스럽게 브이를 그렸다.

"저 잠시 화장실 좀……."

아현이 얌전히 자리에서 일어났다. 화장실로 향하는 골목 귀퉁이를 꺾어 아현의 모습이 보이지 않자, 민구가 의자에 등을 푹 하고 기대었다.

"아현 씨, 너무 안됐어요. 윤인호 그 개자식. 내가 예전에 그 자식을 형님, 형님 하면서 따랐던 걸 아주 뼈저리게 후회하고 있어요. TV에서 그 자식 낯짝 볼 생각을 하면 여기서 막 천불이 나요."

민구가 제 가슴을 쥐어짜듯 말했다. 그런 자신의 흥분에도 재열이 아무 반응을 보이지 않자 민구는 속이 터지는 기분이었다.

"무슨 말씀이라도 좀 해 보세요."

"무슨 말? 내 진짜 속에 있는 말, 아니면 내가 해야 할 말."

"아무거나요. 아니, 두 개 다 해 보세요."

민구의 독촉에 재열은 잔을 들어 붉은 와인을 입에 머금었다. 달콤쌉쌀한 와인 향이 재열의 입안으로 서서히 번져 나갔다.

재열은 조금 충혈된 눈을 느슨하게 감았다가 뜨며 버거운 듯 숨을 몰아쉬었다.

"그래도 한때 아현 씨가 사랑했던 남자를 욕하고 싶진 않아. 그렇게 된다면 아현 씨가 정말 사랑받았던 그 순간마저도 거짓이 될지 모르니까. 아현 씨는 그 순간만큼은 세상에서 가장 멋진 남자한테 사랑을 받았던 가장 아름다운 여자야."

"이건, 해야 할 말인가요?"

재열이 대답 대신 아현이 사라진 그곳을 적적하게 바라보았다.

두 번 다시는 그녀의 눈에 띄지 못하게 만들어 버리고 싶어. 그녀가 아팠던 만큼, 그녀가 느꼈을 수치심보다 훨씬 더 크게 되갚아 주고 싶어.

그래서 그녀를 아프게 만든 것을 후회하도록 만들어 주고 싶어.

재열은 입 밖으로 내뱉을 수 없는 말을 붉고 쓴 와인과 함께 쓸어 넘겼다.

"안주가 좀 부실하네. 내가 뭐라도 금방 만들어 올게요."

아현이 화장실에서 돌아오자 민구가 자리를 털고 일어났다.

"대표님 괜찮으세요?"

재열은 금방이라도 터질 것 같은 얼굴로 자신을 걱정하는 아현이 귀여워 실없이 웃었다.

"그건 아까 전부터 내가 아현 씨한테 묻고 싶던 말이었는데."

"얼굴 많이 빨갛죠?"

아현이 연신 손부채질을 했다.

"이제 그만 갈까요?"

"아니요. 민구 씨가 안주 더 해 온다고 했으니까 그것만 먹고 일어나요. 사실, 저 이렇게 놀아 보는 거 오랜만이라서 너무 즐겁고 재미있어요."

아현은 살짝 들뜬 목소리로 그렇게 대답하며 흘러내린 머리를 귀 뒤로 넘겼다. 그 모습이 너무 예뻐 재열의 마음이 쿵, 하고 내려앉았다.

본능적으로 자꾸만 향하는 시선을 도저히 이성의 끈으로 막을 수가 없었다.

"근데 전 대표님이 이렇게 재미있으신지 몰랐어요."

아무래도 그녀는 조금 취한 듯싶었다.

"내가요?"

웃기는 행동을 취한 건 개그맨에 여전히 미련이 남아 있는 민구였다. 자신은 그저 민구가 해 놓은 웃긴 말들에 맞장구만 쳐 줬을 뿐이었다.

하지만 재미있다는 아현의 말이 결코 싫지 않았다. 아현에게 들어서 싫지 않은 건지, 아니면 재미있다는 말이 싫지 않은 건지 모르겠지만 아무튼, 재미있다는 말을 듣는 게 싫지 않은 기분이라니.

자신이 이런 기분을 느낄 수 있는 사람이었는지 재열은 그저 신기하기만 했다.

"네. 잘 웃으시니 보기 너무 좋아요."

아현은 귀여운 미소를 지으며 손에 턱을 괴고 재열과의 사이를 살짝 좁히다가 갑자기 화들짝 놀랐다.

"제가 대표님께 감히 드릴 수 있는 말은 아닌데! 기분 나쁘셨다면 죄……."

"기분 좋습니다."

재열이 아현의 말끝을 가볍게 낚아챘다. 그리고 비워진 와인 잔에 붉은 와인을 채워 주었다.

"칭찬인데 기분 나쁠 이유가 없잖아요."

"그럼 다행이구요."

"근데 저도 이렇게 아현 씨가 말 많이 하는 사람인 줄은 몰랐어요."

재열의 말에 아현이 눈을 동그랗게 떴다.

"제가요? 제가 말이 많아요?"

"네. 엄청 많던데. 민구보다 더 많은 거 같아요. 물론 저도 칭찬입니다."

"……."

"보기 좋아요. 손바닥 치면서 웃는 것도, 숨넘어갈 것 같은 그 웃음소리도."

"이제야 조금 칭찬처럼 느껴지네요."

"예전부터 궁금한 게 있었는데."

"어떤 거요?"

"그 머리는 염색한 거예요?"

아현의 머릿결은 언제나 옅은 갈색빛이 돌고 있었다.

"아니요. 저 이거 자연 갈색이에요."

"자연 갈색 치고는 더 밝은 거 같은데."

"그렇죠? 그래서 저도 학창 시절 때 염색했냐고 많이 오해받았어요. 그런데 정말 자연 갈색이에요. 만져 보실래요?"

만져 봐도 염색에 대해서는 증명이 되지 않을 것임을 아현은 내뱉고 나서야 깨달았다. 그래서 뒷수습을 하기 위해 입술을 급하게 떼어 냈지만, 이미 재열의 손끝이 아현의 시야에 바짝 다가와 있었다.

"……."

아현은 자신도 모르게 숨을 멈췄다. 그의 손길이 그녀의 뺨을 감싸듯 미세한 흔적만을 남기고 머릿결을 스치듯 어루만졌다.

"갈색 머리가 자연산인 건 잘 모르겠는데 하나는 알겠네."

재열의 손길이 거두어졌다.

"머릿결 되게 부드러운 거."

그럼에도 아현은 자꾸만 그의 흔적이 남아 마치 볼을 매만져 주며 위로를 해 주는 것 같았다.

재열과 아현은 잔뜩 취해 더 마시고 가라며 붙잡는 민구를 뒤로하고 레스토랑을 빠져나왔다.

대리 운전기사를 기다리면서 재열은 앞에 위치한 사격장을 응시하는 아현의 곁으로 다가갔다.

"몇 점 이상 받으면 인형을 얻을 수 있나 봐요."

"인형 갖고 싶어요?"

"그냥 저런 거 보면 관심이 가요. 귀여운 스티커나 예쁜 수첩 같은 거에도요."

"어떤 게 마음에 들어요?"

"저 하얀색 토끼 인형이요."

무난하면서도 단순한 토끼 인형이었다. 재열은 손에 깍지를 끼고 굳은 몸을 풀었다.

"이리 와요. 내가 저거 오늘 아현 씨 품에 딱, 안겨 줍니다."

"대표님 사격 잘하세요?"

"내가 못하는 게 있을 것 같아요?"

재열이 자신감 넘치는 발걸음으로 아현을 이끌고 사격장 안으로 들어섰다.

처음 와 보는 곳이었지만 재열과 함께여서 그런지 아현은 이질감을 느끼지 못했다.

"저 인형 받으려면 몇 점 이상 나와야 합니까?"

"3,200점 이상이요. 아마 쉽지 않으실걸요? 몇 개월째 저 자리를 지키고 있거든요."

주인이 건네준 총을 여유롭게 받아 든 재열이 뒤에 서 있는 아현을 돌아보았다. 아현이 파이팅을 외치며 제스처를 취했다.

재열은 사격 자세를 잡고 게임이 시작되자마자 한쪽 눈을 감은 채 방아쇠를 당겼다. 집중한 재열의 점수는 순식간에 2,000점이 넘어가기 시작했다.

"아이고, 이 손님 장난 아니시네!"

주인이 흥미진진하다는 듯이 재열의 사격에서 시선을 떼지 않았다. 사실, 별로 기대하지 않고 있던 아현도 점점 흥분이 되기 시작했다.

재열의 집중력은 대단했다. 얼마 되지 않아 주인이 쉽지 않다고 장담했던 3,200점을 훌쩍 넘어섰다.

거의 4,000점에 도달했을 때에야 주어졌던 시간은 끝이 났다.

재열은 토끼 인형을 당당하게 아현의 품에 안겨 주었다.

"말했죠. 못하는 거 없다고. 뭐 또 갖고 싶은 인형 있어요? 내가 여기 있는 인형 다 갖게 해 줄까요?"

재열의 호언에 주인이 장난스럽게 식겁하며 손사래를 쳤다.

"안 받습니다! 손님 같은 분!"

주인의 재미있는 반응에 재열과 아현이 동시에 웃음을 터트렸다.

"인형 받고 이렇게 좋아하는 거 오랜만인 거 같아요."

밖으로 나와 주차장 돌담에 앉은 아현은 품에 안긴 새하얀 토끼를 물끄러미 내려다보았다.

"저도 인형 받고 좋아하는 사람 오랜만에 보는 것 같아요.

집에서 제일 잘 보이는 곳에 올려 두고 누가 물어보면, 세상에서 못하는 거 하나도 없는 우리 멋진 대표님이 사격으로 뽑아 준 거라고 자신 있게 말해요."

"네, 그렇게 하겠습니다."

아현이 토끼 인형의 손을 이마 위에 올려 충성을 하는 자세로 대답했다.

"그런데 사격 진짜 잘하세요."

"은석이랑 고등학교 때 맨날 그런 거만 하고 다녔거든요. 나는 공부하고 싶어 했는데 녀석이 워낙에 노는 걸 좋아해서. 나랑은 다르게."

아현이 못 말린다는 듯 웃었다. 딱 봐도 뻔뻔스런 거짓말이었다.

"왜 못 믿는 눈치지?"

"아까 그러셨잖아요. 못하는 거 없으시다고."

"네. 확실히 증명하지 않았습니까. 못 믿겠으면 뭐라도 시켜 봐요. 나 진짜 다 잘한다니까."

"딱 하나 있는 거 같아요."

"어떤 거요?"

"연기요."

재열이 순간 허탈한 웃음을 공중으로 새어 보내더니 길쭉한 손가락으로 아현을 척 가리켰다.

"또 생각한 건 아니죠, 설마."

"수련……."

"아! 저기 마침 대리 운전기사님이 오시네. 여깁니다!"

갇혀 있던 무인도에서 헬기라도 본 사람처럼 재열은 두 팔을 반갑게 휘적휘적하며 도망치듯 달려갔다.

그런 모습에 아현의 입꼬리가 깊게 올라갔다.

제5화

　말끔하게 대청소를 하고 끓여 먹는 라면의 맛은 그야말로 일품이었다.

　평소에는 잘 먹지도 않던 국물까지 다 마셔 버리고 부른 배를 어루만지며 깨끗하고 포근한 이불이 깔려 있는 침대에 드러누웠다.

　"아, 밥 먹고 바로 누우면 살찌는데……."

　입 밖으로는 그렇게 투덜거리면서도 나른해진 몸은 쉽게 일으켜지지 않았다.

　가장 잘 보이는 소파 위에 놓인 토끼 인형을 보며 어제 일을 떠올렸다.

　오랜만에 마시는 와인과 즐거운 분위기에 금방 취해 버렸다.

필름이 끊길 정도는 아니었지만 흥분 지수가 높아질 정도로 취한 건 확실했다.

그렇게 오랫동안 웃고 떠드는 재열을 처음 마주해 조금 어색하긴 했지만 자꾸만 보고 싶을 만큼 좋은 모습이었다. 그러다 문득 자신의 머리를 부드럽게 스치듯 만지던 재열의 손길이 떠올랐다.

처음 닿는 손길에도 거부감이 들지 않았던 건 아무래도 오래도록 함께 지내 왔던 분이기 때문이겠지?

"……."

아현은 새의 지저귐을 가만히 들으며 살짝 연 창문 틈으로 들어오는 산산한 바람결에 자꾸만 쏟아지는 잠을 이겨 내지 못하고 깜빡 잠이 들었다. 남들과 별다르지 않은 나른한 주말이었다.

지이이잉. 지이이잉.

머리맡에서 느껴지는 휴대전화 진동 소리에 화들짝 놀라 깨어나 보니 점심을 먹고 누운 지 벌써 두 시간이 훌쩍 지나 있었다. 정신을 추스르며 전화를 받았다.

"여보세요?"

—잤니?

"엄마?"

—그래. 엄마 지금 어디 있게?

"어딘데?"

—집 앞이니까 문 열어 줘.

"우리 집 앞이라고?"

아현이 침대에서 벌떡 일어나 현관문으로 달려 나갔다. 현관문을 여니, 양손에 바리바리 짐을 싸든 엄마가 반가운 얼굴로 서 있었다.

"엄마! 말을 하고 오시지. 그럼 터미널까지 데리러 갔을 텐데!"

아현이 얼른 엄마의 짐을 받아 들었다.

"그럴까 봐 말 안 한 거야. 피곤한데 괜히 번거롭게 만들 거 같아서."

"그런 게 어디 있어, 엄마랑 딸 사이에. 뭔데 이렇게 무거워?"

"며칠 전에 전화 통화할 때 보니, 목소리에 힘도 없고 혼자 산다고 끼니도 제대로 안 챙겨 먹을 거 같아서. 반찬 좀 싸 왔어."

"진짜 무거웠겠다. 일단 소파에 앉아. 물 한 잔 드릴게."

전화 통화를 할 때마다 한번 올라오겠다는 엄마에게 그럴 필요 없다고 했지만, 오랜만에 보니 역시 반가웠다. 아현은 무거운 짐들을 식탁 위에 대충 올려놓고 엄마에게 쪼르르 다가가 물을 건넸다.

그리고는 물을 마시는 엄마에게 팔짱을 끼고 어깨에 얼굴을 파묻으며 어리광을 피웠다.

"이게 얼마 만이야. 엄마."

"그러게. 보고 싶어서 이렇게 왔지."

엄마가 어리광을 받아 주며 다정하게 말했다.

"나도 엄마 너무 보고 싶었어."

이혼을 하고 한국으로 귀국했을 때 공항으로 마중 나온 엄마는 아현을 보고 아무 말도 하지 않았다.

눈시울을 붉히지도, 괜찮냐는 위로도 없이 그저 아현을 집으로 데리고 와 따뜻하고 푸짐한 밥 한 끼를 챙겨 주었다.

그리고 알았다. 엄마의 눈이 평소보다 훨씬 많이 부어 있다는 것을. 딸의 아픔이 너무 크게 느껴져서 감히 건드릴 엄두도 내지 못했다는 것을.

잠을 청하려고 뒤척이다가 두 눈을 감고 있는 아현의 손을 붙잡고 펑펑 울던 그날 새벽 엄마를 아현은 아직도 기억하고 있었다.

그래서 더 행복해지고 싶다.

더 이상 엄마의 눈에서 자신으로 하여금 눈물을 내보이게 하고 싶지 않았다.

"자고 갈 거지?"

"아니, 오늘 저녁에 출발해야지. 내일 인부들 예약 있어서. 오래전에 예약을 한 거라 쉽게 취소할 수가 없거든."

시골에서 작은 기사 식당을 30년째 운영하고 있는 엄마의 손은 많이 거칠어져 있었다. 아현은 그 손을 놓지 않고 몇 번이고 잡고 또 잡았다.

"하루 더 문 닫고 나랑 같이 있자. 엄마, 응? 자고 가."

안 된다는 걸 알면서도 막무가내로 투정을 부려 본다.

"다음에, 다음에 꼭 자고 갈게."

아현의 얼굴에 아쉬운 기색이 역력했다.

"그럼 저녁이라도 맛있는 거 먹자."

"그럴까?"

"응. 엄마 예전부터 우리 회사 보고 싶다고 하지 않았어? 내가 회사 구경시켜 주고 맛있는 저녁도 사 드릴게."

"그러자, 그럼. 오랜만에 우리 딸이랑 데이트다운 데이트 해 보네. 서울 올라오기 잘했다."

엄마의 주름진 얼굴에 화사한 웃음꽃이 피었다. 얼마나 웃을 일이 없으면 겨우 딸 회사 구경하고 저녁을 먹는 데에 이렇게 환한 웃음을 보여 줄까.

아현은 여태 자신의 상처만 아프다고 소리 지를 뿐 뒤에 서 있는 엄마를 단 한 번도 돌아보지 못했다는 죄책감에 목이 메여 왔다.

하지만 더 이상 약해져 가는 자신을 보여 주고 싶지 않았다.

"조금만 기다려. 나 금방 준비하고 나올게."

그래서 서둘러 자리에서 일어나 도망치듯 방으로 뛰어 들어 갔다.

재열의 커다란 손바닥이 잠시 공중에 들렸다가 내려졌다.

"안 피우게?"

은석은 저녁을 먹고 나와 자연스럽게 담배를 건넸지만 그것을 거절하고 식당에서 가지고 나온 박하사탕을 우물거리는 재열을 의아하게 바라보았다.

"왜 그러고 봐?"

의심이 총총 박힌 은석의 눈빛에 재열이 뭐 문제 있냐는 어투로 말했다.

"어울리지 않게 웬 사탕일까?"

"금연 시작했어."

"네가?"

은석은 듣지 말아야 할 것을 들었다는 듯한 격한 반응을 보이며 커다랗게 고함을 질렀다.

그 바람에 길거리에 있던 사람들의 이목이 순식간에 은석과 재열에게로 쏟아졌다.

"창피하게……."

재열의 핀잔에도 은석은 아랑곳하지 않고 여전히 믿기 어렵다는 얼굴로 흥분을 감추지 못했다.

"담배 피운 지 몇십 년째인 네가 금연을 시작했다고? 너무 무서워서 눈도 못 마주쳤던 학주한테 그렇게 얻어터지고도 하지 못했던 금연을 지금 하겠다고? 김재열이가?"

"왜 이래, 진짜 창피하게."

여전히 자신들에게 쏟아지는 이목에 재열은 낯 뜨거워했다. 물론 시선이 모인 이유가 흥분한 은석 때문이 아닌, 우월한 그들의 외모 때문이라는 것을 재열은 전혀 알아차리지 못했다.

"어쩌다가 그런 파격적인 결심을 다 하게 됐어?"

은석은 회사로 향하는 길목 위에서 내내 재열을 붙잡고 늘어지며 물었다.

"너 혹시!"

갑자기 은석이 심각한 얼굴로 재열의 두 뺨을 감싸고 자기 쪽으로 돌렸다. 근심에 물든 은석의 눈동자가 어떤 생각을 하고 있는지 파악한 재열이 성가시다는 듯이 손을 뿌리쳤다.

"드라마 그만 찍어."

하지만 재열은 아직 섣불리 말을 꺼내고 싶지 않았다. 아현 때문에 금연을 시작하게 되었다는 결의에 대해서.

아현이 다시 출근하게 된 첫날, 백반집에서 자신이 담배를 피우고 들어와 앉았을 때 잠시 지었던 거부감 어린 그 표정을 다시는 보고 싶지 않았다.

몇십 년을 피워 와 이제는 몸의 일부분 같은 담배를 과감하게 떼어 낼 수 있을 만큼 굳은 의지가 생겼다.

"진짜 말 안 해 줄 거야?"

재열은 대답 대신 오도독오도독 입에서 살살 녹이고 있던 사탕을 씹어 먹었다.

회사로 들어온 재열과 은석은 평일과는 다르게 다소 썰렁한 로비를 빠른 속도로 지나쳤다.

오늘은 주말이었지만 은석은 평소와 같이 이른 시간에 출근을 하고 밀린 업무에 야근까지 하게 되었다.

24시, 연중무휴인 방송국과 관련된 회사이다 보니 일 또한 쉴 틈 없이 언제나 쌓여 있었다.

"수고."

"대표님도요."

사무실로 단숨에 올라온 재열은 비워져 있는 아현의 자리를 먹먹한 시선으로 바라보았다.

그녀가 금방이라도 자리에서 일어나 반갑게 자신을 맞이해 줄 것만 같았다.

뭐하고 있을까?

그 간질간질한 궁금증은 한동안 그렇게 재열의 머릿속에 박혀 떠나갈 기미를 보이지 않았다.

전화를 해 보고 싶었지만 아현이 반가워하지 않을 것 같아 그만두었다.

쉬는 날 걸려 오는 직장 상사의 전화라니. 누구라도 기분 좋지 않을 거였다.

그 깊은 아쉬움은 어느새 간질간질한 궁금증을 밀어내고 재열의 마음을 공허하게 만들었다.

언제쯤이면 마음껏 전화를 할 수 있는 날이 올까, 대체 언제쯤이면 마음껏 보러 가도 괜찮을 날이 올까. 언제쯤이면 그녀를 마음껏 품 안으로 끌어안을 수 있을까.

시간이 지날수록 더 짙어져 가는 그 욕망이 재열의 등을 자꾸만, 자꾸만 떠밀고 있었다.

142

더 지체했다가는 이겨 내지 못할 것 같은 욕망에 재열이 빈 아현의 자리에서 힘겹게 고개를 돌릴 때였다.

멀찍이 위치한 엘리베이터에서 도착음이 들려왔다. 주말인데다가 이렇게 늦은 시간에 올 사람이 누군가 싶어 돌아본 그 끝에는 아현이 서 있었다.

"아현 씨?"

"대표님."

두 사람 모두 주말에 이곳에서 마주하고 있다는 것이 생소하다는 듯 서로를 바라보았다.

사장인 자신의 주말 출근은 그렇다고 쳐도 의무적으로 주말에 휴일이 정해져 있는 아현이 출근을 한 것에 재열은 궁금하지 않을 수 없었다.

"뭐 두고 간 게 있습니까?"

"아니요, 그런 건 아니구요. 사실……."

아현이 살짝 머뭇거리는 사이 복도 귀퉁이에서 처음 보는 중년의 여자가 걸어 들어왔다.

재열은 호기심이 어린 눈으로 아현의 옆에 서는 중년 여자를 바라보았다.

굳이 설명을 하지 않아도 그녀가 누구인지 금세 알아차렸고 반사적으로 허리를 깊숙이 숙여 인사했다.

"안녕하십니까, 어머니."

누가 봐도 모녀지간이라는 것을 알 수 있을 만큼 두 사람은 이목구비뿐만 아니라 풍기는 이미지도 비슷했다.

"반갑습니다. 아현이에게 말 많이 들었어요."

김 여사가 인자한 미소와 함께 반갑게 인사를 건넸다.

"저번에 주신 인삼차 정말 맛있게 잘 마시고 있습니다. 저까지 신경을 써 주시다니 너무 감사드립니다. 안으로 들어가시죠."

싫은 티 하나 없이, 사실 조금은 긴장한 얼굴로 공손하게 김 여사를 모시는 재열을 보며 아현은 딱딱하게 몸을 굳힐 만큼 퍼져 있던 긴장감이 살짝 풀리는 느낌이었다.

솔직히 재열을 만나게 될 줄은 몰랐다. 그래서 당황했던 건 사실이었지만 지금 김 여사의 맞은편에 앉아서 온화한 미소를 짓고 있는 재열을 보니 자신이 가졌던 당황함이 미안해지기도 했다.

뭐랄까, 시간이 지나갈수록 자신이 여태 김재열이라는 사람을 잘못 알고 있었던 것만 같았다. 대체 무슨 색안경을 쓰고 봤던 걸까, 저 사람을⋯⋯.

"딸애가 일하는 곳을 한번 와 보고 싶어서 제가 구경 좀 시켜 달라고 부탁했습니다."

"잘 하셨습니다. 그래서 구경은 다 하셨어요?"

"네. 헬스장도 있고 책을 읽을 수 있는 공간도 있고⋯⋯. 참, 여러모로 직원들을 신경 써 주시는 대표님의 마음이 깃들어 있는 회사인 것 같더라구요. TV에서만 보던 연예인들을 실제로 보니까 신기하기도 하고."

"직원들이 먹여 살리는 회사니까 직원들을 위한 회사를 만드는 게 당연한 거죠. 혹시 보고 싶으셨던 연예인들은 없으세요?"

"어머, 만날 수 있어요?"

"그럼요. 제 전화 한 통이면 다 옵니다."

재열이 바지 주머니에 넣어 두었던 휴대전화를 꺼내 들자 김 여사는 잠시 고민을 하더니 수줍은 미소를 지어 보였다.

"하도 많아서……."

"아, 천천히 생각하시면서 잠시 기다리시겠어요? 제가 차라도 한 잔……."

옆에서 잠자코 두 사람의 대화를 듣고 있던 아현이 화들짝 놀라 일어났다.

"아, 제가!"

"앉아 있어요. 어머니는 저희 회사에 오신 제 손님이니까 제가 대접하는 게 맞는 거죠."

어설픈 자세로 서 있는 아현을 제지하며 재열이 대표실을 빠져나갔다.

포트 하나도 어디에 있는지 모르실 텐데…….

아현은 불안한 얼굴로 보이지도 않는 재열을 향해 시선을 주었다.

"너희 대표님 멋있으시다. 처음엔 배우가 서 있는 줄 알았어."

"그치? 나도 그렇게 생각하고 있어."

"널 많이 아끼는 게 보여서 참 다행이다. 너도 대표님 실망

시켜 드리는 일 없이 열심히 하고 진심으로 존경하는 직원이
되렴."

"응. 이제 정말 그럴 거야. 무슨 일이 있어도, 대표님이 날
밀어내시지 않는 이상 언제나 곁을 지킬 생각이야."

아현의 다짐에 김 여사가 흐뭇하게 웃었다.

시간이 얼마나 흘렀을까, 차를 가지고 온다기에는 너무 오
래 걸리는 것 같아 걱정이 된 아현이 대표실을 빠져나와 탕비
실로 향했다.

"아, 뜨!"

탕비실로 고개를 내밀자마자 아현을 반긴 건 재열의 요란스
러운 비명 소리였다.

"대표님! 괜찮으세요?"

두 손으로 귀를 꽉 잡고 오만상을 찡그리고 있던 재열이 아
현의 등장에 냉큼 손을 내리며 어색하게 웃었다.

"안에 있으라니까 왜 나왔어요."

쟁반 위에는 커피가 담겨진 세 개의 잔이 나란히 놓여 있었
다.

"제가 괜히 어머니를 모시고 와서 대표님을 불편하게 만들
고 일에 방해된 건 아닌지……."

"괜한 걱정인 거 알죠?"

"……."

"몰랐으면 알아 두고."

입술 끝에 여유로운 미소를 걸치는 재열을 마주하며 아현이

함께 따라 웃었다.

"어머니 기다리시겠어요. 이제 들어가요."

행여나 커피를 쏟을까 한 걸음 한 걸음 신중하게 떼어 내고 있는 재열의 옆으로 아현이 바짝 다가가 섰다.

"아직 저녁 식사는 안 했죠?"

방금 전, 은석과 함께 각자 한 공기 반을 먹고 올라오는 길이었다.

하지만 재열의 입술 밖으로 터져 나온 말은 엉뚱한 것이었다.

그녀와 함께 있을 수 있는 이 기회를 결코 날리고 싶지 않았다.

"네. 아직입니다. 곧 먹으러 갈 생각이에요."

"잘됐네요. 나도 아직 저녁 전인데. 어머니께서 괜찮으시다면 제가 대접을 좀 해 드리고 싶은데."

돌아오는 그 대답은 꽤 반가운 것이었다. 그래서 더는 아무것도 들일 수 없다는 몸의 아우성을 모른 척해야 했다.

❖ ❖ ❖

야무지게 비빈 비빔밥을 자신의 앞에 놓아주는 아현의 손길을 재열은 소리 없이 바라보았다.

"대표님, 맛있게 드세요."

"고마워요."

말은 그렇게 하면서도 테이블 위에 올려져 있는 숟가락을 집은 손이 쉽게 떨어지지 않았다. 재열은 보기만 해도 구역질이 올라올 것 같은 유난히 양 많은 비빔밥을 보며 막막해져 왔다.

아현과 함께 밥을 먹고 싶다는 막연한 생각에 선뜻 제안을 했다만 도저히 밥을 먹을 엄두가 나지 않았다.

왜 은석과 함께 밥을 한 그릇 반씩이나 먹었을까, 한 그릇만 먹을걸. 그럼 아현이 직접 비벼 준 비빔밥에 대한 거부감은 좀 덜했을 텐데.

되돌릴 수 없는 후회를 하며 재열은 천천히 숟가락을 들어 올렸다.

"더 좋은 거 사 드리고 싶었는데."

재열은 밥을 먹는 대신 앞에서 맛있게 먹고 있는 김 여사에게 다정하게 말했다.

"저는 비빔밥보다 세상에 맛있는 음식은 없는 거 같더라고요. 제가 대접해 드리는 게 맞는 건데…… 괜히, 애 회사 구경하고 싶다고 와서 대표님께 민폐만 끼치고 가는 거 아닌가 싶네요."

"그런 말씀 마세요. 여태 제가 아현 씨한테 얼마나 많은 도움을 받았는데요."

"저희 애를 그렇게 아껴 주시고 생각해 주셔서 정말 감사드립니다."

"앞으로는 지금보다 더 많이 아껴 주겠습니다. 없으니까 느껴지더라고요. 제가 생각했던 것보다 훨씬 더 소중한 사람이었다는 걸."

스치듯 바라본 아현의 눈동자가 자신을 담고 있었다. 미세하게 일렁이는 말간 다갈색 눈동자가 점점 붉어져 가고 있음을 자신도 느꼈는지 아현은 자신의 눈동자에서 재열을 꺼냈다.

"맛있게 잘 먹겠습니다. 어머니도, 아현 씨도 맛있게 드세요."

숟가락에 손톱만 한 양을 떴다가 느껴지는 김 여사의 시선에 에라, 모르겠다 체념하며 크게 한 숟가락을 떴다. 목이 메어 도저히 목구멍으로 넘어가지 않는 밥알들을 억지로 꾸역꾸역 삼켜 넘겼다.

"천천히 드세요. 그러다가 체하세요."

천천히 먹어도 체할 것 같은 이 불길한 예감을 재열은 어색한 눈웃음으로 대신했다. 아현이 재열의 빈 컵에 물을 따라 건넸다.

"배 많이 고프셨나 봐요. 비빔밥 싫어하시면 어쩌지 했는데……. 잘 드시니까 참 다행이에요."

자신을 향해 짓는 환한 미소. 저 얼굴, 저 표정 한 번 더 보겠다고 무식하게 밥 한 숟가락을 더 퍼 먹고 있는 자신이 어이가 없었다.

"대표님 제 거 더 드세요."

"푸흡!"

자신의 밥그릇에 밥을 더 덜어 주는 아현 때문에 당황한 재열은 그만 사레가 걸리고 말았다.

"어머. 대표님, 괜찮으세요?"

차마 부끄러워 고개도 들지 못하고 재열은 급하게 냅킨을 뽑아 입 주변을 닦았다.

재열은 단풍처럼 벌겋게 물든 얼굴로 그렇게 마저 밥그릇을 비워야 했다.

밥을 먹고 나와 괜찮다고 사양하는 김 여사를 자신의 차로 터미널까지 데려다주었다.

표를 끊고 조금 남은 시간 동안 재열은 매점 앞을 서성거렸다.

"뭐 드시고 싶은 거 있으세요?"

어린아이처럼 매점을 떠나지 못하고 있는 재열의 옆에 선 아현이 웃기가 묻어나는 목소리로 물었다. 그러자 재열이 상기된 얼굴로 격하게 고개를 내저었다.

"아니요. 난 더 이상 아무것도 못 먹을 것 같아요. 근데, 어머님이 가시면서 입이 좀 심심하실 것 같아서요. 뻥튀기랑 음료 좀 살까요?"

재열이 뻥튀기와 음료수를 반듯하게 뻗은 손가락으로 가리키며 말했다.

세상에서 자신이 가장 사랑하는 사람을 이렇게 아껴 주는 재열이 아현은 한없이 고맙기만 했다.

"뻥튀기랑 음료 하나 주시겠어요?"

"돈은 제가 낼게요!"

허둥지둥 가방에서 지갑을 꺼내는 아현의 시야로 이미 거스름돈을 건네받고 있는 재열의 모습이 보였다.

"우리 어머니가 생각나서 사 드리고 싶었어요."

"……."

"우리 어머니는 이런 거 꼭 사셨거든요. 버스나 기차 타고 멀리 떠나실 때마다요. 입이 심심하시다면서."

재열이 꽤 뺑뺑한 봉지를 흔들며 신나게 재잘거렸다.

"조심히 들어가세요, 어머니. 다음에 또 뵙겠습니다."

"고마워요. 여러모로."

김 여사가 손을 내밀며 악수를 청했다. 재열은 그 손을 아주 조심스럽게 맞잡았다. 까칠하지만 따뜻한 손이었다.

자신의 등을 다정하게 어루만져 줬으면 할 정도로, 그리운 엄마의 손을 떠올리게 했다.

"엄마, 조심히 들어가고 도착하면 연락 줘."

버스에 올라타는 김 여사에게 아현이 손을 흔들었다. 나이가 들어도 익숙해지지 않는 이별에 아현은 괜히 마음이 울적해져 왔다.

하지만 뒤에 연신 김 여사에게 허리를 굽혀 인사하는 재열이 있었기 때문에 더 이상 어리광을 피울 수가 없었다.

김 여사가 올라탄 버스는 시동을 걸더니 이내 미련 없이 터미널을 빠져나가 버렸다.

"이런 날이 올 거라고는 상상도 해 본 적 없는 것 같아요."

공용 주차장으로 향하며 아현이 말했다.

"어떤 날이요?"

"이렇게 대표님이랑 주말에 저녁을 먹고 차를 타기 위해 나란히 걸어가고 있는 날이요. 사실, 지금 와서 하는 말이지만 예전의 대표님은 정말 무서웠거든요."

"내가요? 무서웠다구요?"

그럴 리가. 그의 표정이 그렇게 의구심을 품고 있었다.

"네, 대표님이요. 마지막 날까지 그 흔한 점심 한 번 같이하자는 말이 안 나왔을 정도였으니까요."

서운했던 모양인지 삐진 척하며 대답하는 아현의 얼굴이 재열의 눈엔 그저 귀엽기만 했다.

"내가 어땠기에 무섭기까지 했는지 얘기나 한번 들어 봅시다."

"별로 웃어 주시지도 않고 말씀도 없으시고……."

그럴 수밖에 없었다. 조금이라도 감정을 보이는 순간 감당할 수 없는 모든 것들이 폭발해 버릴 것만 같던 위태로운 날들이었다.

그래서 최대한 그녀를 보지 않으려고 애썼다. 모두가 알고 있는 남자의 여자가 된 그녀를 대하는 방법은 고작, 그 한 가지뿐이었다.

자칫했다가는 그녀를 오해받게 만들 수도 있었다. 아무리 아니라고 진실을 얘기해도 어디선가 그녀를 그런 식으로 오해해 안줏거리처럼 씹어 먹을 수 있다는 것을 재열은 잘 알고 있었다.

이 바닥에서 오래도록 생활해 온 자신에게 그 정도쯤은 일도 아니었지만 분명 어린 그녀에겐 상처가 될 것이었다. 결단코 그런 일은 만들고 싶지 않았다. 그것이 그녀를 지키는 방법이었지만 한편으로는 고통 속에 직접 발을 들여놓는 길이기도 했다.

"그게 끝이에요?"

"사실, 오래전 일이라 그런지 생각이 막 나진 않아요. 그런데 아무튼 그랬어요, 대표님은."

"많이 싫어했네요."

"어! 싫어한 건 절대 아니에요."

아현이 팔짝 뛰며 손사래를 쳤다.

"그게 싫어한 거지 뭐예요?"

"저는 대표님을 한 번도 싫어한 적 없어요. 무서웠을 뿐이지. 언제나 존경했던 좋은 상사분이셨어요. 그러니까 다시 왔죠. 싫었으면 제가 다시 왔겠어요?"

행여나 재열이 오해라도 했을까 싶어 아현은 다급하게 말을 덧붙였다.

그래도 굳어 있는 재열의 얼굴은 도통 풀릴 기미가 보이지 않았다.

"대표님……."

"그럼, 앞으로라도 많이 해 볼까요?"

하지만 이제 그 방법이 바뀌었다.

재열은 뒤돌아섰다. 끝도 없이 펼쳐져 있는 고통의 길이 아닌, 이제 혼자 위태로이 서 있을 그녀가 있는 길로 발을 내딛기로 했다. 상처로 몸을 가누지 못해도 이제는 상관없다. 그것이 그녀를 지키는 유일한 방법이 될 수 있다면.

"네?"

"많이 웃고, 대화도 많이 하고…… 같이 식사도 많이 하고."

말을 꺼내긴 했지만 조금 낯간지러운 느낌이 든 재열의 입꼬리가 어색하게 말려 올라갔다. 아현이 예의상이라도 거절하지 않을 것임을 알고 있지만 그래도 혹시나 그녀가 부담스러워하는 기미를 조금이라도 보일까 싶어 마음이 다 조마조마했다.

다른 누군가의 앞에 섰을 때 이렇게 긴장을 해 본 적이 있던가? 심장 소리가 귓가 근처에서 울리고 있다고 느껴질 만큼?

아무리 생각해 봐도 그런 기억 따위는 없었다.

단 하나, 기억이라는 액자 귀퉁이에 존재하는 단 하나의 퍼즐 조각. 아현의 앞에만 서면 그랬다.

3년 전 그때도, 3년 후인 지금조차도.

"그럼, 저야 좋죠."

그녀의 티끌 없는 미소에 재열이 자꾸만 제멋대로 튀어나오려는 헤픈 웃음을 뒤로하고 막 건물을 꺾었을 때였다.

"그래도 지금은 좀 덜 무서운가 봐요."

"솔직히 말해도 될까요?"

"말해 봐요."

"수련회 사진을 보고 나서부터……."

"말하지 않는 게 좋겠네요."

재열이 아현의 말을 무심하게 뚝 잘라 버렸다.

"끝까지 들어 주세요."

그런 재열의 반응이 재미있어 옆에 착 달라붙어 약 올릴 때였다. 머리 위로 차가운 빗방울이 톡 하고 떨어졌다.

"어머, 비가 오나 봐요."

한두 방울 떨어지던 빗줄기가 꽤 굵어지더니 이내 달갑지 않은 모습으로 바닥을 흥건히 적시기 시작했다.

잿빛으로 변한 하늘은 올려다볼 수도 없을 정도로 엄청난 비를 뿌려 댔다.

급한 마음에 재열과 아현은 법조 상가 안으로 들어갔다. 주말이라 그런지 상가 복도는 불빛 하나 없이 고요했다.

잠깐이었지만 꽤 젖은 자신의 옷 상태에 아현이 난감하며 옆에 서 있는 재열을 쳐다보았다.

언제부터 이쪽을 바라보고 있었는지 재열의 시선과 바로 마주쳤다. 그리고 피할 틈도 없이 뻗어진 재열의 손길이 아현의 입술 근처에 잠시 닿았다 떨어졌다.

"뭐가 좀 묻어서."

이번엔 아현의 얼굴이 한가을 날의 거리를 물들이는 노을빛처럼 붉어졌다. 침묵 속에서 쏟아지는 빗방울 소리에 뒤섞인 재열의 미세한 숨소리가 자꾸만 아현의 귓가를 간질였다.

왜 이러는 걸까. 왜, 재열의 작은 숨소리가 이렇게 사람을 노곤하게 만드는 걸까.

왜, 이 숨소리를 듣고 있으면 마음이 편안해지는 걸까…….

"비가 많이 오네……."

재열이 머리에 묻은 빗방울을 털어 내며 비를 쏟아 내는 거 뭇거뭇한 하늘을 올려다보았다. 재열과 아현이 나란히 서 있는 가게 옆의 꽃가게에서 럼블피쉬의 '비와 당신'이 애틋하게 흘러나오고 있었다.

재열과 아현은 잠시 모든 것을 멈추고 빗방울 사이로 퍼져 나가는 노래를 감상했다.

빗속을 뚫고 도로 위를 달리는 자동차, 자신들처럼 비를 피해 도망가는 고양이들, 카페에 앉아 감성에 젖어 있는 사람들. 재열과 아현의 시선이 똑같은 곳에 닿았다가 똑같이 떨어졌다.

"오랜만에 들으니까 좋다."

낮게 멜로디를 흥얼거리던 아현이 노래가 끝나고 나자 기분 좋게 중얼거렸다.

노래가 끝나고 나니 문득, 자신의 몸이 축축하다는 것이 절실히 느껴졌다.

"!"

아현은 맨살에 달라붙어 노골적으로 비치는 옷 때문에 경황이 없었다.

그때였다. 갑자기 어깨 위가 무거워지고 온몸에 따뜻한 기운이 감돌았다.

"대표님……."

"덮고 있어요. 정 비서님 감기 걸리면 내 손해니까."

예의상 어깨 위에 걸쳐져 있는 재열의 재킷을 돌려주는 것이 맞았지만 한 번 느낀 따뜻함을 제 손으로 물리는 건 쉽지 않았다.

더군다나 민망할 정도로 비치는 속살 때문에라도 아현은 미안함을 뿌리쳐야 했다. 제 몸을 전부 감싸고도 남는 재킷의 옷깃을 꼭 움켜쥐었다.

"감사합니다, 대표님. 자꾸 갚아야 할 일들이 늘어나네요."

감사하다는 감정보다는 미안한 감정이 더 많이 느껴지는 적적한 아현의 목소리에 재열은 덤덤하게 말했다.

"갚고 있습니다. 지금도 충분히."

자신을 필요로 하고 자신을 아껴 주는 사람이 세상에 단 한 사람이라도 남아 있다는 사실에 아현은 또다시 짧게나마 다짐했다.

꼭, 열심히 살겠다고…… 절대로 무너지지 않겠다고…….

"이렇게 비 오니까 생각나네."

"어떤 거요?"

"옛날에 비 오는 날 구두 신고 출근했다가 로비에서 엄청 심하게 넘어졌던 거."

재열이 뜬금없이 부끄러운 과거의 일을 언급하자 아현은

당혹함을 감추지 못했다.

"누가요?"

애써 모른 척하며 물었지만 재열의 기다란 손가락은 야속하게도 아현을 향해 움직였다.

"아, 아! 맞다. 기억난다. 하하하. 그런 것까지는 굳이 기억을 안 하셔도 되는데……."

"그때 그 구두 굽이 부러져서 엘리베이터 기다리고 있던 내 앞까지 날아왔었잖아요. 아직도 그날의 표정이 안 잊혀져. 그 안 넘어지려고 바둥거리던 표정."

재열이 필사적으로 발버둥을 치며 넘어지지 않으려고 애썼던 그날의 아현을 다소 과장하여 따라 했다.

"그 정도는 아니었을 텐데……."

당황스런 기색으로 부정해도 재열은 아랑곳하지 않고 꿋꿋하게 말을 이었다.

"아, 그것도 생각난다. 연주가 바닥에 질질 끌고 가던 우산에 걸려서 넘어졌던 거."

"그건 또 언제 보셨어요?"

"이건 어때요. 사내 식당에서 크로켓 뜨거운 줄 모르고 한번에 넣었다가 비명 지르면서 뱉어 낸 거."

"대표님, 그런 기억 말고 다른 건 없으세요? 저에 대한 다른 기억이요."

"엘리베이터 문에 가방 껴서 억지로 빼다가 뒤로 넘어진 거? 아! 예전에 애들 연습실 물통 갈아 주다가 발등 찧어서 한동안

158

병원에 입원했던 적도 있었죠."

재열이 말을 이어 나갈수록 아현의 고개는 점점 밑으로 떨어졌다.

생각만으로도 얼굴을 감싸 쥐고 싶을 만큼 창피했고 할 수만 있다면 재열의 머릿속에 박혀 있는 모든 기억들을 낱낱이 지워 버리고 싶었다.

"아, 그리고……."

"또 있나요?"

"예전에 감기 한번 걸려서 점심에 약 먹고 자리에서 잠든 적 있었잖아요."

"그땐 어땠어요? 막 침 흘리고 잠꼬대하고 그랬어요?"

이젠 반쯤 포기한 상태에서 아현이 맥없는 목소리로 물었다.

"그것보다 더 충격으로 다가왔죠. 나한테는."

설마, 이까지 간 것은 아닐까 싶어 잔뜩 겁먹은 눈으로 다음 말을 기다렸다.

재열은 잠시 침묵을 그리며 비를 쏟아 내는 하늘을 올려다봤다.

점심을 먹고 바로 회의실로 가서 몇 시간 동안 회의를 하고 올라왔던 재열은 손에 볼펜을 쥔 채로 곤히 단잠에 빠져 있는 아현을 발견했다.

연주의 말에 의하면 전날 병원에 가서 주사를 맞을 정도로 심한 독감에 걸린 채였는데, 그놈의 책임감이 뭐라고 잠든 순간까지도 볼펜을 쥐고 있나 싶었다.

재열은 아현의 손에 야무지게 쥐어져 있던 볼펜을 빼내고 의자에 대충 걸쳐 있던 담요를 펼쳐 그녀의 몸 위에 덮어 주었다.

그때 미세한 바람과 함께 얼굴을 덮고 있던 머리카락이 넘어가며 그녀의 뽀얀 얼굴이 재열의 시야로 들어왔다.

"처음이었거든요. 아현 씨가 예뻐 보인다는 생각이 들었던 거."

예기치 못한 대답에 아현의 눈동자가 잠시 방황을 하다가 이쪽으로 시선을 돌리려는 재열의 몸짓을 확인하고 얼른 하늘을 올려다보았다.

예뻐 보였다는 그의 말을 다르게 해석할 것 없다. 아무 뜻 없이 단순히 내뱉은 칭찬일 뿐이다. 화사하게 핀 꽃을 보면 단순히 내뱉는 말처럼.

그렇게 생각하자, 예쁘다는 그의 말에 잠시 당황했던 마음이 조금이나마 추슬러졌다.

"들었어요?"

"네? 네. 좋게 봐 주셔서 감사드려요. 사실, 약 먹고 잠든 직원을 그렇게 봐 주시기가 쉽지는 않으셨을 텐데."

"칭찬받는 거 어색해요?"

"티…… 많이 났어요?"

아현이 하늘에 두었던 시선을 재열에게로 돌리며 서먹하게 물었다.

"엄청."

"이상하네요. 분명 좋은 칭찬인데, 왜 이렇게 어색한지……."

시간이 얼마나 흘렀을까. 아현은 아까부터 자신에게 재킷을 벗어 준 재열의 몸이 미세하게 떨리고 있다는 것을 느꼈다.

"아무래도 안 되겠어요. 이러고 있다가는 대표님 감기 걸리시겠어요. 금방 그칠 비 같지가 않아요. 여기서 조금만 기다리고 계세요, 대표님. 제가 근처에서 우산을 잠깐 빌려 올 테……."

멈출 기미 없이 점점 더 거세게 쏟아지는 빗속으로 막 뛰어들려던 참이었다.

"!"

뒤에서 재열이 팔을 잡고 안으로 끌어당겼다.

"가지 말아요. 우산 같은 거 필요 없으니까 그냥, 이렇게 같이 있어 줘요."

"……."

"내겐 지금 이 시간이 훨씬 더 필요하니까."

❉   ❉   ❉

"대체 뭘 하고 싸돌아다녔기에 몸이 이 모양, 이 꼬라지가 났어. 그래?"

어제 억지로 먹은 밥은 그대로 체해 버렸고 그대로 한껏 맞은 비 때문에 결국 재열은 몸살이 나고 말았다.

그렇게 심각한 건 아니지만 주치의를 불러 치료는 해야 할 상황이었다.

하필이면 그 타이밍에 급하게 처리할 서류가 있어 오피스텔로 연주가 찾아와 잔소리를 피할 수가 없었다.

"죽이라도 끓여 줘?"

"됐어."

재열은 만사가 귀찮다는 듯이 서류를 제대로 읽어 보지도 않고 서명을 했다.

"서류 꼼꼼히 읽어 보고 사인해 주시죠, 대표님?"

"왜. 여기다가 내가 이자 안 받고 돈 빌려준다는 사항이라도 몰래 써 넣어?"

"어이고, 돈 빌려주실 때 이자도 야무지게 챙겨 가시게요?"

"당연한 거 아니야? '빌려' 주는 건데, 대여값은 받아야지. 한강 자전거나 마트 카트나……."

"주둥이가 살아 있는 거 보니까 죽 끓여 줄 만큼 아프신 건 아닌 것 같아 참으로 다행이네요. 그래도 이번 감기는 이렇게 넘어갈 모양이네. 넌 무슨 애가 비타민도 그렇게 꼬박꼬박 챙겨 먹고 운동도 부지런히 하는데 매년 감기 몸살이야, 감기 몸살은?"

"우리 아버지가 그랬대."

"……."

재열은 아무렇지 않게 꺼낸 말이지만 연주의 얼굴이 순식간에 굳어져 버렸다.

연주가 재열의 아버지를 직접 본 적은 단 한 번도 없었다.
그건 재열도 마찬가지었다.

"웃기지? 얼마 같이 살지도 않았으면서 우리 엄마는 아빠의
모든 걸 다 알고 있다고 착각하시거든. 매년 그랬는지, 엄마와
함께했던 그 2년 동안 우연치 않게 그랬는지 잘 알지도 못하
면서……."

괜히 입방정을 떨다가 튀어나온 이야기가 행여나 재열의 상
처를 들쑤신 건 아닌지 연주의 낯빛이 점점 더 어두워졌다.

"재열아……."

"약을 먹었더니 슬슬 잠 온다."

어쩔 줄 몰라 하는 연주를 향해 힘없이 웃던 재열이 자꾸만
무거워져 가는 눈꺼풀을 덮었다.

"갈 때 불 좀 꺼 줘."

"알았어. 잘 쉬고."

연주는 재열의 목 끝까지 이불은 끌어당겨 덮어 주고는 조
용히 방을 빠져나갔다. 어둠이 짙게 깔린 혼자 있는 방. 이제
익숙해질 만도 한데 외로움은 언제나 낯설게 느껴진다.

문득, 아현이 떠올랐다. 그날 함께 비를 많이 맞았는데 괜찮
을까?

비가 그치지 않기를 바랐다. 그래야지만 그녀와 헤어지는
아쉬운 순간이 찾아오지 않을 테니까.

곁에 머물러 달라는 자신의 부탁에 아현은 비가 멈출 때까

지 옆자리를 지켜 주었다. 그 누구도 차지할 수 없이, 언제까지 비워져 있을지 기약조차 없었던 오직 아현만을 위해 남겨 둔 그 자리.

"······."

살며시 눈을 뜬 재열의 시야에는 여전히 사라지지 않은 어둠만이 방 안 가득 고요히 존재할 뿐이었다.

＊　　　　＊　　　　＊

티끌 하나 없는 매끈한 이마에 굵은 땀방울이 맺혔다. 아현은 자신을 금방이라도 전부 녹여 버릴 것만 같은 뜨거운 열기와 눈을 뜰 때마다 빙글빙글 돌아가는 세상에 괴로워했다.

엊그제 잡생각을 없애겠다고 무리하게 대청소를 하고 얇은 옷차림으로 비를 홀딱 맞았다. 잠복하고 있던 감기 기운이 그 틈에 약해져 버린 아현의 몸을 자비 없이 집어삼킨 것이다.

버석한 입술 밖으로는 아픔에 몸부림치는 잦은 신음만이 반복적으로 흘러나왔다.

태어나서 이렇게 꼼짝하지 못할 정도로 아파 본 것은 처음이었다.

대표님은 괜찮으실까?

가뜩이나 계절이 한 번씩 바뀔 때마다 지나치지 못하고 독감에 걸리시는데······.

몸에서 흘러내린 이불을 제대로 추스를 힘도 없는데 그 와

중에 재열을 걱정하는 자신이 조금 웃겼다.

"쿨럭."

기침을 하는 것도 버겁게 느껴졌다. 물건이 많지 않은 집이 오늘따라 유난히도 휑하게 느껴졌다. 그 냉기에 몸을 바짝 웅크려 본다.

외로움에서 느껴지는 서러움이 지독한 독감보다 더 아현을 아프게 만들었다.

혼자 있을 때 아프면 그렇게 서럽다던데……. 그 말이 틀린 말은 아니었던 모양이다.

회사, 가고 싶다.

자신을 믿고 다시 받아 준 재열에게 조금의 실망도 끼치고 싶지 않았다.

더군다나, 어제 저녁에 미리 점검해 놓은 오늘 재열의 스케줄은 상당했다. 자신만 믿고 아무런 대비도 해 놓지 않으셨을 텐데.

아현은 재열을 난감하게 하고 싶지 않다는 책임감에 몸에 살짝 힘을 주었다.

"하아!"

하지만 몸을 다 일으키지도 못하고 그대로 쓰러져 버렸다.

대표님…… 대……표님…….

아현은 입술 밖으로는 절대 나오지 않는 그 말을 속으로 반복하고 또 반복했다.

입술 밖으로 내뱉어지는 신음이 더욱 거칠어지고 급속도로 한기가 들었다.

누구라도 좋으니, 자신을 좀 안아 줬으면 좋겠다는 바람이 간절해져 왔다.

정신이 혼미해지고 시야가 흐려지기 시작했다. 아프다는 말로 부족할 정도로 몸은 산산이 부서지고 있었다. 머리는 깨질 것 같고 귀에서는 정체를 알 수 없는 이명이 들려왔다. 혼몽해지는 정신 줄을 악착같이 잡고 있었지만 점점 한계를 느끼는 중이었다.

그때, 머리맡에 두었던 휴대전화가 요란스럽게 몸을 떨었다.

전화를 받고 싶었지만 팔을 뻗을 힘이 없었다. 간신히 손을 뻗었을 때 이미 전화는 끊긴 후였다.

체념과 함께 몸을 축 늘어트리자 전화가 다시 제 존재를 알렸다.

아현은 어금니를 꽉 물며 있는 힘을 다해 통화 버튼을 눌렀다. 상대가 누구인지는 전혀 알지 못했다.

다만,

―아현 씨, 어디예요? 무슨 일 있어요?

정신을 잃는 마지막 순간 꿈속의 속삭임처럼 들려오는 재열의 목소리에 편안한 미소를 지을 만큼 안도했다.

❋   ❋   ❋

출근을 하고 한참을 기다려도 그녀의 빈자리는 채워지지 않았다.

지난 4년 동안 자신과 일을 하면서 단 한 번도 지각 같은 건 해 본 적 없는 그녀였다.

무단결근 같은 건 하지 않으리라는 무한 신뢰를 가지고 있는 재열로서는 출근 시간이 훨씬 지났는데도 연락 한 통 없는 아현이 걱정되지 않을 수가 없었다.

전화를 걸었지만 신호만 갈 뿐 그녀는 받지 않았다. 아무리 뿌리쳐도 자꾸만 드는 불길한 예감 속에 재열은 또 한 번 전화를 걸었다.

"아현 씨, 어디예요? 무슨 일 있어요?"

신호음이 사라지자 재열은 그녀의 대답을 듣기도 전에 재열은 숨도 쉬지 않고 물었다. 전화 너머로 아현의 말간 목소리 대신 위태로운 숨소리만 들려올 뿐이었다.

"아현 씨."

—대표……님.

수분기 하나 없이 메마른 음성이 재열의 침착성을 잃게 만들었다. 아무리 불러도 대답 없는 전화를 끊고 정신없이 차를 몰았다.

몇십 년 동안 차를 몰며 속도위반 딱지 한 번 떼어 본 적 없는 재열이었지만 지금 이 순간은 이성적인 끈을 붙잡고 있을 수가 없었다. 재열은 올릴 수 있는 최대치로 액셀을 밟았다.

그녀의 오피스텔 건물 앞에 도착해서 주차를 할 여유도 없이 위로 올라갔다. 몸을 실은 엘리베이터 속도가 너무 더뎌 재열을 더욱 초조하게 만들었다. 복도를 지나 아현의 집 현관문 앞에 도착한 재열이 문을 두들겼다.

"아현 씨!"

분명 아현의 전화벨 소리는 안에서 들려왔지만 재열의 귀에 닿은 전화에서는 목소리를 들을 수가 없었다.

걱정으로 타들어 가는 심장에서 심한 갈증이 일었다. 재열은 제발 아무 일도 없기를 간절히 바라며 수십 번은 더 굳게 닫힌 현관문을 두들겼다. 하지만 그녀는 끝내 모습을 드러내지 않았다. 재열은 결국 경비원과 수리공의 도움을 받아 문을 따고 들어갔다.

유난히도 냉기가 감도는 집 안에서 혼자 아파했을 아현을 생각하니 큰 돌이 마음을 짓누르는 것처럼 무겁게 느껴졌다.

재열은 본능적으로 침실을 찾아 문을 열었다. 침대 위에는 탈진 상태의 아현이 몸을 축 늘어트린 채로 쓰러져 있었다.

"아현아, 정아현!"

재열이 아현을 제 품 안으로 끌어안았다. 몸이 너무 뜨겁다. 침대 시트가 다 흠뻑 젖을 만큼 그녀는 괴로움에 발버둥 치고 있었다.

하루 새에 많이 야윈 아현의 모습을 보자 갑자기 울컥하고 눈물이 차올랐다. 그녀가 이렇게 아픈 것이 전부 자기 탓인 양 죄책감이 들었다.

더 같이 있고 싶다는 욕심에 우산을 가지러 간다는 그녀를 붙잡지만 않았어도…… 아니, 처음부터 자신이 우산을 찾아오기만 했었어도…….

재열은 가볍게 그녀를 끌어안았다. 그리고 병원으로 데리고 가는 내내 들을 수도 없는 그녀에게 한숨 섞인 목소리로 말했다.

아프게 만들어서 미안하다고…….

혼자 두어서 미안하다고…….

❈　　　　❈　　　　❈

짙푸른 잔디밭에 발을 들여놓은 아현은 멀찍이서 혼자 아장아장 걸어가다 넘어져 와앙, 울음을 터트리는 아이에게 달려갔다. 아이는 자신을 안아 올리는 아현의 품 안으로 파고들며 눈물을 쏟아 냈다.

"괜찮아. 울지 마. 착하지, 아가."

아현은 아이의 등을 부드럽게 어루만지며 달랬다. 아이는 곧 울음을 멈추고는 콧물이 잔뜩 묻은 얼굴로 아현을 바라보았다. 티 없이 맑고 순수한 눈망울이 마치 엄마라고 부르는 것만 같았다.

"지지……."

아현은 자신의 소매를 끌어와 아이의 콧물을 닦아 주고는 통통한 볼을 콕콕 찌르며 장난을 쳤다.

아이가 까르르 웃어 보였다. 아현은 그 아이를 소중하게 꼭 끌어안았다. 아이는 알아들을 수 없는 옹알이를 하며 아현의 어깨에 기대 잠을 청했다.

따뜻한 바람을 싣고 아현의 코끝을 스치는 아기 냄새가 너무 향기로웠다. 아현은 이대로 시간이 멈춰도, 아니, 영원히 깨어나지 않아도 좋을 것 같다 느낄 정도로 행복했다.

"……."

아현의 눈 끝에 맺힌 눈물 한 방울이 뺨을 타고 내려와 베개를 적셨다. 재열은 그런 아현을 막연한 시선으로 바라보다가 조심스레 손을 뻗어 눈물을 훔쳐 냈다.

무슨 꿈을 꾸고 있는 것일까.

재열은 침대 귀퉁이에 눕다시피 상체를 숙이고 누워 있는 아현을 마주했다. 무언가에 시달리는 듯이 숨소리가 벅차지더니 갑자기 경기를 일으키기 시작했다.

"환자분이 오래도록 불면증에 시달려 오신 거 같습니다."

얼마나 외롭고 긴 밤이었을까. 곁에 그 누구도 없는 밤, 결국 혼자뿐인 밤.

눈물을 닦아 주었던 손을 다시 그녀에게로 뻗어 본다.

재열에게 아현은 언제나 닿으면 없어져 버리던 꿈이었다. 벅찬 감정에 미세하게 떨려 오는 손끝으로 그녀의 이마를 지나 콧등, 그리고 입술에 닿았다.

여전히 제 앞에 머물러 있는 아현을 바라보는 재열의 까만 눈동자가 버겁게 눈꺼풀을 감았다. 재열의 손길이 닿자 거짓말처럼 그녀에게 다시 평온함이 찾아들었다.

이렇게 아픈 기억만 남기라고 그 모든 고통을 혼자 끌어안고 보내 준 것이 아니었다.

그 남자 곁에 섰을 때 짓던 웃는 얼굴 하나에 자신의 찢어질 것 같은 고통은 애써 외면하고 보내 주었다. 아픈 건 혼자의 몫으로 챙기려 했다.

그런데, 왜.

대체, 왜.

"네가 울어, 왜."

끔찍한 상처를 평생 간직해야 할 그녀가 너무 안쓰럽게 느껴졌다. 손끝에서 자꾸만 느껴지는 그녀의 고통에 재열의 억장이 수십 번은 더 무너져 내렸다.

"대표님……."

아현은 묵직한 뒷모습을 보이며 묵묵히 죽을 쑤고 있는 재열을 조심스럽게 불러보았다. 재열은 대답 대신 시선을 돌려 아현을 두 눈에 담아 냈다.

병원에서 나오자마자 그는 아무 말 없이 아현을 자신의 집으로 데리고 왔다. 그녀를 혼자 두고 싶지 않았다. 그것이 이유의 전부였다.

"거의 다 됐으니까 배고파도 조금만 참아요."

그 말을 듣기 위해 부른 것이 아님에도 아현은 더 이상 재열을 부르지 않았다. 그저 재열의 동선을 가만히 좇을 뿐이었다.

그의 움직임 속에서 아현은 지금 이 순간 함께 있는 사람이 재열이라는 것에 자신도 모르게 안도했다.

"대한민국에서 죽 장사하는 사람 빼고 나보다 죽을 많이 만들어 본 사람도 없을 겁니다. 그러니, 안심하고 먹어요."

재열이 앞에 놓인 숟가락을 손에 쥐어 주며 말했다. 새하얀 눈처럼 뽀얀 죽을 빈 숟가락에 가득 채웠다. 입맛은 없었지만 그의 정성을 생각해서라도 먹어야 했다.

채색 하나 없이 바짝 마른 입술을 벌려 죽을 먹었다. 자꾸만 울컥울컥 눈물이 차올랐다.

아이를 지우고 병원에서 돌아오던 그날, 인호는 괜찮냐는 말 한마디도 없이 죽이나 사 먹으라며 돈만 건넸다. 그날만큼은 함께해 주길 간절히 바랐던 소망이 비참하게 버려지는 순간이었다.

그때 알아차렸어야 했다. 그와 자신의 사이에는 아무짝에도 쓸모없는 썩은 끈만이 존재하고 있다는 것을. 바꿀 수 있는 그 어떤 것도 없었다는 것을…….

그리고 모든 것을 끝냈어야 했다. 자잘한 희망 따위는 절대 가져서는 안 되었던 것이다. 그럼 조금 덜 아팠을 수도 있는데, 그럼 조금은 더 괜찮을 수도 있었는데.

인호도 다른 남자들과 다를 바 없이 연애할 때는 누구보다도 아현을 사랑해 주는 남자처럼 굴었다. 하지만, 결혼을 하고 나서는 모든 것이 달라졌다. 잠재되어 있던 폭력성이 드러났고, 조금이라도 일이 어긋나면 그에 대한 분노가 여지없이 아현을 향해 날아왔다.

촬영을 핑계 삼아 집에 들어오지 않는 탓에 아현은 대부분의 밤을 그 큰 집에서 혼자 지새워야만 했다. 집안의 수준이 맞지 않는다는 시어머니의 구박도 아현을 벼랑 끝으로 내몰았다.

모든 것이 지옥이었다. 그녀에게 결혼 생활은 끔찍한 하루하루의 연속일 뿐이었다.

"대표님께 이런 모습이나 보여 드리고…… 죄송합니다."

한없이 초라하고 처량했던 자신의 삶에, 가장 아름다워야 할 순간이 모두 악몽으로 물들었다는 것에 아현은 숨통이 막힐 만큼 억울하고 서러웠다.

앞에 있는 재열을 의식하고 얼른 뺨을 적신 눈물을 수습하려 했지만 그게 쉽지 않았다.

"어떤 모습을 말하는 겁니까? 정성껏 끓여 준 죽 안 먹는 모습? 아니면…… 우는 모습?"

"죄송합니다."

눈물이 가득 차오른 입술 밖으로 터져 나오는 말은 이것뿐이었다. 재열의 한숨이 더욱 깊어졌다.

"진짜 정성껏 끓여 준 죽 안 먹어서 미안한 거면 죽을 먹어요."

재열이 죽 그릇을 다시 한 번 아현에게 넌지시 밀어 주며 말했다.

"그런데 만약 그 모습만 죄송한 게 아니라면……."

"……."

"내게 보이지 않고 죄송해하지 않으면서 울 수 있는 방법이 하나 있기는 한데, 알려 줄까요?"

맞은편에 앉아 있던 재열이 자리에서 일어나 아현의 옆으로 와 앉았다. 그리고는 조금의 망설임도 없이 그녀를 자신의 품 안으로 끌어당겨 부드럽게 그녀의 머리를 감싸 안았다.

"이제 안 보입니다. 그러니까 죄송한 마음 갖지 말고 울고 싶은 만큼 울어요."

달콤한 꿈을 꾸고 깨어났을 때 코끝에 감도는 지독한 소독약 냄새를 맡았다. 눈을 뜬 아현은 주위에서 들려오는 소란스러움에 집이 아니라는 것을 직감했었다.

깨고 싶지 않은 꿈에서 깨어나 더 이상 자신의 품 안에 아이가 없다는 것을 깨닫고 좌절했다.

참을 수 없는 슬픔에 제대로 소리도 내지 못하고 숨죽여 울었다. 숨이 가쁘게 차올랐다. 뻐근하게 조여 오는 감정에 심장이 터져 버릴 것만 같았다. 자신의 몸 일부분에서 살아 숨 쉬고 있던 아이가 사라졌다는 소식을 전해 들었던 그날처럼.

어떻게 그날의 아픔을 이루 말할 수가 있을까.

어느 순간부터 의미가 없어져 버린 자신의 삶에 희망의 빛 조각을 던져 준, 아이는 그런 존재였다. 하지만 그 아름다운 빛은 욕심내지 말라는 듯 아현의 곁에 오래 머무르지 않고 결국 떠나가 버렸다.

인사 한마디 없이, 단 한 번 안겨 볼 새도 없이…….

따뜻한 재열의 품에 안기니 더 이상 참을 수도 없게 봇물처럼 터져 나왔다.

"흐으……."

아현은 그렇게 죄책감에 짓눌려진 몸을 웅크리며 재열의 어깨가 흠뻑 젖을 때까지 눈물을 멈추지 못했다.

❋   ❋   ❋

눈을 뜨자 시퍼렇게 멍든 새벽이 어느새 밝아 오고 있었다. 이렇게 아무런 꿈도 꾸지 않고 푹 잠을 잔 것이 얼마 만인지 기억도 나지 않았다.

재열이 끓여 준 죽을 먹고 약을 먹으니 잠은 감당되지 않는 엄청난 무게로 아현을 짓눌렀다.

낯선 천장, 침대 위의 낯선 느낌, 낯선 냄새…….

이곳은 자신의 집이 아닌 상사 김재열의 집이었다.

아무리 아팠어도 상사의 집에서 이렇게 맘 편하게 잠을 자다니, 이건 아닌데……!

머리가 맑아지자 그제야 이것저것 어긋난 일들이 발생했다는 것을 깨달은 아현이 서둘러 자리에서 일어났다.

얼핏 서린 어둠 속에서 인영이 보였다. 재열이 침대 옆에 있는 의자에 비스듬히 기대어 앉아 잠들어 있었다.

"……."

약을 먹고 잠든 자신이 걱정되어 밤새 불편한 자세로 졸았을 재열을 생각하니 아현은 마음이 먹먹해져 왔다. 잠이 들었는데도 재열의 얼굴엔 노곤함이 잔뜩 내려앉아 있었다.

문득 악몽을 꾸지 않고 잠들 수 있었던 건 자신의 곁을 지켜 준 재열 덕분이 아닐까 하는 생각이 들었다.

아현은 행여나 곤히 잠든 재열을 깨울까 싶어 자신이 덮고 있던 이불을 조심스럽게 덮어 주었다. 재열은 잠시 뒤척이더니 이불을 꼭 말아 쥐고 더 깊은 잠에 빠져들었다.

"가지 말아요. 우산 같은 거 필요 없으니까 그냥, 이렇게 같이 있어 줘요. 내겐 지금 이 시간이 훨씬 더 필요하니까."

비가 오던 그날 우산을 구해 보려는 자신을 붙잡고 말하던 기복 없는 재열의 목소리가 이명처럼 귓전을 맴돌았다.

방문을 열고 나오니 밤새도록 창문이 열려 있었는지 차디찬 공기가 온몸을 찔렀다.

창가로 다가가 문을 닫고 주방으로 향했다. 재열에 대한 고마운 마음을 무언가로 보답하고 싶었다. 냉장고 문을 연 아현은 간단한 요깃거리 정도는 만들 수 있는 재료를 향해 반갑게 손을 뻗쳤다.

반사적으로 눈을 떴다. 방 안 가득 환한 햇살이 자리를 잡고 있었고 아현이 누워 있던 침대는 텅 비어 있었다. 재열은 자신의 몸 위에 덮여 있는 이불을 무감한 얼굴로 내려다보았다. 아현에게 이불을 덮어 줄 만한 힘이 생겼다는 건 참 다행스러운 일이었다.

가벼운 이불을 버겁게 거두어 내고 침대에 걸터앉아 마른 얼굴을 쓱쓱 문지르던 재열은 입이 텁텁하다는 것을 느끼곤 물을 마시기 위해 방을 빠져나왔다.

냉장고 앞까지 걸어가다 무심코 스쳐 지나간 식탁 위의 천에 다시 관심을 가졌다.

그 천 위에 살포시 내려앉은 쪽지를 향해 손을 뻗었다. 쪽지에는 앙증맞은 글씨체가 정갈하게 적혀 있었다.

감사한 일이 너무 많은데 고작, 이런 걸로밖에 보답을 해 드리지 못해서 죄송합니다. 무언가를 해 드리고 싶은데 뭘 해 드릴지 고민하다가 함부로 냉장고 재료를 좀 사용했어요. 용서해 주실 거죠? 맛은 보장 못 하지만 정성을 다했으니, 꼭 다 드셔 주시길 바라겠습니다.

월요일에 회사에서 뵙겠습니다, 대표님.

쪽지를 손에 쥐고 천을 거두었다. 김치볶음밥과 감잣국이었다. 이제 더는 걱정할 만큼 아프지 않다는 것에 안도하며 재열은 자리를 잡고 앉았다.

"……."

국은 생각보다 짜고 볶음밥은 생각보다 싱거웠지만 재열은 단 한 번도 쉬지 않고 단숨에 그릇들을 비웠다.

❊　　　　　❊　　　　　❊

모든 것을 한순간에 다 지우지는 못하리라는 것을 알고 있다. 베이고 데인 상처는 순간순간마다 제 모습을 드러내며 아현의 하루를 무너트릴 수 있다는 것도 알고 있다.

하지만 아현은 더 이상 그 악몽에 지지 않고 맞서기로 마음먹었다. 아픈 기억만 남아 있는 과거에 얽매여 더는 자신을 망가트리고 싶지 않았다. 제 삶을 다시 찾아보고 싶다는 절실함도 들었다.

이상하게도 재열의 품에 안겨 펑펑 울면서 든 생각은 그뿐이었다.

"아현아!"

러닝 머신을 뛰며 잡생각은 없애고 여태 해 보고 싶었던 것들의 리스트를 머릿속으로 정리하던 아현은 뒤에서 들려오는 연주의 목소리에 속도를 낮췄다.

"팀장님."

"몸은 좀 괜찮아? 많이 아팠다며."

이틀 정도를 쉬었다. 괜찮다고 했지만 재열이 한사코 출근을 허락하지 않았다. 그 덕분에 컨디션은 그 어느 때보다 최상이었다.

"네. 괜찮아졌어요."

"아휴! 가뜩이나 마른 애가 더 말라진 거 같아."

연주가 아현의 어깨 부근을 부드럽게 쓸어 넘기며 안타깝게 말했다. 그 따뜻한 손길을 아현은 가만히 느꼈다.

"얼마나 아픈지 궁금해서 찾아가 보려고 그랬는데 재열이가 절대 못 가게 하는 거 있지? 안정을 취해야 한다며."

"아, 그랬어요?"

아현이 의아해하며 반문했다. 그것도 그럴 것이 절대 안정이 필요하다며 못 오게 막았다는 재열은 이틀 동안 아현의 집을 찾아왔었다. 직접 만든 죽과 함께.

죽을 싸 온 보온병은 자신이 굉장히 아끼는 건데, 꼭 그 보온병에 두고 먹어야 맛있다며 식탁에 마주 앉아 있다가 아현이 다 먹고 나서야 보온병을 챙겨 돌아갔던 재열이었다.

"이제 진짜 괜찮은 거 맞지?"

연주의 걱정에 아현이 알통을 보여 주는 시늉을 해 보였다.

"그럼요. 이렇게나 건강해요."

"다행이네. 다음에 아프면 나한테 전화해. 절대 미안해하는 마음 갖지 말고!"

"네. 그렇게 할게요."

"근데 너도 이제 운동 시작하기로 한 거야?"

"네. 며칠 비실비실 아파 보니까 느껴지더라고요. 그래서 이번 기회에 반성도 할 겸 체력도 좀 보강시키고 아침에 더 일찍 일어나는 습관도 기르려고요."

연주의 입가에 지어진 옅은 미소가 '잘 생각했어'라고 말해 주는 것 같았다.

운동을 끝내고 샤워 후 출근 준비를 마친 아현이 사무실로 올라왔다. 언제 출근을 했는지 굳게 닫혀 있는 대표실 문틈 사이로 반가운 빛이 번져 나오고 있었다.

아현은 가방을 의자에 던지다시피 내려놓고 탕비실로 가서 커피를 한 잔 타 와 대표실 문을 노크했다.

"네."

안에서 들려오는 짤막한 재열의 대답에 조심스럽게 문을 열고 들어갔다.

"커피 가져왔습니다."

"몸은 좀 어때요?"

재열과 아현의 말이 동시에 튀어나왔다. 아현이 작게 미소 지었다.

"대표님 덕분에 너무 깔끔하게 나아서 한 몇십 년은 감기 같은 거 안 걸릴 거 같아요."

"다행이네요."

"뭐 하나 여쭤 보고 싶은 게 있는데요."

재열이 대답 대신 커피를 한 모금 마시며 눈썹을 살짝 추켜 세웠다. 무엇이든 물어보라는 뜻이었다.

"팀장님께는 절대 안정을 위해서 집에 가지 말라고 하셨으면서 대표님은 왜, 이틀 동안 저희 집에 오셨어요?"

"푸흡!"

재열이 그대로 커피를 내뿜어 버리고 말았다. 더듬거리며 뽑은 티슈로 커피를 다급하게 닦으며 재열은 당황한 모습을 여지없이 보이고 있었다.

예전에는 상상조차 할 수 없는 그림이었다.

당돌하게 질문을 던져 상사인 재열을 당황시키는 일.

그러면 안 되는 사람인 줄 알았다. 함부로 말을 시켜서도, 함께 마주하고 웃어도 안 되는 사람.

하지만 지금은 다르다. 생각 이상으로 따뜻하고 재미있는 사람이고 웃는 모습이 예쁘고 잘 어울리는 사람이라는 것을, 아현은 알게 되었다.

"감사하다는 말, 드리고 싶은 거예요."

"……."

"괜찮다고 말했지만 누구에게도 보이고 싶지 않았던 모습이었거든요. 제 자존심 지켜 주셔서 감사드려요. 그리고 대표님이 지켜 주신 제 자존심, 이제 더 이상 누구에게도 밝히지 않을게요."

                    ✽   ✽   ✽

어둠이 짙게 깔려 있는 회의실 문이 열리고 아현이 들어왔다.

"대표님 들어오십니다."

아현의 말에 회의실에 있던 사람들이 모두 자리에서 일어나 걸어 들어오는 재열을 맞이했다. 재열은 PPT가 준비되어 있는 반대편에 자리를 잡고 앉았다.

여자 직원들은 오늘 회의 역시 진이 빠지리라는 걸 알면서도, 시야를 정화시켜 주는 멋진 재열의 모습에 서로 눈짓을 주고받으며 좋아했다.

"그럼, 수고하세요."

재열은 회의실을 빠져나가 창문을 통해 멀어져 가는 검은 그림자를 눈으로 좇았다. 사무실로 향하는 아현을 가만히 바라보다가 은석이 갑자기 크게 큼! 하고 헛기침을 하는 바람에 화들짝 놀랐다.

"회의 시작하시죠, 대표님."

은석이 재열의 앞에 놓인 서류를 뒤로 넘겨주며 말했다. 그제야 재열은 자신이 꽤 오랜 시간 아현을 바라보고 있었고, 그런 자신에게로 사원들의 묘한 이목이 집중되어 있었다는 사실을 깨달았다.

"발표. 시작하죠."

애써 덤덤한 표정을 지으며 재열이 입술을 떼어 냈다. 하반기에 제작될 드라마 진행에 대한 회의를 위해 모인 자리였다.

재열이 서류를 보자 발표자가 말문을 틔웠다.

"첫 번째 시놉시스입니다. 이은교 작가님의 '최 비서의 비밀', 가제입니다. '사랑은 타이밍이다? No, 사랑은 노력이다. 무엇을 얻고자 기대하는 것이 아니라 무엇을 줄지 기대하는 것, 그게 바로 사랑의 전부이다. 캐서린 햅번'. 이번 드라마의 기획 의도는 바로 이것입니다. 각박한 사회에 지친 청춘들은 더 이상 사랑이라는 책임을 지려 하지 않습니다. 사랑에 빠지더라도 자신이 갑이 되기 위해 한없이 몸부림을 치고 계산을 하게 되죠. 어느 순간부터 사랑은 무엇을 얻고자 하는 징검다리에 불과해집니다."

드라마 제작팀 사원의 발표를 들으며 재열은 천천히 서류를 살폈다. 높이 쌓여 있는 수많은 서류에는 작품의 기획 의도, 콘셉트, 배경이 정확하게 명시되어 있는 시놉시스부터 캐스팅과 스태프 구성, 편성 및 진행 일정표, 그리고 자금 계획 및 예상 수익 등이 기재되어 있었다.

"두 번째 시놉시스입니다."

쌓여 있는 수십 개의 서류들이 조금씩 줄어들기 시작했다. 잠깐의 쉬는 시간도 없이 회의를 진행하는 재열의 열의에 사원들은 점점 지쳐 가고 있었다.

하지만 누구도 섣불리 회의를 중단시킬 수는 없었다. 재열의 가장 친한 친구인 은석조차도.

많은 서류가 버려지고 마침내, 단 하나의 시놉시스가 재열의 손을 차지했다.

시간은 벌써 점심을 훌쩍 지나 있었다. 사원들은 몇 시간 만에 초췌해진 얼굴이었으나 드디어 이 감옥 같은 회의실을 빠져나가 점심을 먹을 수 있다는 희망에 화색이 되었다.

"이 작품은 100% 사전 제작으로 들어갑니다."

"네?"

예상치 못한 재열의 말에 다들 두 눈이 휘둥그레졌다. 그중 가장 민감하게 반응하는 사람은 은석이었다.

100% 사전 제작은 제작사에게 있어 가지고 있는 패가 좋은지 나쁜지 알 수 없는 상황에서 계속 진행하는 도박과도 같은 행위였다.

물론, 사전 제작을 통해 손실이 온다고 해도 회사에 피해가 가는 것은 그리 많지 않았지만 작든 크든 손실을 막는 것이 은석의 임무이기도 했다.

"대표님, 100% 사전 제작은 여러모로 위험이 따릅니다. 사전 제작을 하게 될 시 아무래도 여유가 있기 때문에 촬영 일수가 계획했던 것보다 늘어나 제작비가 훨씬 더 상승하게 될 겁니다. 그리고 시청자들의 반응을 즉각적으로 알 수 없기 때문에……."

"제가 그걸 모르고 있지 않다는 것을 본부장님도 알고 계실 텐데요."

재열의 여유로운 미소 뒤에는 불안감이라고는 조금도 보이지 않았다.

"제 판단이 회사에 손해를 끼친 적은 단 한 번도 없다고 알고 있는데요. 아닙니까?"

은석은 한 번 마음을 먹으면 어떤 일이 있어도 추진을 하고야 마는 재열을 잘 알았다. 더 이상 말을 이어 나가는 것은 감정 낭비일 뿐이었다.

직원들도 거기에 대해서는 반박할 수 없다는 것을 인정해야 했다.

"맞습니다. 대표님의 판단은 늘 옳으시죠. 그럼, 그렇게 진행하도록 하겠습니다."

자신이 듣고 싶은 대답을 전해 들은 재열이 미련 없이 자리를 털고 일어났다. 회의실 여기저기에서 막혀 있던 숨통이 트이는 듯한 한숨 소리가 터져 나왔다.

"다들 수고했어."

은석 역시 갑갑한 숨을 몰아쉬며 직원들을 다독인 뒤 재열을 바짝 쫓았다.

"박 본부장으로 쫓아 나온 거야, 아니면 박은석으로 쫓아 나온 거야?"

"본부장으로 쫓아 나온 거면요?"

"앞으로 진행될 모든 사항은 하나도 빠짐없이 꼼꼼히 보고하도록 하세요."

"박은석으로 쫓아 나온 거면?"

"점심이나 먹으러 가자."

"재열아, 아까도 말했지만 100% 사전 제작은……."

"대표님의 판단이 늘 옳으시죠. 그렇게 진행하겠다고 박 본부장한테 보고받은 거 같은데 내가 잘못 들었나?"

"……."

"한 가지만 해. 지금 뭐야? 박은석이야, 박 본부장이야."

재열의 고집을 절대 이길 수 없다는 걸 알면서도 혹시 몰라 시도해 본 자신이 멍청하다는 것을 은석은 한 번 더 절실하게 느꼈다.

"5분 뒤에 로비에서 보자."

은석은 체념하듯 말을 던져 놓고 엘리베이터에서 내렸다. 자신의 사무실이 자리한 층에서 내린 재열이 막 대표실을 향해 복도를 걸어갈 때였다.

"으으! 조금만, 조금만 더!"

탕비실 안에서 들려오는 아현의 목소리가 그의 발목을 잡아 세웠다. 닿지 않는 찻장과 사투를 벌이고 있는 아현의 모습에 재열은 조금의 망설임도 없이 탕비실 안으로 들어갔다.

"아휴!"

아현은 시간적으로 여유가 있어서 찻장 구석의 잘 쓰지 않는 컵들을 오랜만에 꺼내 설거지를 하려고 했다. 하지만 어금니를 물고 있는 힘껏 까치발을 들었지만 역부족이었다. 손이 닿지 않아 난감해하며 하는 수 없이 의자를 가져와야겠다는 생각에 몸을 반쯤 돌렸을 때였다.

"이거 꺼내면 돼요?"

"!"

언제 다가왔는지 재열이 뒤에 바짝 다가와서는 가뿐하게 컵들을 내려 주었다. 본의 아니게 재열의 품에 안겨진 아현은 자신의 귓가에 닿는 뜨겁고도 작은 숨소리와 팔에서 느껴지는 미세한 재열의 살결에 찌릿한 기분이 들었다.

"감사합니다, 대표님."

아현은 자신도 모르게 붉어진 얼굴로 재열이 찻장에서 꺼내는 컵들을 챙겼다. 코끝에 잠시 스쳤던 재열의 익숙한 향기가 여전히 감돌고 있는 기분이었다.

"근데 왜 갑자기 컵들은 다 꺼냈어요?"

"아, 먼지가 좀 쌓여 있는 것 같아서 설거지하려고요."

"독감 낫자마자 너무 무리하는 거 아닙니까? 혹시 내 죽이 먹고 싶어서 그런 거라면 굳이 아프지 않아도 해 줄 의향은 충분히 있는데."

"걱정 마세요. 이제 대표님 죽 먹을 일은 절대 없게 만들 거예요."

"저도 아현 씨가 제 죽을 먹을 일이 다시는 없었으면 좋겠네요."

아현이 대답 대신 조용히 미소 지었다.

"이런 곳에 컵들이 있는 줄도 몰랐네."

재열이 백합과 유채꽃이 그려져 있는 새하얀 컵을 집어 들며 중얼거렸다.

"좀 도와줄까요?"

스펀지에 퐁퐁을 묻혀서 야무지게 컵을 닦는 아현의 옆으로 재열이 소매를 걷어붙이며 다가갔다.

"아니에요, 대표님! 커피 올려 드릴까요?"

"아니요. 이제 점심 먹으러 갈 거예요."

"아직 점심 못 드셨어요?"

아현이 화들짝 놀라 물었다.

"네. 생각보다 회의가 좀 길어져서요. 아현 씨는요?"

"전 한 팀장님이랑 방금 먹고 올라왔어요. 한 팀장님께서 회의가 끝나 본부장님이랑 식사하러 가셨다고 그러셨는데……."

재열은 회의가 끝나기 전까지 점심도 먹지 않으려고 하는 아현을 데리고 가기 위해 연주가 지어 낸 선의의 거짓말이라는 것을 알고 있었다. 오랜만에 잘했다고 칭찬해 줄 만한 일이 생겼다.

이 시간까지 아현이 자신 때문에 점심도 먹지 못하고 있었다면 너무 미안한 일이니까.

"사내 식당은 영업이 다 끝났을 텐데…… 뭐라도 좀 시켜 드릴까요?"

그녀가 너무 미안한 얼굴로 물어오는 바람에 재열은 여태 회의한다고 점심도 안 먹고 싸돌아다닌 자신이 얄밉게 느껴졌다.

"아니요. 신경 쓰지 말아요. 박 본부장이랑 같이 먹으러 가기로 했어요."

"네, 알겠습니다."

"뭐 먹었어요, 점심?"

"한 팀장님이 닭 가슴살 지겹다고 하셔서요. 순댓국 먹었어
요."

"순댓국 맛있겠다. 나도 그거 먹어야겠네요."

"지금 전화해서 두 그릇 준비해 달라고 미리 말해 놓을까
요?"

"아니요. 금방 나오는 음식인데요, 뭘."

함께 더 있고 싶고 이렇게 마주 서서 더 보고 싶었지만, 더
있다 가는 그녀가 상사를 두고 혼자 점심을 먹고 왔다는 자책
감에 시달릴 것만 같았다.

"그럼, 밥 먹고 올게요."

"맛있게 드세요."

그래서 떨어지지 않는 발걸음을 간신히 옮겨야만 했다.

대표실에서 휴대전화를 챙겨 들고 다시 나와 탕비실을 지나
가는 중 귓가에 아현의 흥얼거림이 조그맣게 들려왔다.

아현이 퇴사를 하고 입사했던 다른 비서들은 업무 사항 이
외의 것에는 눈곱만큼도 관심이 없었다.

자신에게 주어진 업무가 끝나면 용모를 치장하거나 대표실
에 들어와 쓸데없는 것들을 물어 재열의 심기를 건드리곤 했
었다.

하지만 아현은 확실히 달랐다. 자신의 회사뿐만 아니라 이
런 세세한 것까지 신경을 써 주는 아현의 모습이 직원으로서

는 물론이고 여자로서도 더없이 예쁘게 보였다.

재열은 바지에서 요란하게 진동이 울리고서야 아현에게서 버겁게 시선을 떼어 냈다.

제6화

이렇게 죽어 가기 싫어서, 이렇게 잊히는 것이 두려워서 더는 무너지고 싶지 않았다.

아무도 열 수 없을 만큼 꽁꽁 닫혀 있던, 그래서 언제나 혼자 갇혀 있어야 했던 방문을 활짝 열었다.

그리고 나왔다.

새벽같이 일어나 영어 학원을 등록했고 수업이 끝나면 곧바로 회사로 달려와 지하에서 운동을 했다.

자신이 살아 있다는 것을 절실히 느끼기 위해, 자신을 있는 힘껏 끌어안아 주었던 재열에게 보답하기 위해, 아현은 열심히 움직이고, 숨 쉬고, 웃고, 살았다.

"안 피곤해?"

오늘도 새벽부터 영어 학원에서 수업을 듣고 운동을 끝낸 뒤 탈의실에서 출근 준비를 하는 아현을 보며 연주가 더 피곤한 얼굴로 물었다.

"네. 운동을 열심히 해서 그런가? 체력을 기르고 매일 새로운 것들을 배운다는 기대감에 전보다 훨씬 더 눈이 일찍 떠져요."

"요즘 너 보면 내가 정말 게으르게 사는 느낌이라 반성하게 돼."

"에이, 팀장님도 부지런하시잖아요."

"늘 술 마시고 노는 곳엔 부지런히 찾아가곤 하지."

사무실로 올라온 아현은 곧 출근하는 재열을 맞이할 준비를 서둘렀다.

탕비실 커피 머신과 PC를 켠 뒤 전날 온 메일을 확인하고 스케줄을 조정했다.

서류들을 인쇄하는 동안 아현은 가방에서 영어책을 꺼내 들고 오늘 배운 것을 복습해 보았다.

"What is this regarding? 무슨 일 때문에 그러시죠?"

영어를 반복해서 중얼거리며 머그컵에 있는 커피를 한 모금 마셨다.

"My delegation works as showed up yet. 저희 대표님은 아직 출근 전이십니다. My de……."

"아닙니다. 그 대표님 지금 출근하셨습니다."

"엄마앗!"

뒤에서 갑자기 들려오는 재열의 목소리에 화들짝 놀란 아현이 그만 손에서 컵을 놓쳐 버리고 말았다.

쨍! 하고 아침의 평온함과 함께 깨질 줄 알았던 컵은 반사적인 운동 신경으로 잽싸게 받아 낸 재열의 손에 들려 있었다.

"봤어요? 내 순발력?"

마음 같아서는 순발력이고 나발이고 왜 인기척도 없이 다가와서 사람을 놀라게 하냐고 묻고 싶었지만, 차마 그럴 수는 없었다.

놀란 마음을 애써 다독이며 아현이 억지로 웃었다.

"오셨어요, 대표님."

"화났어요? 지금 어금니 문 거 같은데."

"아니에요. 커피 준비하겠습니다."

"근데, 웬 영어예요?"

아현이 손에 쥐고 있는 공책을 눈짓으로 가리키며 재열이 물었다.

"아, 며칠 전부터 새벽에 영어 학원을 다니고 있어요."

"음……."

꼼꼼하게 메모를 한 아현의 공책을 재열이 빠른 속도로 휘리릭 넘겨 보았다.

"요즘 영어 학원은 얼마 정도 해요?"

"그렇게 비싼 편은 아니에요. 왜요? 대표님도 다니시게요?"

"그럴까요?"

그냥 해 본 소리였다. 아현은 재열의 영어 실력이 굳이 통역사를 두지 않아도 계약을 진행할 만큼 상당하다는 것을 알고 있었다.

"대표님은 영어 잘하시잖아요."

"나 영어 잘하는 건 알아요?"

"그럼요. 우리 회사 사람들 다 알죠. 그래서 뇌섹남이라는 별명도 있으시잖아요."

"그게 뭐예요?"

"뇌까지 섹시한 남자를 줄여서 뇌섹남이라고 해요."

"아……."

딱히 좋아하지도 그렇다고 부정하지도 않는 반응을 보이던 재열이 손에 쥐고 있던 공책을 돌돌 말았다.

"그런데 왜 돈 낭비를 해요."

"네?"

"뇌섹남한테 배워요. 출근 시간에는 좀 힘들 거 같고 일주일에 월, 수, 금으로 세 번. 퇴근 후, 한 시간씩 회의실 A에서 어때요?"

사실 학원은 워낙 수강생들도 많다 보니 질문 하나 하기도 어려워 대충 배우는 느낌이 없지 않아 있다.

작문 같은 것을 전문적으로 배우려는 것도 아니고 비서로서 능숙하고 자신 있게 할 수 있는 회화를 배우려는 목적이었기에 재열에게 배운다고 손해는 아니었다.

다만 마음에 걸리는 것이 있다면 재열의 스케줄이었다.

"저야 너무 감사하지만 대표님께서 번거롭지 않으시겠어요?"

"괜찮아요, 한 시간 정도쯤은. 나도 영어 안 한 지 오래되어서 좀 가물가물한데 이번 기회에 다시 공부하는 셈 치고 해 보죠. 뭐. 오늘이 수요일이니까 오늘부터 하면 되겠네."

"오늘부터 당장이요?"

"성격상 무를 뽑으면 그 자리에서 썰어 버려야 하는 타입이라. 오늘부터 하도록 하죠. 퇴근한 뒤 준비해서 회의실 A로 와요."

"으…… 흐으으."

점심을 먹고 몰려오는 졸음을 깨기 위해 회사 옥상으로 올라온 아현은 어디선가 들려오는 희미한 기척에 주변을 산란하게 살폈다.

서러움에 흐느끼는 소리는 흡연실로 마련해 놓은 작은 컨테이너 박스 뒤쪽에 있는 공간에서 나고 있었다.

거리를 점점 좁혀 갈수록 선명하게 들려오는 울음소리에 아현은 걸음을 재촉했다.

그곳에 쭈그리고 앉아 숨을 죽이며 울고 있는 사람은 다름 아닌 이제 갓 데뷔한 신인 여자 그룹의 멤버 국화였다.

국화는 아현이 퇴사를 하기 전 연습생으로 들어온 동하의 동기이기도 했다.

기억 속 그녀는 마음이 여리고 상처도 쉽게 받는 동하와 다르게 꽤 강단이 있고 웬만한 일에 눈물도 보이지 않는 자존심 강한 아이였다.

그랬기에 이렇게 혼자 숨죽여 우는 그녀가 더 안타깝고 안 쓰럽게 느껴졌다.

"국화야, 너 왜 그러니? 무슨 일 있어?"

국화는 가녀린 어깨를 감싸 오며 걱정스럽게 묻는 아현을 향해 힘겹게 고개를 내저었다.

눈물로 범벅이 된 뺨을 손등으로 억척스럽게 닦아 내며 국 화가 자리에서 벌떡 일어났다.

"정말 아무 일도 없는 거야?"

"그냥, 힘이 좀 들어서요. 요즘 스케줄이 많아서⋯⋯. 다른 일은 없어요."

국화가 눈물 고인 눈으로 아현을 바라보며 억지로 미소를 지었다. 그것이 더 마음을 아프게 만들었다.

아현은 뺨을 흥건히 적시고 있는 국화의 눈물을 부드럽게 닦아 주었다.

"너무 힘이 들면⋯⋯."

"이국화!"

그때였다. 멀찍이서 국화를 부르는 남자의 목소리가 들렸 다.

그리고 그 순간, 아주 잠깐이었지만 국화가 공포에 질린 얼 굴로 몸을 부르르 떨었다.

"국화야?"

격한 반응에 의아해하는 아현의 뒤에서 인기척이 났다.

"어? 정 비서님이랑 같이 있었구나. 안녕하세요, 정 비서님."

사근사근한 목소리로 붙임성 좋게 인사를 건네는 남자는 국화의 매니저였다.

그는 잠바 속에서 휴대전화를 꺼내 시간을 확인하며 난감한 얼굴로 국화를 바라보았다.

"너 이러면 스케줄 늦어. 지금 바로 출발해야 돼."

잘못 본 것이 아니라면, 분명 국화는 겁에 질린 얼굴로 매니저를 바라보았었다.

아현은 머릿속 귀퉁이에서 어렴풋이 드는 불길한 예감에 국화의 손을 꽉 잡았다.

"무슨 일 있는 거야?"

"별일 없습니다, 정 비서님. 요즘 우리 국화가 힘든가 봐요. 스케줄만 가려고 하면 이렇게 울고 숨고……. 아직 갈 길이 먼 친구인데 벌써부터 쉽게 지쳐서 좀 안타깝죠."

"……."

"그렇지, 국화야."

"네……."

기어 들어가는 대답에 매니저가 부드럽게 국화의 머리를 쓰다듬었다.

그런 두 사람을 위태롭게 바라보던 아현이 국화의 손등을 쓰다듬으며 다시 입술을 떼어 냈다.

"정말이야? 어디 아프다거나 그런 거 아니고?"

"네, 아니에요. 그냥 일하기 싫고 좀 쉬고 싶어서 그랬어요. 괜히 투정 부려서 죄송해요."

"아니야. 충분히 그럴 수 있지. 언제든지 힘들면 대표실로 와. 비싼 건 아니지만, 맛있는 거 사 줄게."

"네. 말씀만이라도 진짜 감사해요, 정 비서님."

다정히 어루만져 주는 아현의 손에서 조심스럽게 손을 빼며 국화가 매니저 옆으로 가 섰다.

"국화 좀 잘 부탁드려요."

"걱정 마세요, 정 비서님. 그럼 저희는 스케줄 때문에 움직여야 해서 먼저 가 보겠습니다."

멀어져 가는 국화와 매니저를 바라보던 아현은 어딘가 모르게 석연치 않은 마음을 뒤로하고 사무실로 걸음을 옮겼다.

❋　　　❋　　　❋

퇴근을 하기 직전 서점에 잠시 들른 재열은 기초 회화에 도움이 될 만한 책을 몇 권 사서 먼저 회의실로 향했다. 평소 잘만 하던 영어인데, 막상 아현을 가르칠 생각을 하니 발음이 자꾸만 이상하게 꼬이는 기분이 들었다.

일상에서 자주 쓰는 말들과 헷갈릴 것 같은 문장을 열심히 표시하고 있다 보니, 퇴근을 끝낸 아현이 모습을 드러냈다.

"대표님."

아현의 손에는 무언가가 잔뜩 들려 있었다.

"이게 뭐예요?"

"금강산도 식후경이라는 말이 있잖아요. 출출하실 거 같아서 샌드위치랑 커피를 좀 사 왔어요."

"아무튼, 공짜 참 싫어해."

재열이 샌드위치와 커피를 준비하는 아현의 부지런한 모습을 보며 나지막하게 중얼거렸다. 준비된 음식을 든든하게 먹고 나서야 본격적으로 영어 공부가 시작되었다.

"What do you is it faster, subway and bus? 버스와 지하철 중에 어떤 게 더 빠른가요? 자, 따라 해 봐요. What do you is it faster, subway and bus?"

원어민 못지않은 재열의 발음에 감탄하며 아현이 목을 가다듬었다.

"What do you is it faster……? 아, 이 발음이 잘 안 되네요. faster. faster. faster."

"faster. 윗니로 아랫입술을 긁히듯. faster."

"아! faster."

재열의 말을 들으며 아현은 잘되지 않는 발음을 열심히 반복했다.

"Destination has to go how they serve? 얼마나 가야 목적지가 나오죠?"

"Destination has…… 발음이 또 안 되네요."

울상을 지으며 도움을 청하는 아현에게 재열은 이번에도 싫은 내색 하나 없이 어떻게 발음을 내야 하는지 알려 주었다.

"영어는 안 되는 부분이 있으면 계속 반복하는 것이 좋아요."

"Destination……."

심혈을 기울여 안 되는 단어를 계속 반복하는 아현의 말간 얼굴을 재열은 지그시 바라보았다.

잘 외워지지 않는 부분을 체크하느라 옆에 놓인 커피를 집으려는 손이 방황하자 재열이 슬그머니 커피를 밀어 주었다.

그 과정에서 커피를 탁 잡아 버린 아현의 손끝에 재열의 손이 스치듯 닿았다.

"!"

책에 집중하고 있던 아현의 눈이 휘둥그레져서는 재열에게로 향했다.

재열은 별거 아니라는 듯한 얼굴로 어깨를 으쓱였지만 아현은 손끝에 찌릿하게 남아 있는 부드러운 감각 때문에 얼굴이 붉어지는 것 같았다.

하지만 재열의 행동은 무슨 상황이었냐고 물어볼 수도 없는 제스처였다.

아현은 멋쩍은 미소를 지으며 손에 들고 있는 커피를 한 모금 마시고 다시 영어에 집중했다.

집중을 하는 아현을 보며 재열은 새삼스러운 이런 생각이 몰려왔다. 영어 하기를 참, 잘했다는 생각.

그러다 언제나 드는 그 바람을 또 한 번 소원해 본다.

이대로, 그녀와 함께 하는 이 시간이,

멈췄으면 좋겠다는 바람.

❊　　　　❊　　　　❊

"마지막 공연이란 말이에요. 꼭 오셔야 돼요, 정 비서님. 저
정 비서님 오실 때까지 기다릴 거예요."

엘리베이터 문이 다 열리기도 전에 들려오는 동하의 목소리
에 재열은 여유라고는 조금도 볼 수 없는 빠른 발걸음으로 내
려 복도를 가로질러 왔다.

동하는 아현의 자리 칸막이에 딱 달라붙어 뮤지컬 티켓을
건네고 있었다.

"대표님."

큼, 헛기침으로 자신의 존재감을 알리며 다가오는 재열의
등장에 아현이 자리에서 일어나 가볍게 목례를 취했다.

"대표님!"

동하가 손에 뮤지컬 티켓을 쥔 채로 재열에게 단숨에 달려
왔다.

몇 주 전까지만 해도 대표실 근처에는 코빼기도 안 보이던
녀석이 요즘따라 대표실을 제집 안방처럼 들락날락하는 게 재
열의 심기를 굉장히 불편하게 만들었다.

재열은 동하와는 달리 전혀 반갑지 않은 건조한 얼굴로 뮤
지컬 티켓을 내려다보았다.

"오늘 제 마지막 공연인 건 아시죠? 정 비서님한테 제 뮤지컬을 보여 드리고 싶은데 퇴근 시간이 좀 애매해서요."

이 녀석은 알까? 자신이 누군가에게 이렇게 티켓과 공연을 자신 있게 권장해서는 안 되는 실력을 가졌다는 것을.

기사화도 최소한으로 해야 했던 자신의 노력을 전혀 알지 못하겠지?

"그래서?"

동하의 얼굴에 잠시 '그래서는 무슨 그래서야?'라는 반항심 어린 표정이 떠올랐다가 사라졌다.

"그래서 드리는 말씀인데, 죄송하지만 오늘 정 비서님 조기 퇴근시켜 주시면……."

"안 돼."

한 치의 망설임도 없이 단호하게 거절하는 말에 동하보다는 뒤에 서 있던 아현이 조금 더 민망해하는 눈치였다.

"고민도 안 해 보시고 너무 단호하게 말씀하시는 거 아니에요?"

"고민해 볼 만한 문제가 아니니까."

"대표님 진짜 너무하시네요."

"회사라는 조직 생활에는 함부로 깨트리면 안 되는 규칙이라는 게 있어. 개인적인 일로 그 규칙을 깨트린다는 건 질서에 어긋나는 행동이야. 정 비서가 그런 걸 깨트릴 인물도 아니고."

재열의 말을 당연하게 받아들이는 아현의 태도에 동하의 얼굴이 눈에 띄게 시무룩해졌다.

"아무리 그래도 오늘 마지막 날인데…… 좀 봐주시면 안 돼요?"

"대표인 나한테는 한 번도 건네 본 적 없는 뮤지컬 티켓 아니야?"

"대표님은……."

동하는 목 끝까지 차오른 듯한 화를 잠시 삼켜 넘기고는 애써 침착하게 입술을 떼어 냈다. 무언가가 쌓여도 단단히 쌓인 모양이다.

"작년에 제가 건넸을 때 계속 거절하셨잖아요. 바쁘니까 이런 거 가지고 오지 말라면서."

얼핏 생각이 났지만 일단 뒤에서 이 모든 상황을 지켜보고 있는 아현이 있으니 최대한 자연스럽게 시치미를 떼 보기로 했다.

동하는 몰랐을 것이다. 자신은 이미 첫날 첫 공연을 보고 왔다는 사실을.

하지만 보고 온 걸 후회했다. 생각보다 너무 못해서.

"내가?"

"그럼, 쇼윈 대표가 지금 여기 계신 김재열 대표님 말고 또 계시나요?"

자신의 말을 잘 헤아려 주지 않는 재열이 섭섭해 톡 쏘는 말투를 내뱉던 동하는 재열의 시선이 다소 까칠해졌다는 것을 느끼고는 얼른 입을 다물었다.

"마지막 공연이라고?"

재열이 동하의 손에 들린 티켓을 향해 손을 뻗었다.

"네."

동하가 순순히 티켓을 건네주었다.

"두 장이네?"

"정 비서님이랑 한 팀장님이랑 같이 오시라고 하려 그랬죠."

"요즘 한 팀장 많이 바빠."

재열이 똑같은 티켓 두 장을 의미 없이 번갈아 보다가 건조한 얼굴로 동하를 마주했다.

"내가 한 번도 네 공연을 봐 주지 않은 것에 대해 많이 섭섭해하는 거 같고, 정 비서님한테 꼭 보여 주고 싶어 하는 것 같으니 오늘 마지막 공연은 정 비서님이랑 내가 같이 봐 주는 걸로 하지."

아직 경험이 부족한 녀석의 뮤지컬을 보는 시간은 아깝지만 그 시간을 아현과 함께한다는 것은 전혀 아깝지 않았다.

"네에? 대표님도 오신다구요?"

최악의 시나리오라고 생각했는지 동하의 얼굴이 조심성 없이 일그러졌다.

하지만 재열은 별로 개의치 않고 뮤지컬 티켓을 야무지게 챙겨 넣었다.

"저녁 7시에 늦지 않게 도착할 테니 최선을 다해서 유종의 미를 거두도록 해."

얼이 빠져 있는 동하를 뒤로하고 군더더기 없는 걸음으로 걸어가던 재열이 잠시 발을 멈추었다.

"아 참. 그리고 앞으로 너, 되도록 뮤지컬은 하지 말자."

"아, 왜요!"

"세상에는 열정만 가지고 할 수 없는 것도 있는 법이야."

더 이상 회사에서도 언플 쳐 주기 힘드니까.

"아현아. 여기야, 여기!"

옥상 귀퉁이에 마련되어 있는 자리에서 연주가 격렬하게 손을 흔들었다.

연주는 정성을 기울여 자잘하게 찢은 닭 가슴살 하나를 싱싱해 보이는 양상추에 싸서 한입에 쏙 집어넣고 아삭아삭 씹어 먹었다.

"나 때문에 괜히 자기까지 점심 대충 먹는 거 아니야?"

"아니요. 오히려 좋은데요? 꼭 피크닉 온 거 같은 기분이에요."

연주는 이번에야말로 독하게 다이어트를 해서 언제나 자신을 놀리는 두 녀석들의 코를 제대로 뭉개 주겠다고 결의했다.

그래서 간을 전혀 하지 않고 삶은 닭 가슴살과 싱싱한 양상추로 옥상 공원에서 점심을 해결했다. 그러다 보니 항상 연주와 함께 점심을 먹던 아현도 덩달아 옥상에서 식사를 하게 되었다.

물론 연주처럼 닭 가슴살과 양상추가 아닌 일회용 도시락이지만.

"놀러 가기 딱 좋은 날이다."

"그러게요."

이유 없이 신이 나는 그런 날씨였다.

"사장님께 워크숍 가자고 건의해 볼까?"

"전 좋아요."

"날씨가 더 추워지기 전에 건의해 봐야겠다."

연주가 퍽퍽한 닭 가슴살을 맛있게 씹어 먹었다.

"아, 이놈의 다이어트. 얼마 지나지도 않았는데 벌써부터 지쳐."

"제 눈에는 지금이 딱 좋아 보이는데……."

요즘 사람들이 선호하는 삐쩍 마른 몸매가 아니라서 그렇지 연주를 보며 한 번도 다이어트가 필요하다고 생각해 본 적은 없었다.

"아니야. 김재열하고 박은석 하는 꼴 재수 없어서라도 내가 꼭 빼고 만다. 그래서 하는 말인데 오늘 저녁에도 같이 운동하자. 아까 아침에 너랑 같이 운동하니까 심심하지도 않고 집중도 잘되는 거 같아서."

"어떡하죠?"

아현이 젓가락을 입에 물고 난감한 얼굴을 지었다.

"왜?"

"오늘은 약속이 있어서요. 내일부터 꼭 같이해요."

"아…… 약속 있구나."

연주의 눈동자는 '무슨 약속?' 이라고 묻고 싶은 모습이 역력했다.

"오늘 동하 씨 뮤지컬 마지막 공연이라고 대표님이랑 함께 보러 가기로 했어요."

"김재열이 뮤지컬을 보러 간다 그랬다고? 그것도 동하 씨 마지막 날이라고?"

"네."

"웬일이래?"

"왜요?"

"마지막 날이면 기자들이 몰릴 확률이 높거든. 이쪽 바닥에서 얼굴을 알고 있는 기자들이 김재열을 가만 두지 않을 거고…… 자연스럽게 매체에 노출되는 상황이 발생하는 거지. 아, 걔가 매체에 노출되는 걸 꺼려하잖아. 그래서 소속 배우들 뮤지컬이나 연극에는 늘 혼자 가. 만약에 기자가 따라붙어도 혼자인 편이 도망가기 편하다고."

깜빡 잊고 있던 사실이었다. 재열이 매체에 노출되는 것을 극심하게 꺼려한다는 것을.

아이돌 양성 오디션 프로그램을 제의받았을 때도, 기자들이 와서 성공한 젊은 CEO라는 타이틀 인터뷰를 청했을 때도, 급기야는 같은 소속 배우들이 회식 자리에서 SNS에 올리기 위해 찍자는 사진마저도 거절했던 재열이었다.

"그런데 대표님은 왜 그렇게 꺼려하시는 거예요?"

"자기 같은 얼굴이 이 세상에 나오면 다른 연예인들 주눅

든다고."

"네에?"

아현이 웃음기가 완연한 목소리로 되물었다. 연주는 여전히
입에서 감도는 뻑뻑한 닭 가슴살을 울며 겨자 먹기로 씹어 먹
었다.

"할 수만 있다면 최대한 평범하게 살고 싶어서래."

"……."

"아무래도 매체에 얼굴을 알리면 공인이 되고, 공인이 되면
사생활 보호 같은 건 받을 수 없으니까. 자기는 괜찮은데, 자기
곁에 있는 사람들마저 그렇게 누군가의 구경거리가 되는 게, 너
무 싫대."

아현에게 쏟아진 지나친 관심은 결국 독이 되어 그녀를 쓰러
트렸다.

인호와 함께 살 때에는 마트를 가려고 해도 신경 써야 할 것
이 한두 개가 아니었다.

말투 하나하나, 행동 하나하나. 마치 자신이 아닌 다른 누군
가를 연기하는 것 같은 부담감이 언제나 아현을 피곤하게 만들
었다.

하지만 어느 날부터 그런 노력은 무색해졌고 아현은 사람들
의 비웃음 속에 구경거리로만 남아 있을 뿐이었다.

"그래서 최대한 노출을 하지 않으려 노력 중이야. 그리고 솔
직히 김재열 정도면 매체에 나오자마자 금방 유명세 타게 될
걸. 젊은 CEO에 얼굴, 몸매까지 끝내준다면서. 인정하기 싫지

만 인정해야 할 문제니까."

"그러네요. 저희 대표님, 정말 멋있으시죠."

입사해 첫 출근하던 날, 로비를 지나쳐 가는 그를 보고 아현은 자신이 모르는 배우라고 착각했을 정도였다.

심지어 잘생긴 유명 배우들과 함께 있었는데도 그들이 보이지 않을 만큼 재열은 빛이 났다.

나중에 회사 대표라는 걸 알았을 때 왜 저런 얼굴을 사무실에서 썩히나 하며 아까워했던 일이 떠올랐다.

"왜 웃어?"

아현은 자신도 모르게 차오른 미소를 지적하는 연주를 보며 갸웃했다.

"제가 웃었어요?"

"응. 그것도 엄청 좋은 일 있는 사람처럼 웃었어. 오랜만에 보는 것 같아. 진짜 티끌 없이 웃는 모습."

재열을 생각하고 있었던 터라 아현은 연주의 말에 당황하지 않을 수가 없었다.

"그건 그렇고 만약 오늘 기자 떠서 도망갈 일 생기면 재열이 찾지 말고 도망가. 알았지?"

"네."

아현은 이제 추억이 되어 버린 그날의 기억을 조용히 하늘을 올려다보았다. 확실히 나쁜 기억보다는 좋았던 기억을 추억하기에 훨씬 어울리는 화창한 날씨였다.

"어떡하지? 대표님께서 그다지 마음이 들어 하시지 않는 거 같은데."

이 바닥에서 수십 개의 히트곡을 만든 작곡가조차도 긴장하게 만드는 건 다름 아닌 재열이었다. 재열은 매우 심기 불편한 얼굴을 하고는 팔짱을 끼고 소파에 앉아 아무 미동도 취하지 않았다.

이번 달 말에 발매되는 소속 가수의 싱글 앨범 수록곡을 들으려 직접 작업실로 내려온 상태였다.

그런데 신경 써야 할 곡은 귀에 들어오지도 않고 자꾸만 동하 앞에서 웃고 있던 아현의 모습만이 떠올랐다.

둘 사이가 원래 그렇게 친했었나?

"대표님?"

몇 번을 불러도 대답이 없는 재열에 작곡가가 살며시 다리를 흔들어 보았다.

그제야 재열이 깊이 빠져 있던 잡념을 거두어 내고 작곡가를 마주했다. 여전히 심기가 불편해 보이는 눈동자였다.

작곡가는 그의 눈을 똑바로 쳐다보지 못하고 슬그머니 피하며 우물쭈물거렸다.

"곡이 마음에 안 드시는 거예요?"

제대로 들어보지 않은 곡이었다. 하지만 자신을 바라보고 있는 작곡가와 가수의 얼굴에서 자신감을 조금도 찾아볼 수가 없었다. 최선을 다한 결과물이라면 절대 나올 수 없는 표정이었다.

재열은 여전히 머릿속을 유영하는 아현과 동하를 잠시 밀어두고 사업가로서의 냉정한 얼굴을 되찾았다.

"마음에 들지 않는다면 어떻게 하실 생각이십니까?"

"그럼, 다시……."

"다시 수정하게 된다면 더 좋은 곡이 나올 수는 있는 겁니까?"

"노력해 보겠습니다."

"처음부터 그렇게 더 좋은 곡이 나올 수 있도록 노력을 기울였다면 제가 두 번이나 내려오는 번거로움을 겪지 않아도 됐을 텐데요."

괜한 트집이라는 것을 알면서도 재열은 멈추지 않았다. 가수가 잔뜩 주눅이 든 얼굴로 재열을 바라보다가 고개를 푹 숙였다.

"죄송합니다."

재열은 미련 없이 자리를 털고 일어났다. 뻐근한 목을 풀며 작업실을 빠져나왔다.

"이게 왜 말썽이지?"

작업실에서 대표실로 향하는 길에 마련되어 있는 휴게실을 지나가던 재열은 자판기 앞에서 애를 먹고 있는 아현을 발견했다.

달콤한 음료와 과자 종류가 다양해 여자 직원들 사이에서

211

인기가 꽤 많다고 했던 자판기였다. 동시에 다이어트하는 데 방해가 된다며 연주가 없애 달라고 닦달했던 것이기도 했다.

자판기와 아현이 씨름을 하는 것은 한 번도 상상해 본 적 없는 그림이었다.

작은 손으로 자판기를 콩콩 내려치던 아현이 자신의 생각처럼 되지 않는지 깊은 한숨을 내쉬었다. 진심으로 짜증이 묻은 한숨이었다.

여유롭게 바지에 손을 넣은 채 아현을 바라보고 있던 재열이 자판기 앞까지 성큼성큼 걸어갔다.

"좀 도와줘요?"

"대표님."

예전에 은석이 했던 행동을 떠올린 재열은 자판기를 흔들기 시작했다.

하지만 음료는 그리 호락호락 제 모습을 드러내지 않았고 시간이 흐를수록 은근히 약이 올랐다.

재열이 이번에는 자판기를 주먹으로 쳐 보았다. 역시나 아무런 반응도 없자 재열은 아랫입술을 질끈 깨물었다.

"대표님, 제가 하는 게……."

점점 열이 받는 듯한 재열을 아현이 초조하게 바라보았다.

"아닙니다. 내가 꼭 꺼내 줄게요. 잠깐 뒤로 좀 물러서 있어요."

무엇이든 지는 것에 자존심을 상해하는 재열의 승부 근성이 자판기에게까지 드러날 줄은 몰랐다.

그의 불타오르는 의지를 방해하고 싶지 않아 아현이 조용히 뒤로 물러섰다. 재열은 마지막으로 있는 힘을 다해 자판기 위를 쾅, 하고 내려쳤다. 요란한 소리와 함께 밑에서 음료가 제 모습을 드러냈다.

"음료수 나왔습니까?"

"네, 덕분에요."

아현이 음료수를 꺼내며 멋쩍게 웃었다.

"몇 번이고 제 동전을 먹어서 오늘은 진짜 안 봐준다는 생각으로 한참 동안 자판기랑 씨름하고 있었어요."

"아무래도 업체에 전화를 해서 자판기를 바꿔 달라고 하는 게 좋겠네요."

재열이 겉으로는 덤덤히, 그러나 은근히 아려 오는 손을 바지에 넣고 오므렸다 폈다를 반복하며 말했다.

"손 아프시죠?"

"아니요, 전혀."

"대표님도 하나 드실래요?"

"음, 저는 이 포도알 있는 걸로 마시겠습니다."

재열이 신중한 얼굴로 자판기를 살피다가 음료수 하나를 골랐다.

이번에도 마찬가지로 동전만 먹고 음료수를 토해 내지 않는 자판기 때문에 재열은 땀까지 흘리고서야 간신히 음료를 손에 쥘 수 있었다.

두 사람은 나란히 휴게실에 마련되어 있는 소파에 가서 앉았다. 자판기와 하도 씨름을 했더니 갈증이 일어 재열은 목을 차가운 음료로 축였다.

"식곤증 때문에 잠이 쏟아졌는데 음료 한 잔 마시고 나니 훨씬 나아지는 것 같아요."

"잠이 쏟아질 때 하면 좋은 운동이 하나 있는데, 알려 줄까요?"

재열이 자신 있게 자리에서 일어나더니 아현에게도 손짓해 보였다. 아현이 들고 있던 음료수를 내려놓고 재열의 앞에 마주 섰다.

"자, 이렇게."

재열이 아현의 어깨 위에 자신의 양손을 올려놓았다.

"자, 아현 씨도."

재열이 자신의 어깨를 톡톡 쳤다. 하지만 선뜻 어깨에 손을 올려놓지 못하자 재열이 손목을 잡아끌어다 자신의 어깨 위에 올려놓았다.

"그리고 틈 사이를 좀 벌리고 이렇게 쭉."

서로의 어깨에 양손을 잡고서는 재열이 그대로 허리를 아래로 굽혔다.

"아악, 잠시만요! 어, 어! 대표님! 너무 아파요!"

아현이 평소 같지 않게 방정맞은 비명을 내지르며 바둥거렸다.

하지만 재열은 아현의 어깨를 쉽게 풀어 주지 않았다.

"잠이 확 깨지 않아요?"

"이렇게 아픈데 잠이 깨지 않으면 그건 말이 안 되죠."

"정 비서가 은근히 엄살이 심하네."

"아악! 좀만 살살, 살살해 주세요. 제발."

"조금만 참으면 시원해질 거예요."

처음에는 아래로 내려갈수록 허리와 다리에 통증이 왔지만 나중에는 재열의 말마따나 굳은 몸이 풀리는 것처럼 시원해졌다.

"정말 시원하네요. 잠이 다 깨고."

스트레칭을 다 끝낸 아현이 몸을 가볍게 털어 내며 말하자 앞에 있던 재열이 웃을 듯 말 듯 묘한 얼굴로 아현을 바라보았다.

"왜 그러세요, 대표님?"

아현이 어리둥절한 표정으로 묻자 재열은 아무것도 아니라는 듯이 고개를 내저으며 다시 소파로 돌아와 음료수를 마셨다.

"왜 웃으셨는지 말씀 안 해 주실 거예요?"

아현은 재열이 진짜 웃긴 것을 억지로 참고 있는 듯한 느낌을 저버릴 수가 없었다.

"그냥요."

싱거울 만큼 단순한 그의 대답에 아현의 입술이 잠시 뾰루퉁해졌다.

그녀는 알까? 볼을 꼬집고 싶을 만큼 너무 사랑스러워서 뻗고 싶어 안달 난 손길을, 자신이 얼마만큼의 이성으로 참고 있는지에 대해.

"저 다시 입사하고 말이에요."

자신의 발끝을 바라보던 재열의 까만 눈동자가 아현에게로 향했다.

"많이 달라진 것 같아요."

"뭐가요?"

"제가 예전에 말씀드렸잖아요. 예전에 이런 건 정말 꿈도 못 꿨다고."

"……."

"대표님이랑 같이 밥 먹고 이렇게 중간에 나와서 음료수 마시면서 스트레칭하고. 전 말이에요, 대표님."

재열이 대답 대신 정갈한 눈썹을 살짝 추켜세웠다.

"지금 이 순간이 너무 꿈만 같아요."

"……."

자신의 말에 돌아오는 재열의 대답은 없었다.

아현은 괜한 말로 분위기를 어색하게 만든 것 같자 마음이 불편해져 왔다.

얼른 화제를 돌려야겠다고 생각한 그녀가 주위를 두리번거렸다. 눈에 반갑게 들어온 것은 휴게실 모니터로 흘러나오는 소속되어 있는 그룹 '유니크'의 뮤직비디오였다.

"어? 동하다."

아현의 입술 밖으로 터져 나온 반가움이 재열은 신경 쓰였다.

"참 잘 컸어요, 동하."

"동하랑 많이 친해요?"

음료수를 마시며 무심하게 물었다.

"네, 많이 친해요."

자신이 어떤 심정으로 물었는지도 모르고 조금의 망설임도 없이 대답을 하는 아현이 재열은 조금 야속해지려고 했다.

"얼마나 친한데요?"

그래서 본인도 모르게 추궁하듯 묻게 되었다.

"글쎄요. 동하는 어떨지 몰라도 전 많이 친하다고 생각해요. 서로 어려운 거 있을 때 고민도 많이 들어 주고 의지도 많이 됐고."

"의지가 된다고요? 걔가?"

하, 재열이 실소를 터트렸다.

"친동생 같아요. 저렇게 성장한 걸 볼 때마다 뿌듯하기도 하고 귀엽기도 하고."

아현은 자신이 왜 이런 변명을 하고 있는지 이해할 수 없었지만 어쨌든 얼굴 가득 시큰둥함이 묻어 있는 재열을 풀어 줘야겠다는 생각이 들었다.

"그 이상 그 이하도 아닙니까?"

"네?"

"아니. 그러니까, 최동하는 아현 씨한테 진짜 동생 그 이상의 관계는 아닌 거 확실합니까?"

"확실하죠. 동하는 진짜 귀여운 동생일 뿐이에요."

아현의 달램에 재열의 구겨졌던 얼굴이 한시름 풀어졌다.

"하긴, 걔가 좀 많이 어리죠. 말투도 애 같고. 아직 군대도 안 갔다 오고. 남자보다는 챙겨 주고 싶은 애 같죠, 애."

재열이 제스처를 취하며 랩을 하고 있는 동하를 보며 연신 같은 말을 반복했다. 평소의 재열과는 전혀 매치가 되지 않는 모습이었다.

"대표님이 소속 연예인 디스하시는 거 처음 봐요."

아현이 음료수로 입술을 적시며 말했다.

그제야 재열은 자신이 여태 동하에 대해 험담 아닌 험담을 했다는 사실을 깨닫고 멋쩍은 마음에 큼, 하고 헛기침을 해 보였다.

"디스라기보다는…… 그러니까, 근데 오늘 우리 7시까지 가려면 언제 출발해야 되는 겁니까?"

얼른 화제를 바꾸는 재열의 모습이 귀여워 보여서 아현은 한동안 소리 없이 작게 웃었다.

✳   ✳   ✳

중간에 동하가 껴 있었지만, 그래도 재열은 아현과 함께할 수 있는 추억이 하나 더 생긴다는 것에 중점을 맞추기로 했다.

아현과 함께 퇴근하고 복합 쇼핑몰 안에 설치되어 있는 공연장에 도착했다.

멀찍이서 매니저와 실랑이 중인 동하의 모습이 보였다.

"동하야, 이러고 있을 시간이 없어. 너 이제 진짜 스탠바이 해야 해."

뒤에서 초조하게 닦달하며 옷깃을 잡아당기는 매니저의 손을 동하가 단호하게 뿌리쳤다. 재열의 입술에서 저절로 한숨이 터져 나왔다.

만에 하나 악의라도 품은 누군가가 저 장면을 봤다면 인터넷에 단박에 '최동하 인성'이라며 수십 개의 근거 없는 루머들이 올라와 사실인 양 떠돌아 다닐 것이다.

바로 허위성이 잔뜩 들어간 기사들이 쏟아져 나올 것이고 인터넷을 꽤 뜨겁게 달굴 것이다. 그럼 그 수습을 다 누가 하나.

"잠깐만, 잠깐이면 된다니까?"

"최동하!"

매니저에게 더한 모습을 보여 주기 전에 통제를 해야겠다는 생각으로 재열은 동하의 이름을 불렀다.

"정 비서님!"

재열은 저만치에서 버선발로 달려와 자신은 없는 사람 취급을 하고 아현만을 맞이하는 동하를 매우 못마땅하게 노려보았다.

"안 오시는 줄 알았잖아요."

덥석, 조심성도 없이 아현의 손을 잡는 동하의 모습에 재열은 소리 없이 기겁했다.

이 자식이. 아직 나도 한 번 제대로 잡아 보지 못한 손을!

자신도 모르게 입술 밖으로 욕이 튀어 나올 뻔한 아찔한 충동을 재열은 간신히 붙잡아 세웠다.

"생각보다 차가 너무 많이 막혀서. 오래 기다렸지?"

"네. 목 빠지는 줄 알았잖아요. 보여요? 내 목이 이만큼이나 길어진 거?"

동하가 목을 위로 길게 빼며 장난을 쳤다.

"너 목 원래 길잖아. 팬들 사이에서 사슴이라는 별명이 붙여질 만큼."

옆에서 잠자코 둘을 지켜보고 있던 재열이 갑자기 끼어들었다.

"그리고 공연 시작 겨우 5분밖에 안 남았는데 이러고 있는 게 말이 돼?"

재열이 동하와 그 뒤에 서 있는 매니저를 까칠한 얼굴로 바라보았다.

"아니, 저는 계속 들어가자고 그랬는데…… 동하가 계속 고집을 피우는 바람에……."

"정 비서님 오시는지 안 오시는지 확인 못 하고 들어가면 아무것도 못 할 것 같아서 기다릴 수밖에 없었어요. 이제 들어갈 거예요."

한마디를 안 지고 따박따박 말대꾸를 하던 동하가 아현에게는 무장해제가 될 만한 눈웃음을 쳤다.

"공연 끝나고 그냥 가시면 안 돼요! 오늘 같이 저녁 먹어요!"

"내가 아주 근사한 곳으로 예약해 놓지."

재열이 동하와 아현의 사이에 굳이 끼어들어 손을 떼어 놓으며 말했다.

"아, 대표님은……!"

그리고 무어라 급하게 말을 덧붙이려는 동하의 등을 인정없이 공연장으로 떠밀었다. 동하가 막강한 재열의 힘에 밀려 공연장 안으로 몸을 감추었다.

"저 공연 시작하기 전에 잠깐 화장실 좀 다녀오겠습니다. 먼저 들어가 계세요, 대표님."

티켓을 확인하며 나지막하게 고개를 끄덕이는 재열을 뒤로하고 화장실로 온 아현은 세면대 앞에 섰다.

비누 거품을 만들어 손을 싹싹 닦고 막 물기를 털어 내려다 뒤에서 자꾸만 자신을 흘끔거리는 여자의 행동에 불안감이 엄습해 왔다.

급하게 물기를 닦아 내며 화장실을 나가려는 아현을 여자가 덥석 잡아 세웠다.

"혹시 정아현 씨 아니에요? 윤인호 씨 전 와이프요."

"잘못 보신 거 같습니다."

정중하게 손을 뿌리치고 화장실을 빠져나왔지만, 여자는 쉽게 아현을 놓아 주지 않았다.

"저 YS 소속, 권혜린 기자입니다."

화장실 밖까지 따라 나와 공연장으로 향하려는 아현의 길을 막아 세운 기자의 눈빛은 먹이를 발견한 하이에나처럼 번쩍거리고 있었다. 아현은 여자가 건네는 명함을 물끄러미 내려다보았다.

"이혼하고 한 번도 모습을 드러내지 않으셔서 많은 걱정을 했습니다."

걱정을 했다는 표정은 전혀 볼 수가 없었다. 여자의 얼굴에서는.

"윤인호 씨가 이번 상반기에 개봉을 앞둔 영화로 화려하게 재기한다는 소식 들으셨습니까? 심정이 어떠신지, 말씀 좀 해 주시죠."

여자는 아현에 상처 따위에는 아무 관심도 없다는 듯이 단도직입적으로 물었다.

잠시 잊고 있던 상처의 잔해들이 다시 휘몰아치며 이곳저곳에 생채기를 내기 시작했다.

"사람, 잘못 보셨다고 말씀드렸잖아요."

"정아현 씨 맞으시잖아요. 괜찮으시다면 혹시 사진 한 장만 찍어도 되나요?"

여자는 막무가내였다. 특종을 잡겠다는 과도한 욕심이 상대방에게 어떤 치명적인 상처를 남기는지 전혀 배려하지 않는 여자가 아현은 한없이 원망스럽기만 했다.

"그만하세요, 제발!"

여자는 자신의 카메라를 들어 멋대로 사진을 찍었다. 아현은 필사적으로 자신의 얼굴을 막았다.

최대한 저항해 보았지만 힘이 어찌나 좋은지 막무가내로 달려드는 그녀를 당해 내기에는 역부족이었다.

"잠깐이면 돼요, 잠깐이면."

여자가 얼굴을 가린 아현의 손을 내리려고 하던 그 순간이었다.

"꺄아!"

비명 소리와 함께 파악! 거칠게 벽에 부딪친 카메라가 산산조각 나서 깨지는 소리가 들려왔다.

여자가 비참하게 박살 난 카메라 조각들을 보며 자지러지게 놀랬다.

"이게 얼마짜리인데! 뭐예요! 당신!"

부서진 카메라에 두었던 시선을 돌려 재열을 바라보던 여자가 흠칫 몸을 떨었다.

공식 석상에 제대로 모습을 드러낸 적은 없지만 이 바닥에서 재열은 꽤 유명한 사람이었다.

일단, 뒤에서 밀어주는 빽 하나 없이 밑바닥부터 치고 올라와 최고의 자리를 지키고 있는 것부터 한 번 보면 반하지 않을 수 없는 훤칠한 외모까지.

무성하게 퍼져 있던 소문 중에 틀린 것은 하나도 없었다. 여기자는 그의 외모에 눈치도 없이 정신을 차리지 못했다.

치밀어 오르는 화를 삭이지 못하고 충혈된 재열의 눈동자가 기자를 매섭게 응시했다.

"소속."

감정이 배제되어 있는 재열의 말에 기자는 무언가에 홀린

듯 자신의 소속을 그대로 읊었다.

"그게 얼마짜리 카메라든, 깨진 것에 대해 전혀 아쉬워할 필요가 없게 만들어 주지."

그가 무슨 뜻으로 그런 말을 하는지, 여기자는 그제야 상황 파악이 된 얼굴로 표정을 확 굳혔다.

"듣보잡 신문사 하나 망한다고 관심 가져 줄 사람은 없을 테니까."

재열의 분개 서린 협박에 여자는 소름이 돋았다.

쇼윈 같은 대형 기획사가 명예훼손으로 소송이라도 걸고넘어지게 되면 자금이 충분하지 않은 회사에 큰 손실이 될 것은 당연했다.

이전에도 근거 없는 기사를 내보냈다가 쇼윈에게 고소를 당해 부도 직전까지 가게 되었던 신문사가 한두 개가 아니었다.

그는 한번 문 것은 산산이 찢겨져 완전히 사라질 때까지 절대 놓아주지 않는 무서운 집요함으로 유명했다.

여자는 행여나 자신의 실수로 회사가 형체도 없이 찢겨질 것을 우려하며 부서진 카메라 조각들을 챙겨 자리에서 도망쳤다.

여자가 시야에서 완전히 사라지고 나서야 재열의 눈동자가 아현에게로 향했다.

여전히 상처의 늪에서 빠져나오지 못한 아현의 얼굴엔 서글픈 그늘이 져 있었다.

재열은 이 상태로는 아현이 공연을 관람할 수 없을 거라 단

언했다.

"기다려요. 차 가지고 올……."

돌아서는 재열의 옷깃을 아현이 움켜잡았다.

"혼자 있고 싶지 않아요."

눈물 섞인 그녀의 목소리에 재열이 천천히 돌아섰다.

"……."

잔뜩 겁에 질린 그녀의 얼굴을 마주한 순간 가슴을 첨예한 칼날로 난도질 치는 아픔이 와 닿았다.

가까이 다가가 안아 주고 싶었지만 재열은 단 한 발자국도 내딛을 수가 없었다.

그녀를 이렇게 아프게 한 모든 걸 파멸시키고 싶었다.

인호부터 시작하여 그녀의 상처를 아무렇지 않게 들추는 사람들까지 전부 다. 자꾸만 무너져 내릴 것 같은 이성을 가까스로 추슬렀다.

자신의 옷깃을 꽉 쥐고 있는 아현에게로 천천히 손을 뻗어 잡았다.

지금 가장 급한 건 그녀가 혼자가 아님을 알려 주는 작은 안도감이었다.

자신의 손에 감싸진 아현의 작고 여린 손이 미세하게 떨고 있었다. 울컥, 마음 귀퉁이에 묻어 있던 무언가가 치밀어 올랐다.

세상은 왜 착한 사람에게만 칼날을 겨누는 건지.

재열은 어쩌면 아현에게 마지막으로 남은 방패가 자신일지도 모를 거라 생각했다.

그래서 지금 잡은 이 손, 이 손을 절대 놓치지 않으리라 결의하며 더욱 꽉 잡았다.

"약속하죠. 앞으로 절대 당신을 혼자 두게 하지 않겠다고."

제7화

"어제는 닭들이 나오더니 나 때문에 A컵도 헐렁해졌다면서 어찌나 부리로 쪼아 대던지……."

아현은 매우 진지하게 한탄을 하는 연주를 마주 보며 비집고 나오려는 웃음을 꾹 참았다. 이번엔 꽤 오래가는 그녀의 다이어트를 내심 기특해하며 미리 사 놓은 도시락을 들고 막 일어서려던 참이었다.

"본부장님."

은석의 등장에 연주의 얼굴이 금세 샐쭉해졌다. 아현은 두 사람 사이에 여전히 존재하는 냉랭함에 난감해했다.

"점심 먹으러 가요?"

"네. 그런데 어쩌죠? 오늘 대표님께서는 선약이 있어서 벌써 나가셨는데……."

몰랐던 모양인지 은석의 얼굴에 살짝 당황스러움이 번졌다가 사라졌다.

그 순간에도 은석의 눈길은 고개를 휙 돌리고 있는 연주에게 닿아 있었다.

사람은 숨길 수 없는 세 가지가 있다고 한다. 바로 기침, 가난, 그리고 사랑(영화 시월애 中). 아현은 사랑을 숨기지 못하고 그대로 초조하게 드러내고 있는 은석을 보며 가만히 미소를 지었다.

"그럼 맛있게 먹어요."

아쉬움에 더디게 멀어지는 은석의 뒷모습을 연주가 시큰둥한 얼굴로 노려보았다.

"마음 불편하시죠?"

연주는 긍정도 부정도 없이 멀어져 가는 은석을 노려볼 뿐이었다.

연주는 같은 팀 내의 아래 직원들에겐 언제나 추진력 있는 무뚝뚝한 상사지만 이상하게도 은석 앞에만 서면 초등학생보다도 더 유치해졌다.

"편하신 대로 해 보세요."

"뭐를?"

"마음 가는 대로, 이렇게 해야지만 마음이 편하다 하는 방향으로 한번 해 보세요."

"……"

"지금 팀장님이 마음으로 그리고 계신 거."

아현의 말이 끝나기가 무섭게 연주가 은석을 불러 세웠다. 아현은 흐뭇한 표정으로 한 발자국 뒤로 물러섰다.

"누구랑 밥 먹게. 너 혼자 밥 먹는 거 싫어하잖아."

"같이 먹어 줄 것도 아니면서 뭘."

은석이 애꿎은 바닥을 툭 건드리며 퉁명스럽게 대답했다.

"그 나이 먹고도 혼자 밥 먹는 거 싫어해서 어쩌려고 그러냐?"

"잔소리만 할 거면 나 그냥 가고."

간다면서 은석은 한 발자국도 움직이지 않았다. 두 사람 사이에 잠시 대화가 끊겼다.

연주는 품에 안은 닭 가슴살 도시락을 꼭 끌어안고는 휙 돌아섰다.

"옥상으로 도시락 하나 사 가지고 올라오든가."

연주와 함께 옥상으로 먼저 올라온 아현은 마주 보고 앉아 도시락을 열며 아닌 척 옥상 문을 힐끔거리는 연주를 사랑스럽게 바라보았다.

"왜요? 전 오실 거 같은데."

"아니, 그 나이 먹도록 여전히 혼자 밥 먹는 걸 어색해하면 어쩌려고 그러지."

"아닐 수도 있죠."

은석은 결코 혼자 밥 먹는 것을 싫어하는 사람이 아니었다.

예전에 연주가 출장을 가거나 재열에게 선약이 있거나 하면

사내 식당에서 혼자 열심히 밥을 먹는 은석을 종종 발견하곤
했다.

그는 불편한 사람들과 밥을 먹느니, 혼자 먹는 것이 훨씬
편하다고 말하기까지 했었다.

"무슨 소리야?"

"여태 혼자 밥 먹기 싫어하는 척하셨던 거일 수도 있죠. 그
래야지만 팀장님께서 같이 먹어 주실 테니까."

"나랑 같이 먹으려고? 아니, 걔가 왜?"

"글쎄요. 왜일까요. 그건 팀장님이 제일 잘 알고 계실 거 같
은데요."

아현은 두 사람 사이의 오작교가 되어 주고 싶었다. 더 이
상 그만 핑핑 돌고 서로를 향한 눈빛을 서로가 알아주기를 바
라고 또 바랐다.

그것이 자신을 아껴 주는 두 사람을 위해 해 줄 수 있는 유
일한 것이라고 생각했다.

"어? 오셨네요."

은석이 옥상 문을 열고 들어와 자신의 옆에 앉을 때까지도
연주는 아현이 던진 말을 곰곰이 곱씹는 중이었다.

"날씨가 좋네요. 진짜 옥상에서 이렇게 먹으니까 피크닉 온
기분도 나고."

은석이 너스레를 떨며 도시락을 오픈했다.

"그러게요. 정말 날씨가 좋아요. 춥지도 덥지도 않은 놀러
가기 딱 좋은 날씨. 겨울 오기 전에 워크숍 한 번 가면 딱이겠

어요."

아현이 장단을 맞춰 주고 있는 사이에도 연주가 여전히 넋이 나가 있자 은석이 그런 연주의 눈치를 살폈다.

그러다 은석의 시선이 느껴졌는지, 연주가 고개를 빳빳이 들어 올렸다.

"박은석."

연주의 메마른 입술 사이로 은석의 이름이 나오자마자 아현은 도시락을 들고 자리에서 일어났다. 두 사람 사이에 오작교 역할은 이 정도면 됐다 싶었다.

"저, 급하게 처리할 업무가 있어서 먼저 내려가 보도록 하겠습니다."

두 사람 중 누구도 아현을 불러 세우지 않았다.

뒤돌아 옥상 문을 닫는 틈사이로 무언가를 말하며 왈칵, 하고 눈물을 터트리는 연주와 그 앞에서 어쩔 줄 몰라 하는 은석이 보였다.

아현은 작게 웃으며 조용히 그곳을 벗어났다.

탕비실에서 대충 도시락을 먹고 업무를 보기 위해 자리에 앉은 아현은 멀찍이서 들려오는 엘리베이터 소리에 몸을 일으켰다.

"어? 동하야."

당연히 재열일 거라고 생각했던 터라 복도 귀퉁이를 돌아 나오는 예기치 못한 동하의 등장에 자신도 모르게 어정쩡한 미소를 짓고 말았다.

"기다리는 사람이라도 있었어요?"

"어?"

"그냥. 표정에 실망한 기색이 역력하기에요."

"아니, 딱히 그런 건 아니고. 근데 무슨 일이야? 지금 대표님 안 계시는데."

"다행이네요. 안 계셔서."

동하의 말을 이해하지 못한 아현이 고개를 갸웃했다.

"대표님 보러 온 거 아니고 정 비서님 보러 온 거거든요."

"나를?"

"네."

"왜? 비상구에서 울어 버리고 싶은 일이라도 생겼어?"

아현이 옛 기억을 추억하며 장난기 서린 목소리로 물었다.

"울고 싶을 때 언제든지 찾아오라면서요."

"정말이야? 안 좋은 일이라도 있었어?"

"네."

"무슨 일인데."

"그날 왜 그냥 가셨어요? 한참 찾았는데……. 찾다가 지쳐서 너무 울고 싶었어요."

동하의 입술 끝엔 쓸쓸함이 묻어 있었다. 아현은 지우고 싶은 그날이 문득 떠올라 나지막하게 한숨을 내뱉었다. 그날 재열은 공연장을 빠져나와 주차장에 있는 차에 올라타는 순간까지 자신의 곁을 지켜 주었다.

만약 그 순간에 재열이 나타나지 않았으면 자신의 마음에는 또 다른 상처가 났을 터였다.

상처가 나지 않게 지켜 주었던 재열의 존재가 아현은 든든하면서도 고마웠다. 그러면 안 되는 걸 알면서도, 자꾸만 뒤로 숨고 싶을 만큼.

"미안해. 그럴 만한 사정이 좀 있었어."

"되게 궁금한데 더는 물어보면 안 될 것 같으니까 안 물어 볼게요. 대신, 부탁이 있어요."

"부탁? 뭔데?"

"저 이번 정규 앨범 수록곡 중에 솔로곡이 있는데 그거 자작곡이거든요. 괜찮은지 한 번만 들어 주세요."

결코 어려운 부탁이 아니었기에 아현은 흔쾌히 승낙을 했다.

"좋아. 내가 듣는다고 뭘 알 수 있는 건 아니지만 꼭 들어 줄게."

"지금이요."

"지금?"

"네. 지금 바로 내려가서요. 온갖 핑계 다 대고 못 가게 만 드실 대표님 오시기 전에."

벽에 걸린 시계로 눈길을 돌렸다. 점심시간은 꽤 넉넉하게 남아 있었다.

그날 동하에게 제대로 된 인사도 하지 못하고 기다리게 만 든 것이 미안했기에 아현은 큰 망설임 없이 자리에서 일어나 동하를 따라나섰다.

"여기 앉아요."

아현을 자신의 개인 작업실로 데려간 동하가 그녀의 앞에 앉아 기타를 품에 안았다.

"어설퍼도 웃으면 안 돼요."

신신당부를 한 동하는 천천히 줄을 당기기 시작했다. 작업실에 잔잔한 기타 연주가 퍼져 나갔다.

노래는 쉽게 따라 부를 수 있고 귀에 자주 감기는 음이었다.

아현은 조용히 눈을 감고 동하의 노래에 귀를 기울였다. 버석거리는 나뭇잎이 떨어지는 거리를 조용히 걸으며 듣기 딱 좋은 노래였다. 그러다가 문득 무언가가 떠올라 화들짝 놀라 눈을 떴다.

"왜 그래요?"

앞에서 노래를 듣는 아현을 바라보며 연주를 하던 동하가 연주를 멈추고 의아해했다.

"어? 아니야, 아무것도. 근데 노래 정말 좋다."

머릿속을 어지럽히는 그 생각을 지우고자 최대한 덤덤하게 다른 화제로 말을 돌려 보았지만 아현은 여전히 머릿속에 자리를 잡은 모습이 떠올라 얼굴까지 붉어지는 자신을 느낄 수 있었다.

"더워요? 얼굴이 좀 많이 빨간데."

"어? 그런가."

효과를 별로 발휘하지 못할 손부채질을 산만하게 하며 아현이 자리에서 일어났다.

"벌써 점심시간이 끝났네. 다음에 기회 되면 또 들려줘. 노래, 너무 좋다."

작업실을 빠져나와 복도를 거닐며 아현은 생각했다.

자신을 품에 가두고 높은 찻장 위에서 컵을 꺼내 주던 재열의 모습이 왜 그 순간에 떠올랐는지…….

아현은 아무리 자신을 이해하려고 해도 이해할 수가 없었다.

❋   ❋   ❋

─공식 석상에 모습을 드러낸 인호 씨는 생각보다 밝은 모습에 팬들을 안심시켰습니다. 이번 하반기에 개봉을 앞둔 영화 '우리 이대로 괜찮을까요?' 이혼이라는 상처를 딛고 선 그의 화려한 재기를 응원합니다. 힘내세요.

아무 감정이 깃들지 않은 재열의 건조함이 주위를 서늘하게 만들었다.

모니터에 보이는 그의 뻔뻔한 낯짝에 평소 동요하지 않던 감정들이 어지럽게 뒤섞였다.

누군가에겐 여전히 톡 건드리기만 해도 눈물이 나고 꼼짝도 하지 못할 만큼 깊은 상처로 남아 있는데, 누군가에겐 금방 잊을 수 있는 한낱 추억에 불구하다는 게 불공평하게 느껴졌다.

"뭐하고 있기에 몇 번을 노크하는데도 대답이 없어."

대표실 문을 열고 들어오며 불만을 토하던 은석은 재열의 주위에 심상치 않은 기운이 흐르고 있다는 것을 쉽게 감지했다.

어딘가를 살벌하게 노려보고 있는 재열의 동선을 소리 없이 따라가 보았다.

그 시선 끝에는 은석도 그다지 달갑지 않은 인호의 소식이 담긴 뉴스가 진행되고 있었다.

"뻔뻔한 자식."

은석은 평평한 모니터에 침이라도 뱉을 기세로 불쾌함을 표시했다.

"저 자식 때문에 네가 고생한 것만 생각하면 연예계에 아예 발도 들여놓지 못하게 만들어 버리고 싶은 지경이야."

"그럴까?"

"뭐?"

"연예계뿐만이 아니라 한국 자체에 발을 들여놓지 못하게 만들어 버릴까?"

"재열아."

인호가 얄미운 건 사실이었지만 위로 차 던진 말이었다. 하지만 은석은 그것이 자신의 실수였음을 인정해야 했다. 고조 없는 재열의 목소리와 인호를 향한 경멸 어린 초점이 은석을 얼어붙게 만들었다.

"사람들의 기억에서 영원히 없어져서…… 아니, 사람들이 기억을 하는 것조차 불쾌하게 만들어서 그 누구도 떠올리지 못하게, 관심조차 없이 사라져 버리게 그렇게 만들어 버릴까?"

그럼 그녀는 더 이상 아프지 않을 수 있을까…….

차마 내뱉지 못한 마지막 한마디가 시린 마음 언저리에서 사라질 기미 없이 한참을 맴돌았다.

하지만 전부 알고 있다. 이제 와 그런다고 해서 달라질 것은 하나도 없을 것임을.

착한 그녀가 원하는 것은 그가 무너지는 것이 아님을.

"근데, 왜."

잠시 생각에 잠겨 있던 재열이 갑자기 앞에서 느껴지는 은석의 시선에 건조하게 물었다.

"뭐가?"

"올라온 이유가 있을 거 아니야."

"아, 맞다."

이유가 떠올랐는지 은석이 손가락을 튕기며 어울리지도 않게 슬그머니 재열의 눈치를 살폈다.

"뭔데 그래."

척하면 척이다. 재열은 이제 숨소리만 들어도 은석이 대충 무슨 생각을 하고 있는지 알아차리는 자신이 순간 귀찮게 느껴졌다.

"이 상황에서 할 얘기는 아니지만 연주가 직원들 단합을 위해 워크숍 한번 가는 거 어떠냐고 제안해 보라고 해서."

"워크숍?"

정말 이 와중이다. 이 와중에 워크숍을 가자는 팀장이나, 그런 연주가 가자고 쪼르르 올라와 열 받아 있는 대표에게 고하는 본부장이나.

재열은 은석을 한심하게 바라보다가 이내 실없이 웃음을 터트리고 말았다.

하긴 이들이 지금 상황이 어떤 상황인지 알고 있기나 한가. 알 리가 없지.

"둘이 화해했냐?"

"어. 아현 씨 덕분에."

"아현 씨?"

"응. 그리고 워크숍 가는 건 아현 씨가 적극적으로 추진해 보라고 한 일이기도 해. 더 쌀쌀해지기 전에 가는 게 좋겠다고."

"그래? 그럼 당장 이번 주로 진행해 봐."

"뭐? 그렇게나 빨리?"

"추워지기 전에 가야 한다며? 그리고 내 펜션은 따로 예약 부탁할게."

"너도 가려고?"

은석이 이게 무슨 일이냐며 호들갑스럽게 물었다. 평소 워크숍 같은 행사에는 참여를 안 할뿐더러 별로 관심을 두지 않던 재열이었다.

"아무래도 버스를 대절하는 것이 좋겠지?"

그런데 지금은 언제 그랬냐는 듯 적극적으로 나서는 재열의 모습에 은석의 마음속 귀퉁이에 의구심의 꽃이 피어나기 시작했다.

제8화

    청량한 구름을 품은 하늘과 산산하게 부는 바람이 모두의
마음을 설레게 만들 정도로 화창한 날씨였다.

    직원들은 신나는 발걸음으로 하나둘, 비어 있는 버스의 자
리를 채워 나갔다.

    "일주일 내내 다이어트했는데 오늘 하루 좀 먹는다고 설마
찌지는 않겠지?"

    제발 그러지는 않을 거라고 대답해 주길 간절히 바라고 있
는 표정이라 아현은 망설이지 않고 고개를 끄덕였다.

    "네. 당연히 안 찌죠. 걱정 마세요."

    아현의 대답에 안심을 했는지 연주가 한껏 가볍게 버스에
올라탔다.

    "와, 대표님 좀 봐. 혼자 화보 찍으시는데?"

연주를 따라 버스에 올라타려던 아현은 옆에서 들려오는 여직원들의 들뜬 목소리에 걸음을 멈추었다. 은석과 함께 걸어 나오는 재열은 평소 입고 다니던 슈트 대신 간편한 캐주얼 차림이었다.

"진짜 오늘 대표님 콘셉트 훈훈한 대학생 스타일."

"본부장님도 만만치 않아. 진짜 저 두 분이 배우로 데뷔하셨으면 우리 회사가 더 크게 발전하지 않았을까 싶어."

"야, 야, 대표님 복사뼈 좀 봐 봐. 완전 섹시해."

"대표님 is 어딘들!"

아현은 여직원들의 말에 자연스럽게 시선을 아래로 내렸다. 접어 입은 청바지 아래로 드러난 복사뼈는 이런 생각을 하는 자신이 당황스러울 만큼 섹시해 보였다.

갑자기 뜨거운 물을 들이부은 것처럼 얼굴이 화끈해져 왔다.

아현은 자신의 머릿속을 유영하고 다니는 해괴망측한 생각을 떨어트리고자 고개를 격하게 내저으며 버스에 올라탔다. 가운데쯤 앉아 있는 연주의 곁으로 가서 가방을 올리고 막 자리에 앉으려는데, 그녀가 난처한 얼굴로 아현을 막았다.

"아현아, 미안. 여기 자리 있어."

"네?"

당연히 함께 앉아서 갈 거라고 생각했기에 어리둥절하며 주춤하는 사이 은석이 버스에 올라탔다.

"어, 은석아. 여기!"

연주가 자리에서 일어나 격하게 팔을 흔들어 대며 은석을 반겼다.

은석은 여전히 갈피를 잡지 못하고 멀뚱하게 서 있는 아현에게 가볍게 인사를 건넨 후 연주의 옆자리를 차지하고 앉았다.

두 사람 사이가 이렇게까지 발전했다는 것이 굉장히 벅차면서도 한편으로는 쓸쓸해져 왔다.

아현이 자신의 가방을 손에 쥐고 주위를 두리번거리며 빈자리를 찾고 있을 때였다.

"대표님! 뒤쪽에 저희랑 같이 앉으시면 안 돼요?"

애교가 한층 섞인 여직원들의 목소리가 들려왔다. 많이 부드러워지기는 했지만 그래도 여전히 차가운 재열의 성격을 제대로 파악하지 못한 철없는 신입 사원들이었다.

"네, 안 됩니다."

언제 올라왔는지, 재열은 신인 여직원들에게 냉랭한 목소리로 대답을 하고 맨 앞쪽에 자리를 잡고 앉았다.

"왜 안 돼요?"

"멀미합니다."

"아…… 저희가 멀미 안 나시게 재미있게 해 드릴게요!"

"잘 겁니다."

재열이 팔짱을 끼고 그대로 눈을 감았다.

"그러면 저 여기 옆자리에 앉아도 돼요?"

재열이 소리 없이 자신의 가방을 빈자리에 올려놓고 다시 눈을 감았다.

여직원들은 아쉬움에 입술을 삐죽거리며 여전히 버스 복도에 어정쩡하게 서 있는 아현의 곁을 지나쳤다.

업무 특성상 직원들과 쉽게 친해질 기회가 없던 아현은 언제나 함께했던 연주가 은석과 앉아 버리니 선뜻 누구의 옆에 가서 앉아야 할지 고민이 되었다.

이럴 줄 알았으면 종종 사무실에 내려가서 친분을 좀 쌓을걸. 아쉬워하고 있는 그때였다.

"이리 와요."

잠들었을 줄 알았던 재열이 아현을 불렀다. 앉을 곳이 없어 난감해하던 아현은 재열에게로 다가갔다.

어느새 가방이 치워져 있는 재열의 빈 옆자리에 조심스레 앉았다.

"신입 사원들이 대표님이랑 같이 앉고 싶어 하는 것 같던데 괜히 제가 앉아서 미움 사는 건 아닌지 모르겠어요."

재열이 뒤를 돌아보았다. 아현도 뒤쪽에 앉아 있는 신입 사원들의 눈치를 살폈다.

단순한 건지 그들은 이미 재열의 존재를 까마득하게 잊어버리고 수학여행이라도 가는 고등학생들처럼 잔뜩 들떠 까르르 웃으며 신나게 떠들고 있었다.

"전혀 신경 안 써도 될 것 같은데요."

아현은 대답 대신 멋쩍게 웃어 보였다.

설렘이 가득 찬 버스가 천천히 출발했다. 건물에 가려져 있던 따사로운 햇살이 사정없이 창문을 통해 제 빛을 내리 쬐었다.

갑작스러운 햇살의 공격에 눈도 제대로 뜨지 못하는 재열을 발견한 아현이 주섬주섬 커튼을 치고는 가방을 열었다.

"아침 식사 안 하셨죠? 간단하게 주먹밥 싸 왔는데…… 드실래요?"

언제나 아침을 거르는 재열을 생각해서 싼 주먹밥이었다. 호일에 싼 눈덩이 같은 동그란 주먹밥을 재열에게 건네주자마자 아현은 사이다를 꺼내 들었다.

"사이다랑 같이 드세요. 체할 수도 있으니까."

그러나 호기롭게 손을 움직였음에도 맴돌기만 할 뿐 도통 뚜껑은 열릴 기미를 보이지 않았다. 앓는 소리를 내며 있는 힘을 다해 다시 한 번 돌렸지만 뚜껑은 여전히 사이다 주둥이를 꽉 막고 버텼다.

"이리 줘요."

재열이 아현의 손에 있는 사이다를 가져가 손쉽게 뚜껑을 열었다.

"이렇게 쉽게 열리는 걸…… 왜 전 못 연 거죠?"

너무 어이가 없어서 뱉어진 말에 재열이 낮게 웃으며 호일을 벗겨 냈다.

"언제든지 말해요. 내가 다 따 줄 테니까. 그때도 봤죠? 자판기."

"대표님은 정말 못하는 게 없으신 것 같네요."

"영혼을 좀 실어 줄래요?"

재열의 장난기 섞인 농담에 아현이 싱긋 웃어 보였다.

"직접 싼 거예요?"

호일이 벗겨져 모습을 드러낸 주먹밥에 시선을 고정시킨 채로 물었다.

"네."

"나 생각해서?"

재열이 주먹밥을 한입 베어 먹으며 능청맞게 물었다. 틀린 말은 아니었기에 딱히 부정할 생각은 없었다.

"이런 날엔 아침 식사를 하실 수 없으니까요. 입맛에 맞으실지 모르겠네요."

"매일 가고 싶네, 워크숍."

한입을 더 베어 먹으며 중얼거리는 재열에게 아현이 사이다를 건넸다.

"같이 드세요. 버스 멀미도 하시는데 체까지 하면 안 되니까."

"나 멀미 안 하는데."

"어? 아까, 멀미 있으시다고……."

아현이 뒤쪽에 있는 신입 사원들을 손으로 가리키며 말했다.

"아, 그거……. 같이 앉고 싶어서요."

덤덤하게 대답하며 재열이 사이다를 들이켰다.

"네?"

"다른 사람 말고."

다시 한 번 주먹밥을 베어 물던 재열의 시선이 천천히 아현을 담아냈다.

"아현 씨랑 같이 앉고 싶어서 거짓말한 거예요."

그의 말간 눈동자에 비춰지는 자신의 모습을 마주한 순간 아현은 얼른 시선을 피해 버렸다.

갈증에 이른 듯한 그의 시선에 그대로 빨려 들어가 버릴 것만 같아 피하지 않으면 안 될 것 같았다. 둘 사이에 무거운 어색함이 흘렀다.

한순간이라도 어색해지는 것이 불편했던 아현이 시선을 다시 돌려 재열을 마주했다.

"대표님은 워낙 낯가림이 심하시니까 제가 편하다는 말이 하고 싶으신 거죠?"

"왠지 주먹밥을 싸 왔을 것 같기도 하고."

어색해진 분위기를 벗어나고 싶어 하는 아현을 눈치챈 재열이 들고 있는 주먹밥을 들어 올리며 장난스럽게 말했다.

"음악 들을래요?"

남기지 않고 주먹밥을 해치운 재열이 이어폰 한쪽을 아현에게 건넸다. 가는 동안 심심할 것 같았던 아현은 거절 없이 이어폰을 받아 귀에 꽂았다. 잔잔한 노랫소리가 귓가에 울려 퍼졌다.

나른함에 한껏 무거워진 눈꺼풀은 더는 버티지 못하고 조용히 감겼다.

얼마나 지났을까.

코끝에서 익숙하면서도 좋은 향기가 났다.

잠에서 서서히 깨어나던 아현은 순간, 코끝을 스치고 있는 향기가 누구의 것이며, 자신의 머리에 닿는 딱딱하지만 부드러운 감촉이 누구인지 눈치채고 화들짝 놀라 몸을 일으켰다.

그 순간 재열의 몸이 아현 쪽으로 기울어졌다. 아현은 얼떨결에 그런 재열의 몸을 제 품으로 끌어안았다.

혼자 허둥거리며 정신없어 하는 아현과 달리, 재열은 평온한 얼굴로 곤히 잠들어 있었다.

누가 잡아가도 모르겠네…….

속삭이듯 내뱉는 일정한 그의 숨소리를 지그시 들으며 아현은 자신의 품에 잠들어 있는 재열의 얼굴을 물끄러미 내려다보았다.

어디 하나 트집 잡을 곳이 없는 완벽한 외모였다. 지각없는 신입 사원들 사이에 그런 말들이 떠돌아 다니기도 했다. 재열은 신입 사원들에게 회사를 다니는 '맛'을 느끼게 해 주는 유일한 존재라고.

그 말을 떠올리자 아현은 재열의 외모가 참 달콤하게 생겼다는 생각이 문득 들었다. 꿈에서 뭘 마주하고 있는지 붉고 도톰한 그의 입술이 잠시 움찔했다가 다시 평온함을 찾았다.

물론 아현에게 재열의 존재는 그 이상이었다.

평생을 잊지 말아야 할 사람. 평생을 고마워하며 살아야 할 사람.

평생을 존경하고, 진심을 다해 사랑해야 할…… 상사…….

"……."

그러다가 격하게 고개를 내저었다. 대표님의 얼굴을 보며 감히 달콤하다는 저속한 표현을 달고 있다니!

상사 어려운 줄 모르고 이렇게 제멋대로 구는 몰상식한 생각을 아현은 속으로 따끔하게 나무랐다.

하지만 그를 담고 있는 아현의 눈길은 쉽게 거두어지지 않았다.

❊   ❊   ❊

"자, 모두들 여기 주목해 주세요! 웬일로 워크숍을 직접 참가하신 대표님께서 한 말씀 하시겠습니다."

괜찮다는데도 굳이 직원들을 끌어모아 사람을 난처하게 만드는 은석 때문에 그의 뒤통수를 못마땅하게 쏘아보았다.

하지 말라는 건 더 하는, 청개구리같이 얄미운 놈을 사랑스럽게 바라보며 격하게 박수를 치고 있는 연주 또한 심기를 건드리고 있기는 마찬가지였다.

아현은 어딜 갔는지 아까부터 보이질 않아 재열의 마음 한쪽을 뒤숭숭하게 만들었다. 빨리 상황을 마무리하고 아현을 찾아봐야겠다는 생각에 수십 개의 도란도란한 눈동자 앞에 억지로 섰다.

대충 말하고 빨리 끝내 버리자.

"저 대표, 김재열은 회사를 위해서 힘써 주시는 여러분들의 노고를 언제나 감사하게 여기며 보다 좋은 환경을 제공해 줄 수 있는 경영자가 되도록 하겠습니다. 오늘 모두들 즐거운 시간 보내셨으면 좋겠습니다. 마음껏 드시고 마음껏 노세요."

"대표님! 직원들의 노고에 언제나 감사하는 마음을 갖는 의미로 오늘 저녁 술자리에서 야자 타임 한번 가시는 겁니까?"

은석의 말에 직원들 모두가 신이 나서 박수갈채를 보냈다.

저 자식이. 정색이나 거부도 할 수 없는 상황으로 만들어 버린 은석이 원망스러워 붉으락푸르락한 얼굴로 돌아본 순간, 멀찍이서 누군가와 나란히 걸어오고 있는 아현의 모습이 보였다. 그리고 그 누군가가 남자이고 그 남자가 굉장히 낯설지 않다고 깨달은 재열의 얼굴이 더욱 사납게 구겨졌다.

"제가 또 우리 회사 워크숍에 빠질 수 없죠!"

팬들이 달콤한 사탕을 문 것 같다고 칭송하는 동하의 목소리가 오늘따라 달갑지 않게 들려왔다.

재열의 한마디와 워크숍 일저에 대해 짧은 설명을 들은 직원들은 허기진 배를 채우기 위해 점심 식사가 마련된 장소로 이동했다.

상석에 앉은 재열의 사나운 눈동자는 집요하게 한 사람만을 노려보고 있었다.

열심히 테이블 세팅을 하고 있는 아현과 그런 아현의 옆에 껌딱지처럼 딱 달라붙어 있는 동하.

아현과 함께 고기를 굽고 싶어서 직접 나서는 재열에게 대표님께서는 이런 거 절대 하시면 안 된다며 기어코 상석에 끌어다가 앉혀 놓고 자신이 그 옆자리를 차지하고 있었다. 재열의 눈에 좋게 보일 리가 만무했다.

아현은 어떤가. 같이 앉아서 쉬자는데도 그럴 수 없다더니 굳이 저렇게 나서서 열심히 일을 돕고 있었다.

"앗!"

"괜찮으세요, 정 비서님?"

고기 기름이 튄 모양인지 아현이 화들짝 놀라자 그녀의 손을 격렬하게 붙잡고 오버하는 동하를 보고 재열이 실소를 터트렸다.

"어디 가게?"

은석의 질문에 그제야 재열은 화들짝 놀라던 아현에게 다가가려다 타이밍을 놓쳐 그만 엉거주춤한 자세로 굳어져 있는 자신을 발견했다.

오버는 동하가 아니라, 자신이 더했다는 민망함에 괜한 헛기침을 하며 다시 자리에 앉았다.

"근데 너 아까부터 왜 그래?"

"뭐가."

은석에게 눈길 한 번 주지 않고 여전히 태워 버리기라도 할 것 같은 사나운 눈빛으로 동하를 노려보며 대답했다.

"몇 분 전부터 계속 어딘가를 무섭게 노려보다가 혼자 웃다가 짜증 내다가. 왜 그래? 뭐가 그렇게 못마땅한 거야?"

“저 자⋯⋯.”

식. 하마터면 생각하고 있던 걸 그대로 내뱉어 이렇게 보는 눈이 많은 상황에서 큰 오점을 남길 뻔했다.

“쟤 오늘 왜 온 거야?”

“누구? 동하?”

“어. 스케줄 없대?”

“드라마 들어가기 전에 휴식 기간 가지라고 그랬다며.”

“누가.”

“네가.”

“내가?”

말도 안 된다는 뉘앙스를 풍기며 되물었지만 얼핏 기억이 났다. 그 말을 전한 것은 아현이 다시 입사를 하기 훨씬 전의 일이었다.

하도 힘들다고 징징거리기에 내린 지시였는데, 그것이 이렇게 치명적인 말실수가 되어 자신의 허를 찌를 줄은 상상조차 하지 못했다.

재열이 테이블 위로 팔을 올려놓고 턱 베개를 했다. 그리고 무슨 대화를 하는지 꽤 즐거워 보이는 아현과 동하를 갑갑하게 바라보았다.

웃을 때 들어가는 인디언 보조개마저도 얄밉게 느껴졌다.

재열은 온몸이 다 따끔거릴 정도로 쓰이는 신경에 그 뒤로도 오래도록 동하를 노려보았다.

“들어가서 쉴 거지?”

점심을 거의 다 먹어 갈 때쯤 은석이 넌지시 물어왔다.

"그래야지. 근데 왜."

"아, 게임을 좀 할 거거든."

"무슨 게임?"

"이런저런 게임. 줄다리기도 있고, 이구동성 게임도 있고, 짝 피구도 있고."

"짝 피구?"

재열이 갑자기 관심을 보였다.

"근데 그 짝 피구, 짝은 어떻게 정할 건데."

"여직원들 이름 적어서 통에 넣고 남직원들이 직접 뽑는 걸로 되어 있어."

"여직원들 이름을 전부 넣었나?"

"응."

"전부? 단 한 명도 빠짐없이?"

"그래. 오늘 참여한 여직원들은 전부 다."

"연주도?"

"그렇지."

"그럼 아현 씨도?"

"아현 씨도 당연히 넣었겠지? 근데 갑자기 왜 그렇게 관심을 보이고 그래? 설마 하려고? 들어가서 쉰다며."

"워크숍을 왜 왔겠어. 직원들과 함께 단합심을 키우기 위해서 왔는데, 게임만큼 좋은 게 없지."

얼굴빛 하나 바뀌지 않고 덤덤하게 말하는 재열을 은석이 어이없게 바라보았다.

자신이 없어야만 더 즐거운 워크숍이 될 수 있다며 참여하지 않기 위해 온갖 핑계를 다 대던 재열 아니었던가?

그런 은석의 시선을 전혀 느끼지 못한 재열은 무언가를 결심한 듯 의미심장한 얼굴로 나지막하게 고개를 끄덕였다.

❉　　　❉　　　❉

"김재열 진짜 왜 저러지?"

짝 피구를 하기 위해 뽑기를 진행하고 있는 곳에 서 있는 재열을 보며 연주가 의아해했다. 생전 워크숍에 참여하지 않았던 재열이 이런 시답지 않은 게임 하나에 저렇게 적극적인 모습을 보이다니…….

연주는 내일 해는 분명 서쪽에서 뜰 거라는 말을 덧붙였다.

"자, 이제 우리 대표님! 우리 대표님 뽑으십니다. 과연 우리 대표님과 함께하게 될 영광의 짝은 누가 될지!"

사회자의 호들갑에 아직 짝을 이루지 못한 여직원들은 두 손을 모아 기도를 하기 시작했고,

"저 앞으로 정말 착하게 살 테니까 제발 우리 대표님이랑 같이 짝하게 해 주세요."

"제발 대표님이 쥐고 계신 저 종이에 적힌 이름이 나이기를, 제발! 제발!"

이미 짝을 이룬 여직원들은 하소연을 하기 시작했다.

"아, 왜 대리님은 제 이름을 뽑아 가지고!"

"미안하다……."

"대체, 난 전생에 무슨 죄를 지어서……."

여직원들의 반응을 흥미롭게 바라보던 아현의 팔꿈치를 연주가 툭, 하고 건드렸다.

"근데 게임 이름이 좀 웃기지 않아? 그냥 짝 피구지. 무슨 기사와 공주야, 기사와 공주는. 작명 센스 참……."

"본부장님이 지으셨다는데……."

연주가 커다란 눈망울을 끔뻑였다.

"그건 그렇고 아현이 너도 이름 넣었지?"

"아마 그럴걸요?"

"재열이 짝이 너면 볼 만하겠다."

"왜요?"

"운동 되게 못하는 너랑 승부욕 강한 김재열이 만나 봐. 너 오늘 몸 개그 터지겠다."

재열이 뽑은 종이가 사회자에게로 넘겨졌다. 사회자는 마치 그 종이가 다이아몬드라도 되는 것마냥 소중하게 다루는 장난기 어린 제스처를 취했다.

"자, 이곳에 이름이 적혀 있을 여직원은 저도 부럽네요. 과연 대표님이 기사가 되어 지켜 주게 될 영광의 공주님은?"

"두구두구두구!"

모두 하나가 되어 외치는 함성에 드디어 사회자가 종이를 오픈했다.

"오! 언제나 붙어 다닐, 어쩔 수 없는 인연인가 싶습니다!"

사회자의 말에 해당이 되지 않는 몇몇 직원들은 실망감을 노골적으로 드러냈다. 사회자는 활짝 편 종이를 반대로 돌려 모든 직원들에게 보여 주며 외쳤다.

"한연주 팀장님!"

"에엥?"

가장 실망스러운 얼굴을 한 건 재열이었다. 그는 탄식에 가까운 좌절감을 맛보며 다리를 휘청거렸다.

"괜찮겠냐?"

은석이 재열을 위로했다.

"아무리 연주지만 나도 걸리지 않길 바라고 있었는데…….
우리 연주 잘 부탁한다."

고등학교 때 다 같이 가게 된 캠프에서 있었던 일이었다. 그 당시에도 짝 피구를 했었는데 연주의 짝은 은석이었다. 연주의 불꽃 튀는 활약으로 1등을 하는 영광을 누렸지만 은석은 옷이 다 찢어지고 만신창이가 되어 한동안 사람들의 놀림거리가 되었었다.

그중 제일 많이 은석을 놀린 건 재열이었다. 재열은 몸을 풀며 오늘도 기필코 1등을 하겠다는 투지를 보이고 있는 연주를 막막하게 바라보았다.

"나 그냥 들어가서 쉬면 안 되지?"

"그럼 분위기가 어떻게 되겠어. 간만에 대표님과 무언가를 같이한다고 좋아하는 저 직원들의 얼굴을 좀 봐 봐. 최고의 경영자가 되는 길이 어디 그렇게 쉬운 줄 아니?"

"……."

"차라리 그냥 처음부터 옷을 다 벗고 하는 건 어때? 여직원들도 좋아하겠다."

위로 같지 않은 위로를 던져 놓고 자신의 짝을 향해 뛰어가는 은석을 바라보던 재열은 귓전으로 담겨지지 않길 바랐던 이름을 외치는 사회자의 목소리가 들리자 눈을 돌렸다.

"정아현! 정 비서님!"

"아싸아!"

동하가 하늘 높이 깡충 뛰어올랐다. 그러더니 멀찍이 서 있는 아현에게로 쪼르르 달려가 좋다며 오두방정을 떨기 시작했다.

그 같잖은 모습을 간신히 열을 삭이며 바라보고 있자 연주가 팔짱을 끼어 왔다.

"대표님, 저희 오늘 꼭 1등 해요."

"나 진짜 들어가서 쉬면 안 되냐고!"

재열의 절규 어린 고함 소리는 어수선한 분위기에 그대로 묻히고 말았다.

돌이킬 수 없는 게임이 시작되었다. 재열은 자신의 옆구리를 꽉 잡고 있는 연주의 거친 손을 끔찍한 얼굴로 내려다보았다.

"정신 똑바로 차려, 김재열. 나 누구한테든 지기 싫어하는 거 알지?"

연주의 경고에 재열이 시선을 앞으로 돌렸다. 하필이면 동하와 짝을 이룬 아현과 상대편으로 만나 그의 한숨은 더 짙어졌다.

대표의 위치로도 어떻게 할 수 없는 지금의 상황이 제발 꿈이기를 간절히 바랐으나 호루라기는 곧 요란스레 울렸다.

느닷없이 공이 재열의 얼굴로 날아왔다.

퍽.

"정신 제대로 차리시라니까요, 대표님!"

"방금 공 던진 거 최동하지?"

뒤에서 윽박을 내지르는 연주에도 재열은 아랑곳하지 않고 반대편에 있는 동하를 무섭게 노려보았다. 그사이 연주가 억척스럽게 재열의 몸을 휙 돌렸다.

힘이 세도 너무 세다. 무방비한 상태에서 그대로 몸이 돌려진 재열은 제대로 정신을 가누지 못하고 있었다.

"야, 너 진짜 정신 안 차릴래? 너 때문에 나 공 맞아서 1등 못 하면 알아서 해!"

연주가 어금니를 물고 낮게 으르렁거렸다.

이깟 게임이 뭐라고 1등을 하려고!

재열은 자신의 불타오르던 예전 승부욕을 까마득하게 잊고는 불평했다.

"대표님, 조심하세요!"

여직원의 경고에 재열은 또다시 자신을 향해 날아오는 공을 발견하고 상체를 숙여 피했다.

게임이 진행될수록 재열은 이상한 기운을 떨어트릴 수가 없었다. 남자들의 맹공격이 이상하게도 자신에게로만 향하고 있었던 것이다.

재열은 더 이상 아현과 동하를 신경 쓸 겨를이 없었다. 그저 정신없이 날아오는 공을 피해야만 했다. 그럴수록 옆구리 쪽 옷 부분이 헐거워져 가고 있다는 것을 재열은 전혀 눈치채지 못하고 있었다.

"공을 좀 잡아 봐, 김재열!"

계속 피하기만 하는 재열이 답답했는지 연주가 고함쳤다. 동시에 재열은 제 품으로 날아오는 강한 공을 받아 냈다.

"우리 대표님 멋지다!"

열혈 팬들처럼 여직원들의 응원에 재열이 공을 공중으로 높게 추켜세웠다.

마음 같아서는 동하를 향해 던지고 싶었지만 그 뒤에 아현이 있어서 그럴 수도 없는 노릇이었다. 재열은 간신히 받아 낸 공을 밖에 나가 있는 같은 편 직원에게 패스했다. 그런데 그것이 실수였다.

하나둘씩 죽어 가는 다른 사람들과는 달리 요리조리 공을 피하며 실력 발휘 중인 동하가 그들의 공격 대상이 된 것이다.

날아오는 공에 겁에 질린 아현의 모습을 재열이 초조하게 바라보았다.

아현을 지키겠다고 뻗는 동하의 팔이 자꾸만 그녀에게 닿을 때마다 속이 뒤집어지는 것 같았다.

"죄송합니다, 정 비서님! 하지만 이제 그만 아웃되어 주셔야겠습니다!"

환상의 호흡을 보여 주며 동하를 공격하던 직원이 이제 진짜 끝내겠다는 강한 의지력을 보이며 공을 있는 힘껏 던졌다.

그때, 공을 피하겠다고 물러서던 동하의 발 스텝이 엉키면서 바닥으로 발라당 넘어졌다. 그 바람에 아현은 덩그러니 혼자 남겨지게 되었다.

감히 피할 엄두는 나지도 않았다. 아현은 자신을 향해 날아오는 공에 두 눈을 찔끔 감아 버렸다.

텅! 묵직한 소리와 함께 공이 바닥으로 데구루루 굴러갔다. 하지만 아현은 그 어디에서도 아픔을 느낄 수 없었다.

"김재열!"

연주의 짜증 섞인 목소리에 그제야 아현이 찔끔 감고 있던 눈을 떴다.

자신의 앞에서 공을 막아 준 사람은 다름 아닌 상대편 재열이었다.

"야. 왜 네가 거기서 공을 맞고 있어! 너 이 게임 룰 몰라?"

연주의 핀잔 어린 잔소리에도 재열은 아무 말 하지 않고 그저 품에 안겨 있는 아현을 내려다볼 뿐이었다.

그의 까만 눈동자가 괜찮냐고 묻고 있는 듯했다.

평소 잘하지 못했던 운동을 한 탓일까, 운동을 하고 올라온 뜨거운 열기 때문일까.

아현은 격하게 요동치는 자신의 심장 박동 소리에 한참을 당황해했다.

✤ ✤ ✤

“내가 우리 박 본부장 덕분에 참 별 경험을 다 해 봐.”

잔소리 심한 시어머니처럼 팔짱을 끼고 옆에 서 있는 은석을 원망스럽게 쏘아보며 재열이 어금니를 꽉 깨문 채 노릇노릇 익어 가는 전을 성의 없이 뒤집었다. 그 바람에 전은 반으로 찢어지고 떡처럼 뭉쳐져 버렸다.

“어어! 대표님. 그렇게 뒤집으시면 전이 다 찢어진다니까요? 보기 좋은 떡이 먹기도 좋다고, 이렇게 이렇게 하라고 몇 번을 말해야 알아들으시렵니까?”

은석이 프라이팬 손잡이를 잡고 흔들어 전을 능숙하게 홱 하고 뒤집었다.

전의 모양이 조금의 흐트러짐도 없이 완벽하게 프라이팬에 착지를 하자 은석은 주위에 있는 직원들의 찬사를 한 몸에 받으며 우쭐했다.

“보셨죠?”

“그럼, 그렇게 잘하시는 본부장께서 마무리를 지으시는 게.”

재열이 은근슬쩍 반죽이 담긴 믹싱 볼을 은석 쪽으로 내밀었다.

저녁에 갖게 될 술자리 안주로 몇 개의 음식들이 선정되었는데 은석의 바람잡이로 재열이 전을 붙이게 되었다. 요리에 관심도 없고 잘할 줄도 모르는 재열로서는 이 상황이 여간 귀찮지 않을 수가 없었다.

"사랑하는 직원분들을 위해서 전 하나 붙이시는 게 그렇게 억울하십니까?"

순식간에 재열에게로 그가 직접 한 요리를 맛보고 싶은 갈망 어린 직원들의 이목이 쏟아졌다.

빼도 박도 못할 상황이었다. 재열은 뜨겁게 달군 프라이팬에서 얼굴을 최대한 멀리 떨어트리고 다시 한 번 기름을 두른 뒤 신중을 가해 반죽을 올렸다.

"저래서 오늘 안에 직원들이 전을 먹을 수는 있을까요?"

꽤 거리가 떨어진 자리에 앉은 아현은 옆에서 젓가락을 쪽쪽 빨며 한탄하는 동하에게 대답했다.

"난 술안주로 전만 먹을 것 같은데."

얼굴 가득 즐거움이 묻어 있는 아현은 재열의 행동 하나하나에 숨이 넘어갈 것처럼 웃는 중이었다.

"내가 볼 때는 술안주 중에 대표님이 하신 전이 제일 맛없을 것 같아요."

"그래도 인기는 제일 많을걸?"

쓸데없는 소금 퍼포먼스를 유도하는 은석 때문에 하는 수 없이 허세 들린 포즈로 어색하게 소금을 뿌리는 재열을 보며 아현이 쿡, 하고 웃었다. 직원들의 자지러지는 웃음소리가 천막 안을 가득 채웠다.

"눈길 한 번 받기 되게 어렵네."

씁쓸함이 묻어난 동하의 스치는 말에 아현이 그제야 재열에게 고정시켰던 시선을 돌렸다.

"이번에도 내 차례는 아닌 건가……?"

지척에 있는 동하의 눈꺼풀이 무겁게 내려앉았다가 떠졌다.

"그게 무슨…… 말이야?"

주어 없이 흩어지는 말을 이해하지 못한 아현이 의아해하며 되물었지만, 동하는 처음부터 대답해 줄 요량이 없었는지 열게 고개를 내저었다.

"아니에요. 아무것도. 배가 고파서 실성했나 봐요, 내가. 헛소리가 다 나오고."

"……."

"되게 행복해 보인다. 대표님이 그렇게 재미있어요?"

재미도 재미지만 그를 지켜보고 있으면 마음이 편안해진다. 마치 깜깜한 어둠 속에 갇혀 두려움에 떨며 헤매고 있을 때 멀리서 비추는 한줄기의 광명처럼.

그를 보면 어디서든, 어느 순간이든, 그런 느낌을 받는다.

"완성할 때까지 시간이 걸릴 거 같으니 대충 배나 좀 채워야겠다."

자리에서 일어나 천막을 나가는 동하의 뒷모습을 바라보던 아현은 이내 앞에서 들려오는 소란스러움에 다시 이목을 돌렸다.

❈ ❈ ❈

작정을 하고 덤벼드는 남직원들을 도통 말릴 수가 없었다. 재열은 이미 초과를 해도 한참 초과해 버린 주량에 더 있다가는 분간 못 하고 추한 꼴을 보이게 될까 봐 비틀거리며 자리에서 일어났다.

"어! 대표님, 어디 가세요!"

"대표님, 들어가시는 거예요? 그럼 나도 들어갈래!"

아쉬움에 따라 나서려는 여직원들을 간신히 말린 재열은 점점 무르익어 가는 분위기에 홀로 펜션을 나왔다.

선선이 불어오는 바람이 꽉 막혀 있던 숨통을 뚫어 주는 기분이었다.

근처에 심어 놓았는지 은은하게 퍼지는 참나무 냄새가 코끝을 간질였다.

눈꺼풀로 무겁게 내려앉는 피로함에 마른 얼굴을 비비던 재열은 멀찍이 떨어진 벤치에 혼자 앉아 있는 아현을 발견했다.

아현은 몇 분 전, 연주와 함께 피곤하다며 먼저 일어났었다.

당연히 자고 있었을 거라 생각했는데 이렇게 보니 더욱더 반갑게 느껴졌다. 재열은 단숨에 아현에게로 향했다.

"여기서 뭐해요?"

"아, 대표님."

재열이 아현의 빈 옆자리에 나란히 앉았다.

"달이 너무 예뻐서요."

아현에 말에 그제야 재열은 별 관심도 없던 하늘을 올려다보았다.

동그란 달은 영롱한 빛깔로 어두운 세상을 비추고 있었다. 예쁘다는 말로는 부족한, 감탄이 절로 터져 나올 정도로 아름다웠다.

"달이 진짜……."

언제부터 바라보고 있었던 걸까.

잠시였지만 재열은 확실히 느낄 수 있었다.

자신을 바라보고 있던 아현의 눈빛이 평소와는 확연히 다르다는 것을.

자신의 시선이 닿자 허둥거리며 눈을 피하는 아현을 두 눈에 담으며 재열은 조심스럽게 입술을 떼어 냈다.

"순간, 달보다 더 예쁘다고 생각했습니까?"

"네?"

"제 얼굴이요. 너무 심하게 반한 듯한 표정이던데."

능청맞게 던진 농담에 아현이 실없이 웃었다.

"술자리는 아직도예요?"

재열의 대답을 들을 것도 없이 아현의 말이 끝나자마자 펜션 쪽이 갑자기 시끌벅적해졌다.

"밤이라도 샐 기세네요. 젊은 게 좋긴 좋은가 봐요."

"되게 나이 든 사람처럼 말하네. 진짜 나이 든 사람 섭섭하게."

자신보다 다섯 살이나 많은 재열 앞에서 괜히 번데기 주름을 잡은 것 같은 머쓱함에 아현이 어색하게 웃었다.

"그래도 액면가는 아니잖아요."

"인정. 아 참, 몸은 좀 괜찮으세요?"

"여기저기 안 쑤시는 데가 없네요."

피구 공으로 하도 얻어맞아서 욱신거리는 몸을 재열이 살짝 주무르며 투덜거렸다.

"혹시 느꼈어요? 남자들이 나한테만 공 던지는 거."

"조금이요. 근데 그 이유 모르시는 건 아니시죠?"

"알아도 모른 척해야 기분 좋게 한 번 더 들을 수 있는 말 아닙니까?"

"그럼 최대한 예쁜 목소리로 기분 좋게 말씀드릴게요."

아현이 큼, 하고 목을 한 번 가다듬었다.

"회사 내에 있는 모든 여자들이 대표님만 좋아하니까……. 질투, 하는 거잖아요."

"어차피 평생 받을 거 이제 좀 익숙해질 만도 한데."

표정 하나 바뀌지 않고 자기 자랑을 하는 재열을 아현이 어이없게 바라보았다.

"방금 뭐예요, 그 표정?"

"아무 표정 아닌데요?"

정색하고 있던 얼굴에 아현이 억지로 미소를 띠며 대답했다.

"아닌데, 분명히 인정 못 하는 표정이었는데."

"잘못 보신 걸 거예요, 분명. 이 모습도 멋있어 보이셨거든요."

아현이 안주를 준비하며 재열이 선 보였던 소금 퍼포먼스를 엇비슷하게 따라했다.

"그거 잊어 줄래요?"

진심으로 정색하며 말하는 재열에게 아현이 고개를 내저었다.

"아마 평생 못 잊을걸요?"

"아, 박은석."

재열은 차오르는 원망을 꾹꾹 담아냈다.

"아, 맞다. 혹시 최동하 봤어요? 얘 아까부터 안 보이던데."

"동하는 스케줄이 있다면서 한 시간 전에 올라갔어요."

"……."

오전에 나누었던 은석의 말에 의하면 오늘을 포함하여 드라마 촬영에 들어가기 전까지 동화는 스케줄이 없는 걸로 알고 있다.

아현에게 왜 스케줄 핑계를 대며 먼저 서울로 올라갔는지는 모르겠지만, 그 결과가 결코 나쁘지는 않다.

찰거머리처럼 아현의 옆에 붙어 다니는 동하가 하루 종일 신경 쓰였으니 말이다. 그 녀석이 없는 한밤의 시간은 참 평온하게 흘러가고 있었다.

재열은 바닥에 깔려 있는 자갈 하나를 집어 들어 앞에 자리한 널찍한 연못으로 향했다.

"혹시 이거 할 줄 알아요?"

"어떤 거요?"

비스듬한 자세를 잡은 재열이 손에 들고 있던 자갈을 그대로 던졌다. 자갈은 물 위를 네 번 정도 튕기다가 사라졌다.

"와! 어떻게 하신 거예요? 저도 그거 되게 해 보고 싶었는데!"

아현이 반갑게 자갈을 집어 들고 자리에서 일어났다.

"둥근 자갈보다는 이렇게 납작한 자갈이 더 잘 돼요."

재열은 아현의 손에 쥐어져 있는 동그란 자갈을 내려놓고 꽤 진지하게 고른 납작한 돌을 그녀에게 쥐여 주었다.

"그리고 자세를 이렇게……."

아현의 뒤로 간 재열이 한쪽 손은 가볍게 어깨에 올리고 다른 한 손은 돌을 쥐고 있는 아현의 손등을 감쌌다.

"자, 손목에 힘을 좀 빼고 던져요."

돌이 허공을 가리며 연못 위를 세 번 정도 튕기고는 사라졌다.

"아!"

아쉬움에 탄식하는 재열의 뜨거운 입김이 아현의 귓가를 스쳤다.

뜨거운 물을 냅다 들이부은 것같이 달아오른 몸, 그리고 금방이라도 튀어나올 것 같은 심장이 무엇을 뜻하고 있는지 몰라 신경이 곤두섰다. 아현은 얼른 재열에게서 벗어나 한 발자국 물러섰다.

"이거 다섯 번 연속 치면 소원이 이루어진대요."

"에?"

"아닌가? 초등학교 때 담임 선생님이 그러셨는데. 담임 선생님이 몇 번의 도전 끝에 다섯 번 치셔서 제가 소원 빌었더니 이루어졌어요."

"무슨 소원이었는데요?"

"크리스마스 날, 처음으로 선물받아 본 거. 담임 선생님이 직접 준비하셨다는 걸 나중에 알게 됐지만. 어쨌든 그래도 전 그때 선생님이 말씀하셨던 거 믿어요. 간절히 원하면 언젠가는 이루어진다는, 희망을 가지라는 말. 기다려 봐요. 내가 다섯 번 쳐 줄 테니까."

돌 하나를 집어 든 재열이 꽤나 멋있는 포즈로 휙 연못을 향해 집어 던졌다. 처음은 실패였다.

"이러다 밤 새시는 거 아니에요?"

격하게 부정한 재열은 아까보다 더 신중하게 돌을 골라 던졌다.

한 번, 두 번, 세 번, 네 번째로 돌이 튕기는 걸 보며 아현과 재열은 흥분을 감추지 못했다.

마지막 한 번을 더 튕긴 돌이 수면 아래로 쏙 빠졌다.

"소원. 소원."

재열이 아현을 재촉하며 얼른 손을 맞잡고 눈을 감았다. 무슨 소원을 비는지 꽤 오래도록 눈을 감고 있는 재열을 아현이 사랑스러운 눈빛으로 바라보았다.

"소원 빌었어요?"

한참 후에야 눈을 뜬 재열이 아현에게 넌지시 물었다.

"네. 빌었어요."

"무슨 소원이었어요?"

"소원은 원래 비밀 아니에요?"

"비밀이긴 한데, 뭐. 내가 들어줄 수 있는 소원은 전혀 아닌 가?"

아현의 소원이 궁금한지 재열의 얼굴엔 어서 말해 달라는 독촉이 잔뜩 어려 있었다.

그리 비밀스러운 소원도 아니었기에 아현은 말을 해 주기로 결심했다.

"마지막 비서가 되게 해 달라고 빌었어요."

"마지막 비서요?"

"네. 대표님의 마지막 비서는 꼭 제가 되게 해 달라고. 그럼 대표님은 무슨 소원 비셨는데요?"

"난 비밀입니다."

"네에?"

"왜요? 비밀로 하면 안 돼요?"

"아니, 그건 아니지만 그래도 얘기해 주셔야죠. 저도 말씀 해 드렸는데."

"말해 달라고 한 적은 없는데."

듣고 보니 그렇다.

그냥 무슨 소원이었냐고 물어보고, 들어 줄 수 있는 소원이 냐고 물어봤을 뿐 대놓고 그 비밀을 말해 달라고 하지는 않았 다.

틀린 말은 아니었지만 어딘가 모르게 재열에게 당한 것 같은 기분이라 아현은 억울해져 왔다.

"진짜 말씀 안 해 주실 거예요?"

"네."

재열이 단호하게 대답했다. 결국 아현은 피식 웃어 버리고 말았다.

"근데 들어줄게요, 소원."

"……."

"마지막 비서가 되고 싶다는 그 소원, 내가 꼭 들어준다고요. 어때요, 덜 억울해요?"

"네. 뭐, 억울한 게 아예 사라지지는 않았지만 조금 위로는 되네요. 감사합니다, 대표님. 아 참! 그리고 아까 감사했어요. 아마 대표님 아니었으면 머리에 공 맞고 기절했을지도 몰라요."

"큰일 날 뻔했네요. 정 비서님 기절하면 누군가가 업고 뛰어야 하는데……."

당황해서 얼른 화젯거리를 바꾼 아현의 마음을 아는지 모르는지 재열은 여전히 장난기 어린 얼굴로 몸서리를 치며 허리를 부여잡았다.

"대표님도, 참. 농담은."

"농담……."

"……."

"아닌데. 내가 들어 본 적이 있어서 되게 잘 알거든요. 그……

무거움?"

"대표님!"

술을 마셔서 그럴까. 아현은 한층 편안하게 재열을 대하고 있었다.

"농담입니다, 농담."

"저도 월요일부터는 한 팀장님이랑 같이 닭 가슴살 삶아 먹어야겠어요."

"그거 별로 효과 없다는 거 연주가 몸소 증명해 주고 있는데 뭐하러 그래요? 그러지 말고 나랑 등산을 합시다."

"등산이요? 저 산 타는 거 별로 안 좋아해요."

"나랑 타면 재미있을 거예요."

두 사람은 한참을 달빛 아래에서 시간 가는 줄도 모르고 수다를 떨었다. 까르르 숨이 넘어갈 듯이 웃다가 때로는 심각하게 서로의 말에 경청을 하다가.

"기억납니까?"

그러다 문득 그의 목소리가 유난히도 부드러워졌다.

"어떤 거요?"

"예전에 나랑 같이 점심 먹고 함께 음료수를 마시면서 꿈만 같다고 했던 거."

"아, 네. 기억나요."

"저도 그랬습니다. 꿈만 같네요."

아현에게 머물러 있던 재열의 시선이 천천히 하늘로 향했다. 교교한 달빛을 바라보는 재열의 눈동자가 예쁘게 빛나고 있었다.

"이대로 깨어나지 않아도 괜찮다고 느낄 만큼……."

어둠이 스며든 고요한 밤공기 사이로 퍼져 나가는 재열의 목소리가 그 어느 때보다도 부드럽고 달콤했다.

계속 곁에서 듣고 싶을 만큼…….

✻   ✻   ✻

재열과 헤어지고 숙소로 들어온 아현은 곤히 잠들어 있는 연주가 깰까 싶어 최대한 인기척을 내지 않고 조심스러운 발걸음으로 침대에 누우려 했다.

"어디 갔다 와?"

그러나 잠결에 중얼거리는 연주의 물음에 금세 허탈해지고 말았다.

"잠이 안 와서요. 바람 좀 쐬다 왔어요."

연주의 옆에 누워 이불을 목까지 끌어당기며 대답했다.

"사람들은 아직도 술 마시고?"

"밤새 달릴 분위기던데요."

"아무튼, 젊은 것들은 달라도 너무 달라. 난 한 이틀은 고생할 것 같은데."

"저도요."

"넌 벌써 그럼 안 되지. 대표님은?"

"아, 대표님은……."

피곤해서 더는 놀지 못하겠다며 아현을 숙소 앞까지 데려다
주고 돌아서던 재열이 떠올랐다.

"주무실 거예요."

"아함, 그러겠지. 걔한테는 오늘 하루가 너무 고단했을 테
니 말이야."

방금 전까지만 해도 대화를 나누던 연주가 갑자기 요란스럽
게 코를 골기 시작했다.

아마 오늘 하루 제일 고단했던 사람은 그 누구도 아닌 연주
가 아니었을까 조용히 생각하며 아현이 몸을 옆으로 돌려 누웠
다.

"꿈만 같네요. 이대로 깨어나지 않아도 괜찮다고 느껴질 만큼."

재열의 목소리가 이명처럼 아현의 귓가를 맴돌았다.

"……."

자신의 손등 위에 닿았던 부드러운 손길이 느껴지는 기분이
었다.

숨이 넘어갈 것같이 웃던 재열의 얼굴을 또 마주하고 싶다
는 욕심이 피어오른 순간 아현은 격하게 고개를 내저었다.

"무슨 생각을 하는 거야, 정아현…… 네가 미치지 않고서
야……."

감히 머릿속이든, 어디든 담아 놓으면 안 될 사람을 담아 놓
고 수시로 꺼내 생각하는 자신이 너무나 건방지게 느껴졌다.

아현은 억지로 잠을 청했다.

그럴수록 풀 엄두조차 나지 않는 복잡다단한 생각들이 사납게 엉켜 아현을 괴롭혔다.

제9화

말랑말랑한 풍선의 주둥이 부분을 입술로 가져가며, 재열은 자신이 왜 대체 이 황금 같은 주말에 여기서 이 짓을 하고 있어야 하는지 이해가 가지 않았다.

"재열아, 이거 여기다가 다는 거 어때?"

은석이 벽에 'I love you'라고 적힌 촌스러운 장식을 달며 소리쳤다.

회사에서 제일 넓은 공간인 유니크 연습실에는 재열이 손수 불어 재낀 형형색색의 풍선이 깔려 있었고 벽에는 은석과 연주가 함께 찍은 사진들이 붙어 있었다.

20년 만에 서로의 마음을 확인한 은석이 정식으로 연주에게 프러포즈를 하기 위해 준비한 이벤트였다.

그리고 그 이벤트의 도우미이자 들러리로 재열이 강제 선택

당한 것이다.

"돈도 많이 버는 놈이 이런 날은 전문가들 좀 불러서 준비하는 건 어때?"

"그럼 정성이 없잖아. 여기 좀 봐 줘. 이쪽에 붙이는 게 낫겠어, 아니면 이쪽에 붙이는 게 낫겠어?"

"둘 다 이상해."

무감한 재열의 대답에 은석이 입술을 빼죽였다.

"아니, 기왕 도와주는 거 즐겁게 좀 하면 안 되냐?"

"즐겁게 어떻게? 풍선 부는데 막 혼자 웃으면서 불어 줄까?"

억지를 쓰는 재열에 은석이 깊은 한숨과 함께 고개를 내저었다.

"진심이 안 묻어나잖아, 진심이. 너 혹시 질투하냐?"

"무슨 질투?"

"너, 설마해서 물어보는 건데 연주를 마음에 두고 있……."

"혼자 다 해."

워크숍에서 얻어 온 근육통이 아직 다 풀리지 않아 가뜩이나 예민하던 재열이 결국 폭발해 버리고 말았다. 들고 있던 풍선을 집어 던지고 일어서려는데, 은석이 굳게 닫힌 연습실 문을 보며 나지막하게 중얼거렸다.

"근데 아현 씨 왜 안 오지? 금방 온댔는데."

"누가 온다고?"

재열이 슬그머니 다시 자리에 앉으며 물었다.

"아현 씨."

"너는 주말에 쉬는 사람을 왜 굳이 불러내서 피곤하게 만들어."

"아니야. 이벤트하는 거 조언 좀 얻으려고 말을 했더니 아현 씨가 직접 도와준다고 그랬어. 연주 일에 자신이 빠질 수 없다면서."

패대기쳤던 풍선을 다시 든 재열은 폐부에서부터 숨을 끌어모아 불기 시작했다. 그러면서도 굳게 닫혀 있는 연습실 문을 계속 힐끔거렸다.

사실, 오늘 뭐하냐는 내용의 문자를 몇 번이고 썼다 지웠다를 반복했던 재열이었다.

평소 주말 같으면 당당하게 한 번쯤은 보내 봤을 법하지만 워크숍을 갔다 온 터라 그녀도 분명 휴식을 취하고 싶을 거라며 아쉬운 마음을 억지로 접어야 했다.

그런데 이렇게 볼 수 있다니!

"이거 다 불면 돼?"

재열이 풍선 봉지 하나를 더 뜯으며 말했다.

"아까 간다며."

"사진을 좀 옆으로, 아니, 왼쪽으로 붙여 봐. 센스가 그래 가지고 차일까 봐 불안해서 못 가겠다."

풍선을 몇 개나 불었을까, 가슴 부근이 조금 뻐근하게 느껴질 때쯤 굳게 닫혔던 문이 열리고 무언가를 잔뜩 든 아현이 안으로 들어왔다.

재열이 반사적으로 자리에서 일어나 아현이 들고 있는 짐을 받아 들었다.

워크숍 후유증인지, 아현의 얼굴에도 피곤함이 그늘져 있었다.

"뭐가 이렇게 많아요?"

"아, 본부장님께서 부탁하신 것들이에요. 전부 다 찾아왔어요."

재열의 시선이 날카롭게 은석에게로 향했다. 감히, 아현 씨한테 이딴 걸 시켜?

하지만 그런 재열의 불만을 전혀 감지하지 못한 은석은 사람 좋은 웃음을 지으며 내려와 아현이 사 온 것들을 풀기 시작했다.

그곳엔 연주만을 위한 케이크, 샴페인, 장미 꽃다발과 반지 케이스가 들어 있었다.

"수고했어요. 너무 고마워요. 근데 나 이거 어때?"

은석이 고깔모자를 쓰고 케이크를 품에 들며 물었다. 박은석이 저런 걸 하게 될 날이 올 거라고는 상상조차 못 했던 재열이었다.

"'남자가 뭐하는 거냐, 체통 없이'라고, 네가 자주 했던 말 기억해?"

"사랑 앞에서 체통 같은 거 차려 봤자 좋은 걸 놓치게 되는 법이…… 악!"

재열이 있는 힘껏 은석의 어깨를 치고 지나갔다. 이해해 줄

수 있는 범위를 넘어간 괘씸한 친구를 향한 소심한 복수극이었
다.

그 바람에 아무 생각 없이 서 있던 은석이 바닥으로 넘어지
고 말았다.

"어? 미안. 그러게 왜 길을 막고 서 있어."

뻔뻔한 얼굴로 미안하다고 하는 재열을 은석은 어이없게 올
려다보았다.

갑자기 무슨 심술을 저렇게 고약하게 부리는지 알 턱이 없었
지만 이유 없이 그럴 놈도 아니었기에 은석은 머릿속에 감도는
묘한 느낌을 쉽게 지울 수가 없었다.

"뭐야, 너? 하마터면 케이크 떨어트릴 뻔했잖아!"

"안 떨어트렸으니 다행이네."

"주위가 이렇게 넓은데 하필이면 나를 치고 지나가? 뭐가
마음에 안 드는 건데."

"아니, 난 단지 풍선 밟을까 봐 그랬지. 기껏 힘들게 분 풍
선들 밟아서 터트리면 안 되잖아. 일부러 그런 것도 아닌데 인
상 좀 풀지?"

구겨진 은석의 인상을 펴 주겠다며 재열이 멋대로 볼을 꼬
집어 댔다. 손이 비틀고 지나간 은석의 피부가 금세 붉게 올라
왔다.

"아아악! 왜 이래, 진짜!"

"인상 많이 쓰면 주름살 생겨. 주름살 좀 펴 주게."

심부름을 했음에도 아무 불만이 없어 보이는 아현 때문에

대놓고 뭐라고 할 수 없는 처지에 놓인 재열은 그 뒤로도 한참 동안 유치한 복수를 계속 감행했다.

✤　　　　✤　　　　✤

프러포즈를 받은 연주는 그만 감격스러움에 울음을 터트리고 말았다.

그러면서 서로 끌어안고 사랑을 속삭이는 은석과 연주가 재열은 참 웃기다고 생각하며 아현과 조용히 연습실을 빠져나왔다.

"두 분 정말 좋아 보여요."

"날 귀찮게 하던 노처녀 노총각을 드디어 시집 장가보낼 수 있으니 마음이 홀가분하긴 하네요."

"두 분만 노신다고 나중에 섭섭해하시는 거 아니에요?"

"그럴 일 절대 없을 겁니다. 만약에 내가 조금이라도 그런 기미를 보이면 정 비서님이 원하는 거 다 해 드릴게요."

"정말요?"

재열이 문제없다며 고개를 끄덕였다.

"몸은 좀 어떠세요? 아까 본부장님께서 대표님 근육통 때문에 내내 고생하고 있다고 그러시던데."

"아닌데. 나 평소에 운동 되게 열심히 해서 근육통 같은 거 잘 안 생겨요. 근육통 고생은 본부장이 하고 있죠. 아, 최동하도."

재열이 어금니를 꽉 물고 보란 듯이 어깨와 팔을 휘적거렸다.

순간순간 아려 오는 통증 때문에 몸을 움칠했지만 재열은 끝까지 자신이 괜찮다는 것을 증명하려 애썼다.

아현은 못 말린다는 표정으로 웃었다.

확실하다. 그녀는 걱정이나 근심 어린 얼굴보다 웃는 얼굴이 훨씬 더 예뻤다.

"데려다줄게요."

"괜찮습니다, 대표님. 전 여기서 버스 타고 가면 금방이에요."

"제 차가 더 금방일 겁니다. 정문에서 기다려요. 차 가지고 금방 나갈게요."

사실, 근육통을 앓고 있는 것은 아현도 마찬가지였다.

그 상태에서 쉬지도 못하고 은석의 프러포즈를 도와주러 달려 나와 무리를 했고 이래저래 하다 보니 고작 한 끼밖에 먹지 못했다.

한마디로 도저히 스스로 버스 정류장까지 걸어갈 힘이 없는 상태였다.

회사 정문으로 나와 조금 기다리자 익숙한 재열의 차가 아현의 앞에 멈춰 섰다.

조수석에 올라타 재열과 워크숍 때 얘기를 하다 보니 꽤 거리가 있었음에도 금방 도착했다.

"조심히 들어가세요, 대표님."

"잘 쉬고 월요일 날 보죠."

"네. 데려다주셔서 감사드립니다."

언제부터인지 그와 함께 있는 시간이 불편하기는커녕, 너무 짧다고 느껴진다.

아쉬운 마음에 아현은 자신도 모르게 시야에서 멀어져 가는 차를 하염없이 바라보았다. 그러다가 차가 완전히 보이지 않는 것을 확인하고 몸을 돌려 집으로 들어왔다.

익숙해질 만도 한 어둠을 아직도 두려워하며 벽을 더듬거리는 손의 속도를 높여 스위치를 켰다. 형광등이 깜빡깜빡하며 불안하게 켜졌다.

"전구가 거의 다 됐나……."

주변이 환해지자 그제야 안도를 한 아현은 천근만근인 몸을 그대로 침대에 던지다시피 누웠다.

"아, 피곤해. 근데 배고파……. 누가 대신 밥 좀 차려 줬으면 좋겠다."

아무도 들어 주지 않는 투정을 실없게 부리던 아현은 자꾸만 보채는 허기짐을 더는 외면할 수가 없어서 늘어지려는 몸을 벌떡 일으켜 세웠다.

"뭘 먹을까."

팔을 걷어붙이고 부엌으로 들어와 냉장고 문을 열었다. 눈에 가장 먼저 띈 것은 엄마가 보내 준 신 김치였다.

"그래, 오늘 메뉴는 김치찌개 너로 정했어. 여기 어디 참치 캔이……."

찬장을 열어 깊숙이 있는 참치 캔을 꺼내려고 끙끙거리던 아현은 문득 며칠 전 자신을 품에 끌어안고 머그잔을 꺼내 주던 재열의 모습이 오버랩되었다.

아현은 이제 의지와는 상관없이 재열만 떠올리면 달아오르는 얼굴에 얼른 찬물을 끼얹었다.

"정신 차려……."

한지 위에 톡 하고 떨어트린 잉크의 한 방울처럼 거침없이 번져 나가는 재열의 기억에 아현은 미칠 것만 같았다.

"정아현!"

아현은 볼을 가볍게 두들기고 음악을 틀었다. 음악을 따라 부르다 보면 머릿속에 자리를 잡고 있는 재열의 존재가 조금은 분산되지 않을까 싶어서였다.

아현은 최대한 노래를 크게 틀어 놓고 목에 퍼런 핏대가 설 정도로 열심히 따라 부르며 냄비를 꺼냈다.

음악의 효과는 확실했다. 재열의 생각이 조금은 희미해져 가기 시작했다.

노래를 따라 부르며 요리에 집중했다. 김치를 살짝 볶아 물을 붓고 파와 고춧가루도 넣었다.

"음. 맛있는 냄새."

찌개가 점점 완성될수록 짙어지는 냄새에 허기짐은 극으로 치솟고 있었다.

마지막으로 참치를 덜어 넣고 전자레인지에 밥을 데운 후 숟가락 세팅을 하려던 그때였다.

띠―잉동.

거실에 울려 퍼지는 초인종 소리에 의아해하며 아현은 벽에 걸린 시계를 올려다보았다.

8시가 조금 안 된 시각. 아무리 생각해 봐도 이 시각에 집 초인종을 누를 만한 사람은 없었다.

띠—잉동.

하지만 그 예상에 반항이라도 하듯 초인종은 다시 한 번 아현의 거실을 재촉하며 채웠다.

"누구세요?"

—접니다, 김재열.

"대표님?"

예기치 못한 인물이었지만 기다리게 할 수는 없는 노릇이었기에 아현은 손에 쥐고 있는 숟가락을 내팽개친 뒤 얼른 현관문으로 달려 나갔다.

"대표님."

"음악, 감상하고 있던 중이었나 봅니다."

쩌렁쩌렁 울리는 소리에 뜨끔한 아현이 부엌으로 후다닥 달려가 음악을 냉큼 껐다. 거실엔 금세 고요함이 찾아들었다.

"제가 방해를 한 것 같은데."

"아니, 아니에요. 그런데 무슨 일로……."

음을 제멋대로 이탈하며 부른 자신의 노래를 재열이 들었을 거라 생각하니 아현은 눈을 마주칠 수 없을 만큼 부끄러웠다.

"아, 이거요."

재열에 손에 쥐어져 있는 건, 자신의 휴대전화였다. 아현의 얼굴이 발갛게 달아올랐다.

허기짐을 채우겠다는 욕망 하나로 휴대전화가 사라졌던 것도 몰랐다니……. 대체 정신을 어디에 팔고 돌아다니는지 모르겠다.

"번거롭게 해 드려서 너무 죄송해요."

자신의 휴대전화 때문에 다시 돌아왔을 재열을 생각하며 아현이 난처한 얼굴로 말했다.

"죄송할 필요 없어요. 나한테는 번거로운 일 절대 아니니까. 될 수 있으면 자주 떨어트리고 가요, 내 차에. 휴대전화든, 뭐든."

"……."

"근데, 음악 들으면서 밥 먹고 있었어요? 맛있는 냄새가 나는 거 같은데."

무슨 뜻으로 하는 말인지 잘 알아들을 수가 없어 굳은 얼굴로 재열의 구두코를 응시하고 있던 아현이 고개를 끄덕였다.

"아, 네. 지금 막 먹으려고 그랬어요."

"아……."

"……."

"……."

"식사, 안 하셨죠?"

"네. 배는 좀 많이 고픈데."

재열이 자신의 배를 어루만지며 냄새를 솔솔 풍기고 있는 부엌을 바라보았다.

"혹시, 괜찮으시면 같이 식사하실……."

배가 고프다는 상사를 그냥 돌려보내는 것은 예의가 아니라고 생각해 형식상으로 물어본 말이었다.

"그래도 됩니까?"

그런데 말이 끝나기도 전에 재열이 신발을 벗고 안으로 들어섰다. 당연히 거절할 줄 알았던 재열이 거침없이 안으로 들어가니 더 이상 넋을 놓고 있을 수가 없었다.

아현은 주위를 천천히 둘러보며 부엌으로 향하는 재열의 뒤로 바짝 다가갔다. 간단하게 먹을 생각이었기에 대충 차린 밥상은 둘이서, 그것도 직장 상사와 먹기에는 너무 조촐하게 느껴졌다.

"일단, 앉으세요. 대표님."

아현이 식탁 의자 하나를 빼 주었다. 언제나 느끼는 거지만 세상의 모든 책상들은 조금 높게 만들어야 할 필요성이 있다. 오늘도 재열은 식탁 아래로 들어가지 않는 긴 다리를 옆으로 빼 살포시 꼬았다.

아현은 냉장고를 열어 계란 몇 개를 빠른 속도로 풀었다. 그러면서 집 상태를 한번 쓱 훑었다. 꽤 청결한 집 안을 보며 며칠 전에 대청소하기를 정말 잘했다는 생각이 들었다.

"차린 게 너무 없어서요. 계란말이라도 금방 해 드릴게요. 조금만 기다리세요."

부지런히 계란말이를 만드는 아현의 뒷모습을 소리 없이 바라보던 재열이 천천히 주위를 둘러보기 시작했다.

예전에 한 번 온 적이 있었지만 그때는 워낙 정신이 없었던 터라 관심을 두지 못했던 아현만의 공간을 두 눈에 꽉 담아 넣었다.

장식 하나 달려 있지 않은 심플한 벽과 서늘하다고 느껴질 만큼 비워진 곳들이 훨씬 더 많은 모습에 재열은 문득 외로움을 느꼈다.

고소한 계란말이 냄새가 무르익을 때쯤, 완성이 되었는지 아현이 접시에 담고 있는 모습이 보였다. 얌전하게도 담아 온 계란말이를 재열의 앞에 놓아준 아현은 의자에 앉으려다 말고 또다시 정신없이 일어났다.

"밑반찬을 좀 몇 개⋯⋯."

"이 정도면 충분해요. 나는 지금 당장 밥을 좀 먹고 싶은데."

재열이 아현을 다시 의자에 끌어 앉히며 말했다.

"자, 이제 좀 먹읍시다. 김치찌개 냄새가 너무 유혹적이라 더 이상 견디기가 힘들거든요."

앞에 놓인 숟가락을 집어 들어 김치찌개를 한입 떠먹었다. 생각했던 것보다 훨씬 더 짰지만 앞에서 맛에 대한 평가를 은근히 기대하고 있는 아현을 보며 여유롭게 웃었다.

"맛있네요. 밥을 아주 많이 먹고 싶을 만큼."

"다행이에요."

계란말이에서는 껍질이 씹혔다.

재열은 앞에 마주 앉아 먹고 있는 아현 몰래 껍질을 뱉어

내며 실소를 터트렸다.

세상 사람들이 모두 완벽할 수는 없는 법.

출중한 업무적 능력과 수려한 외모에 특별한 성격을 지닌 아현이 요리까지 잘한다면 다른 여자들이 꽤나 억울할 것이다.

그렇게 생각하니 짜디짠 김치찌개도 껍질이 씹히는 계란말이도 세상에서 가장 맛있는 음식처럼 느껴졌다.

무엇보다도 그녀와 함께 먹는 식사는 언제나 그랬다.

세상에서 가장 맛없는 음식을 가져다 놓는다고 한들 그녀와 함께하는 식사는 가장 즐거운 시간이 될 거라고, 재열은 자신의 감정을 단 한 톨도 의심하지 않고 단언했다.

❋　　　❋　　　❋

과일을 준비한다는 아현을 거실 소파에 앉아 기다리면서 재열은 소파에 기대고 있는 토끼 인형을 집어 들었다. 예전에 민구네 가게에 갔을 때, 대리운전기사를 기다리면서 하게 된 사격으로 얻은 그 인형이었다.

"넌 좋겠다. 맨날 아현 씨 볼 수 있어서."

재열이 들릴 듯 말 듯 한 목소리로 낮게 중얼거리다가 실소를 터트렸다. 이제 하다못해 생명도 없는 인형을 부러워하고 있다니.

참 못난 인생이라고 생각하며 인형을 내려놓는 순간 형광등이 깜빡였다.

깜빡깜빡 위태롭게 자신의 생명을 연장해 나가는 형광등이 신경을 건드렸다.

"대표님, 과일 좀…… 어머."

등을 갈아 주고 가야겠다고 생각하던 찰나였다. 아현이 테이블 위에 과일을 내려놓자마자 기다렸다는 듯이 나가 버린 형광등에 불쑥 어둠이 찾아들었다.

부엌 불빛으로 시야가 아예 보이지 않는 건 아니었지만 어쩐지 분위기가 묘하다고 느낄 정도로 어슴푸레한 어둠이었다.

단둘이 있을 때는 겪어 보지 못한 낯선 어둠에 둘은 서로 당황스러웠다.

어둠 속에서 좁아진 시야 때문일까. 온 신경이 서로에게 기울어졌다.

유난히도 상대의 숨소리가 가깝고도 크게 느껴지는 기분이었다.

"여유분 있습니까?"

재열이 아현의 시선을 피하며 물었다. 그제야 아현은 자신이 재열의 눈을 피하지 않고 그대로 마주치고 있었다는 것을 깨달았다.

"아, 전등이요? 여기 어디다가 사다 놨는데!"

허둥지둥 오늘따라 잘 보이지 않는 전등을 찾아 거실 서랍을 한참을 뒤져 꺼내 왔다.

"제가 하겠습니다, 대표님!"

의자를 밟고 올라서는 재열의 밑에서 아현이 급박하게 말했다.

"꽉 잡아 줘요."

"제가 해도 되는데……."

괜히 휴대전화를 빠트리고 가서는 재열에게 온갖 고생을 다 시키는 것만 같아 마음이 불편했다.

"그, 아현 씨. 제 다리가 아니라 의자를 잡아 줬으면 싶은데."

"!"

잡으라는 재열에 말에 무언가를 잡긴 잡았는데, 그것이 의자가 아닌 재열의 다리라는 것에 화들짝 놀라 물러섰다.

"어머어!"

얼른 재열의 다리에서 손을 떼어 내고 의자를 잡았다.

다 쓴 전등을 한 손에 들고 새 것을 끼워 넣는 재열을 힐끔거리며 올려다보았다.

다부진 어깨의 움직임이 아현의 시야에서 벗어날 기미를 보이지 않았다.

"불 켜 봐요."

지금 이 상태로 거실이 환해지면 창피함에 장미처럼 물들어진 얼굴이 고스란히 재열에게 비춰질 거였다.

그렇다고 불을 켜기를 기다리고 있는 상사를 모른 척할 수도 없는 노릇이었다.

아현은 울며 겨자 먹기로 스위치가 있는 벽으로 다가갔다. 탁, 불은 켜졌고 거실은 다시 환해졌다.

그러니까 붉어진 아현의 얼굴을 재열에게 더 이상 숨길 수도 없게 되어 버린 것이다.

"차도 좀 내올게요."

최후의 방법은 차를 내온다는 변명밖에 없다고 생각한 아현은 거실에 있는 재열을 피해 곧장 부엌으로 달려갔다.

그런 아현을 재열은 스치듯 바라보며 모른 척해 주었다. 어둠 속에서도 선명하게 보였던 그녀의 당황과 붉어진 얼굴을 한 번쯤은 모른 척해 줘도 손해 볼 것이 없을 거라 판단했기 때문이었다.

반듯하게 썰린 사과를 가져다 입에 물었다. 달콤한 과즙과 아삭한 식감이 재열의 입가에 기분 좋게 맴돌았다.

차를 준비하는 동안 돌아본 거실에서는 재열이 맛있게 사과를 먹고 있었다.

"……."

그 모습을 물끄러미 바라보던 아현은 문득 외롭고 무서운 밤을 그가 지켜 주고 있는 것만 같아서 든든해졌다.

함께 밥을 먹을 때도 그랬다. 오늘따라 유난히 저녁밥이 맛있게 느껴졌다.

그의 존재만으로도 언제나 휑하게 느껴졌던 집이 꽉 차 있는 따뜻한 느낌이 들었다.

그래서일까,

아현은 자신도 모르게 시간이 아주 천천히 흘러갔으면 좋겠다는 바람이 들었다.

자신도 쉽게 인지하지 못하는 사이에 아주 몰래, 스며들고 있었다.

"어머, 김재…… 아니, 대표님!"

출근을 하기 전 연주와 함께 회사에서 만나 헬스장으로 온 아현은 벌써 땀을 흠뻑 적시며 운동을 하는 재열을 보고 가볍게 목례를 취했다.

"대표님은 집에 헬스 기구 다 있으시면서 왜 군이 회사 나와서 운동을 하고 그러세요? 이 헬스장도 개인용으로 만들고 싶으신 거예요?"

운동에 집중을 하느라 몰랐던 재열은 이곳에 처음 들어왔을 때까지만 해도 꽤 있었던 직원들이 모두 사라지고 썰렁해진 헬스장을 어리둥절하게 둘러보았다.

"왜 아무도 없지?"

"정말 몰라서 물어보시는 거예요?"

"정 비서님은 알아요?"

재열은 관자놀이를 타고 내려오는 땀을 닦으며 러닝 머신에서 내려와 연주 옆에 서 있는 아현에게 물었다.

"글쎄요. 저는 잘……."

"뭐가 글쎄요야, 글쎄요는. 부담스러워서 올라간 거지. 아니, 대표님. 대표님이 이렇게 적극적으로 이용을 하시면 자유롭게 이용하라는 의도와 전혀 다른 방향으로 흘러 나가게 된다니까요?"

퉁명스럽게 대답을 하며 연주가 러닝 머신에 올라가 속도를 높이기 시작했다. 그런 연주를 어이없게 바라보던 재열이 여전히 자신의 앞에 마주 보고 서 있는 아현에게로 시선을 돌렸다.

"어제는 잘 들어가셨어요?"

그의 시선이 자신에게 닿자마자 아현이 기다렸다는 듯이 물어왔다.

새삼스럽게 그녀의 모습이 너무 예쁘게 보였던 터라 재열은 굳이 참지 않고 깊은 미소를 머금은 입술을 떼어 냈다.

"네. 혹시 다른 데 망가진 곳이 있거나 또 전등을 갈아야 할 일이 있으면 언제든지 불러요."

"뭐야? 그게 무슨 말이야?"

두 사람의 대화를 듣고 있던 연주가 호기심 어린 눈빛으로 러닝 머신에서 내려왔다.

"아니에요. 아무것도."

"아무것도 아닌 게 아닌데? 전등 얘기는 또 뭐고?"

재열을 보자마자 연주가 곁에 있다는 것도 까먹고 얘기를 꺼낸 아현은 괜히 자신으로 하여금 재열이 난감해지는 상황이 발생될까 봐 머뭇거렸다.

"박은석하고는 어제 데이트 잘했어?"

"괜히 말 돌리지 말고."

"자연스러웠는데."

"하나도 안 자연스러웠거든?"

아현이 봐도 재열의 모습은 전혀 자연스럽지 않았다.

"어제 내 차에 아현 씨가 휴대전화 두고 내렸어. 가져다주던 길에 집에 전등이 나가서 갈아 줬어."

"아하……. 근데 그걸 왜 두 사람은 꼭 비밀이라도 되는 것처럼 굴어? 별 얘기 아니구만."

흥미를 잃었는지 연주가 다시 러닝 머신으로 몸을 실었다. 그런 연주의 뒷모습을 바라보던 재열은 아현에게로 다시 시선을 돌렸다.

"운동은 매일 하는 거예요?"

"네. 팀장님께서 매일 같이 하자고 하셔서요."

"아……."

재열이 어색하게 고개를 끄덕였다.

아현은 아마 모를 것이다.

연주가 아현과 함께 아침 운동을 할 거라는 말을 은석에게 전해 듣고 굳이, 집에 헬스 기구가 다 있음에도 아침 일찍 회사로 나오는 자신의 마음을.

조금이라도, 하루 중 그녀와 있는 시간을 더 많이 갖고 싶어 하는 자신의 마음을.

"너 운동 더 하게?"

재열은 아현 옆의 러닝 머신에 오르는 자신을 향해 묻는 연주에게 망설이지 않고 고개를 끄덕였다.

"당연하지."

이제 막, 아현 씨가 왔는데. 이제 막, 아현 씨의 얼굴을 볼 수가 있는데.

"지금부터가 시작이야."

❈ ❈ ❈

생방송 도중에 국화가 실신했다는 속보는 모든 매체를 화려하게 장식했다.

아현은 무리한 스케줄을 감행시킨 소속사를 비난하는 글부터 아픈 사람을 두고 퍼지는 터무니없는 소문까지, 포털 사이트에서 무방비하게 번져 나가는 루머들을 직접 전화해 전부 삭제시켰다.

소식을 전해 들은 재열은 업무를 끝내고 재킷을 입을 여유도 없이 급하게 대표실에서 나왔다.

"국화가 입원한 병원이 어디입니까?"

"같이 가시죠, 대표님."

"아닙니다. 저 혼자 가도……."

"아니요. 저도 같이 가겠습니다."

몇 주 전, 혼자 옥상에서 숨죽인 채 울고 있던 국화의 모습이 자꾸만 마음에 걸렸다.

힘들다는 고충을 좀 더 자세히 들어 주지 않고 어린아이의 투정 정도로만 생각했던 자신이 한없이 원망스럽기도 했다.

국화가 입원해 있는 병원으로 가는 내내 그 죄책감은 아현의 마음을 집요하게 잡고 늘어졌다.

병원에는 이미 수많은 기자들이 대기를 하고 있었다.

재열이 매체에 쉽게 모습을 드러내지 않음에도 불구하고 그들은 향긋한 꽃 냄새를 맡은 벌떼처럼 맹렬하게 몰려든 상황이었다.

"김 대표님! 일간에서 국화 양이 실신한 것은 소속사의 지나친 스케줄 감행 때문이라는 말이 나오는데요. 그것에 대해서 한 말씀 해 주시죠!"

재열은 침묵을 유지하며 아현과 함께 급하게 병원 안으로 들어갔다. 병원 로비에서 대기를 하고 있던 또 다른 기자들이 재열을 발견하고 몰려들었다.

"김 대표님!"

"다들 비키세요!"

병원으로 오면서 아현이 미리 대기시켜 놓은 경호원들이 없었다면 어쩌면 오늘 안에 국화의 병실까지 가지 못했을지도 몰랐다.

재열과 아현은 경호원들 덕분에 끈질기게 달라붙는 기자들을 간신히 떼어 내고 병실에 도착했다.

"국화야!"

침대에 누워 넋이 나간 얼굴로 천장을 바라보고 있던 국화는 아현의 부름에 시선을 천천히 돌렸다. 감정이 없어 보이는 퀭한 국화의 눈동자를 마주한 순간 아현은 울컥하고 무언가가 차올랐다.

"많이 힘들었지?"

버석하게 마른 국화의 머리를 안타깝게 쓰다듬으며 아현이 애잔하게 물었다.

"아니요⋯⋯. 괜찮아요, 정 비서님. 전 정말 괜찮아요, 대표님."

국화가 수분 하나 없이 메마른 목소리로 뒤에 서 있는 재열을 바라보며 말했다.

웬만하면 소속 연예인들에게 이런 시련을 주지 않기 위해 어느 정도의 휴식을 깔고 스케줄을 조절하도록 지시를 내렸던 재열이었다.

그런데 피로 누적으로 인해 실신한 국화를 보니 화가 나기도 하고 속상하기도 했다.

깊어지는 재열의 한숨에 국화가 고개를 저었다. 그 모습이 어찌나 힘겨워 보이는지 재열은 도저히 국화를 마주 보고 있을 수가 없었다.

"저, 정말 괜찮아요. 대표님."

"한동안 스케줄 빼 줄 테니까 아무 생각 하지 말고 푹 쉬도록 해."

"아니에요. 저 진짜⋯⋯."

"말 들어. 지금 숨 쉬는 것도 힘들어하는 애가 무슨⋯⋯!"

속상한 마음에 격앙된 감정을 잠시 추스른 재열이 다시 입술을 떼어 냈다.

"왜 진작 말 안 했어. 힘들면 힘들다고 미리 말을 해 줬어야 할 거 아니야."

"정말⋯⋯ 괜찮다고 생각해서⋯⋯."

국화가 더 이상 말을 잇지 못하고 흐느꼈다. 그런 국화의 눈물에 아현은 재열에게 고개를 내저었다. 그만해 달라는 간접적인 부탁이었다.

"먹고 싶은 거 없어?"

"네. 없어요."

"생각나면 전화해. 지금 내가 너한테 해 줄 수 있는 게 그거밖에 없다. 살찔 걱정하지 말고 무조건 많이 먹어. 먹어야 빨리 나아, 너."

"네⋯⋯."

"그럼 쉬어. 퇴원하는 날 데리러 올게."

입원 절차와 비용 등을 처리하기 위해 재열이 먼저 나가고 아현은 조금 더 머물러 있다가 국화가 잠이 든 것을 확인하고 병실을 나왔다.

"정 비서님⋯⋯ 대표님은 강하신 분이시겠죠?"

잠들기 직전에 국화가 갑작스럽게 물어 온 그 석연치 않은 말이 자꾸만 신경 쓰였다. 무슨 뜻으로 물어본 말이냐고 물었지만 아무것도 아니라며 대답을 회피한 국화는 그대로 약에 취해 잠이 들어 버렸다.

"⋯⋯."

강한 사람이다. 쉽게 흔들리지 않는 기강과 강단으로 아현에게 단단한 신뢰를 쌓아 온 재열이 아니던가. 불안해할 정도로 그렇게 약한 사람은 아니다. 그건 단 한 번도 의심해 본 적 없는 확신이었다.

도착한 엘리베이터에 몸을 싣고 로비 버튼을 누른 아현이 재열의 위치를 물어보기 위해 막 휴대전화를 꺼냈을 때였다. 얼마 내려가지 않고 멈춰 선 엘리베이터 안으로 누군가가 몸을 싣는 소리가 들려왔다.

지척에서 느껴지는 인기척에 아현이 무심결에 고개를 들어 올렸다.

시선 끝엔 익숙하지만 달갑지 않은 사람이 서 있었다.

"어? 이게 누구야?"

윤인호였다.

그의 눈을 마주하는 순간 아현은 피가 거꾸로 솟는 기분이 들었다.

머릿속으로 아무리 괜찮다고 달래 보아도 그가 남긴 상처를 기억하는 마음은 수치심과 분노로 내려앉았고 의지와는 다르게 몸이 미세하게 떨려 왔다.

그는 기브스를 한 왼팔을 흔들어 보였다.

"촬영하다가 말에서 떨어져서 부상 입었어."

"……."

"전혀 걱정 안 하는구나. 이제 남 일이라 이거지? 그건 그렇고 넌 여기 웬일이야? 어디 아파?"

얼굴에 은근히 묻어 있는 걱정이 아현의 눈엔 그저 가증스러워 보일 뿐이었다.

"어디 아프면요. 이제 당신하고는 상관없는 일이잖아요."

옅은 바람에도 흔들리는 갈대처럼 인호 앞에 선 아현의 목소리는 속절없이 작게 기어 들어갔다.

"정말 어디 아픈 거야?"

대답할 가치가 없다고 생각하며 아현은 인호를 완전히 무시하고 엘리베이터 문에 가까이 다가가 섰다. 인호와 함께 공존하고 있는 것 자체가 불쾌한 이곳에서 최대한 빨리 달아나기 위해서였다.

"아픈 거 아니면 잠깐 나랑 얘기 좀 해."

마침 열리는 엘리베이터 문으로 아현은 대꾸도 없이 서둘러 내렸다.

"왜 내 말을 무시하는 거야? 잠깐 얘기 좀 하자니까!"

"당신이랑 할 얘기 같은 거 없어요!"

도망치듯 내리는 아현을 잡는 인호의 투박한 손길엔 어떤 배려도 묻어 있지 않았다.

인호는 낚아챈 아현의 손목에 무지막지한 힘을 주며 인적이 드문 비상구로 향했다.

그 순간, 조금이라도 잘못하면 자신이 다치기라도 할까 봐 항상 조심하고 또 조심하던 재열의 손길이 절실히 그리워졌다.

"이거 놔요!"

꽉 잡힌 손목이 너무 아파서 간절히 애원했지만 인호는 콧방귀만 낄 뿐이었다.

"그러게 왜 자꾸 사람 말을 무시해, 무시하기를? 나를 몰라?"

"이거 놔요! 놓으라구요!"

반항을 하면 할수록 더욱 거칠어지는 인호에게 아현은 속수무책으로 질질 끌려가는 신세가 되고 말았다.

비상구 문을 거칠게 닫은 인호가 아현을 벽에 내던지다시피 놓아주었다. 벽에 부딪힌 아현은 붉게 달아오른 손목을 어루만지며 원망 서린 눈빛으로 인호를 올려다보았다.

"분명히 말했어요. 당신과 할 얘기 없다고!"

"다시 쇼윈에 들어갔다고."

"……."

인호는 아현을 구석으로 몰아 한쪽 팔을 벽에 붙이고 억지로 품에 가뒀다.

이미 반쯤 이성의 끈이 풀린 인호의 얼굴에는 마주하기가 거북스러운 비소가 잔뜩 어려 있었다.

"그러니까, 넌 결국 다시 그 새끼 품으로 들어갔다는 거 아니야."

"그딴 식으로 대표님을 말하지 말아요."

"난 김재열이라고 한 적 없는데."

"……."

"하긴, 네가 쇼윈에 들어갈 이유가 그 새끼 아니면 뭐겠어. 그러니까 굳이 그 새끼 이름을 얘기하지 않아도 잘 알아 쳐듣는 거겠지."

"말 함부로 하지 마요."

치밀어 오르는 분노에 인호의 입 주변이 날카롭게 실룩거렸다.

"와, 내 앞에서 김재열 편드니까 기분 되게 묘하네."

인호의 말이 끝나기가 무섭게 굳게 닫혀 있던 비상구 문이 거칠게 열리며 재열이 들어왔다. 급하게 뛰어왔는지 재열은 거친 숨을 몰아쉬었다. 그의 눈빛엔 인호에 대한 살벌한 경계가 가득했다.

"뭐야, 둘이 병원에서 데이트라도 하고 있었던 거야?"

"당장 물러서."

낮았지만 확실히 위협적인 목소리였다. 인호는 두 팔을 살짝 벌려 아현이 빠져나갈 길을 만들어 주었다. 아현은 힘이 빠져 휘청거리는 다리에 간신히 힘을 주며 재열에게로 천천히 다가갔다.

재열의 뒤에 서자 아현은 세상에서 가장 안심되는 공간에 들어오기라도 한 것처럼 불안했던 마음이 조금 가라앉는 기분이었다.

"오랜만에 뵙네요. 대표님."

한층 비아냥스러운 인호의 인사에 재열은 꼼짝도 하지 않았다.

"그때 CF와 드라마, 영화 계약금까지 전부 갚아 주신 거, 제가 멋대로 계약 파기를 했음에도 불구하고 기사 하나 뜨지 않았던 것도 두고두고, 참, 고맙게 생각하고 있습니다."

그 당시, 인호는 한국에서의 활동을 접고 오롯이 단독으로 미국에서만 활동을 하겠다는 조건으로 멋대로 쇼윈의 남은 계약을 파기했다.

키워 준 은혜를 원수로 갚은 인호가 괘씸해서라도 물러서고 싶지 않았던 재열이었지만 그렇게 된다면 인호의 약혼녀였던 아현마저 잃어버릴 것만 같아서, 너무 힘들어할 것 같아서, 모든 것을 포기하고 남은 빚을 어렵게 감당했다.

하지만 그딴 돈 따위는 아현을 놓쳤던 고통을 따라가지는 못했다.

"마지막으로 경고하는데 아현 씨 앞에 나타나지 마."

"마지막 경고요? 저한테 이래라저래라 하지 마세요. 아직까지 당신이 내 대표인 줄 착각하고 있나 본데, 당신 더 이상 내 대표 아니야."

재열을 조롱하는 듯한 인호의 말투에 아현은 분노를 느꼈다. 작고 여린 그녀의 꽉 쥔 손이 부르르 떨려 왔다.

"잠깐 나가 있어요."

재열이 그런 아현을 달래듯 부드럽게 말했다.

"하지만 대표님……."

"그때 끝내지 못했던 얘기가 아주 많이 남아 있나 봅니다. 금방 나갈 테니까 먼저 가 있어요."

재열이 주머니에 넣어 두었던 차 키를 꺼냈다. 그리고는 꽉 쥔 힘 때문에 손톱 모양의 멍까지 든 아현의 손을 부드럽게 펴서는 그 위에 차 키를 올려 주었다.

"아무 걱정 하지 말고."

걱정스러움에 잔뜩 구겨져 있는 아현의 미간을 손가락으로 장난스럽게 펼쳐 주며 말했다.

떨어지지 않는 발걸음을 버겁게 옮기며 아현은 비상구를 빠져나갔다.

재열은 아현에게 보여 주던 한없이 여유로운 미소를 거두고 싸늘함만 남은 표정으로 인호를 주시했다.

"나한테 뭐라고 했었지?"

"이래라저래라 명령 내리지 말라고. 더 이상 당신 내 대표 아니니까. 내 마음이야. 정아현을 다시 만나고 싶으면 만나……."

쾅! 소리와 함께 인호는 숨을 멈추고 휘둥그레진 눈으로 재열을 바라보았다.

꽉 쥔 주먹은 아슬아슬하게 인호의 뺨 바로 옆인 벽을 내려친 상태였다.

"뭐 하나 말해 줄까?"

이렇게까지 이성을 잃은 재열의 모습을 처음 보았기에 인호는 그 충격으로 아무 말도 할 수가 없었다.

"네 말대로 난 더 이상 네 대표가 아니야. 널 지켜 줄 의무 따위는 없다는 거지."

"……."

"한마디로, 네가 꽁꽁 숨겨야 할 너의 모든 치부들을 지금이라도 마음만 먹으면 세상에 까발릴 수 있다는 뜻이기도 해."

"그럼 나만 무너질 것 같아?"

"나야 처음부터 밑바닥을 치고 올라온 새끼니까 어떻게 무너져도 상관없어. 다시 시작하면 되거든. 근데, 너처럼 이미지로 먹고 사는 연예인들은 한번 무너지기 시작하면 손댈 수도 없을 만큼 모든 것을 잃어버리기 마련이지."

"……."

"어떻게 지금이라도 느끼게 해 줄까? 지옥에 떨어지는 기분이 어떤 건지."

"잘난 척하지 마. 어차피 그래 봤자 당신도 임자 있는 여자를 사랑한 남자잖아! 그게 나랑 뭐가 다른데!"

"뭐?"

악에 받쳐 지르는 인호의 고함 소리가 돌아서 아현에게 가려던 재열의 발목을 잡아끌었다.

"끝까지 모를 줄 알았나 보지? 우리 결혼식 날! 그날, 당신 런던이 아니라 그곳에 와 있었잖아. 축복받아야 할 그날! 남의 결혼식장에서 무슨 초상집 온 것처럼 굴었잖아, 당신."

무너지고 싶지 않았다. 더 이상 그녀를 사랑하는 이 마음을 숨기고 싶지 않았다.

더군다나 여전히 아현을 무시하고 있는 인호에게 그녀가 얼마나 사랑스럽고 사랑받을 자격이 충분한 여자인지를, 그래서 그녀를 놓친 것을 두고두고 후회하게 만들어 주고 싶었다.

"아현 씨에게 상처 준 너를 난 평생 용서하지 않을 생각이야. 하지만…… 한편으로는 고마워."

"……."

"너 같은 새끼하고는 절대 어울리지 않는, 그래서 평생 아깝다고 생각했던 여자를 마음껏 사랑할 수 있는 기회를 준 것이."

　겨울에게서 완전히 달아나지 못한 3월의 날씨는 봄을 맞이하기에 조금 차가운 기온이었다. 보통의 결혼식과는 다르게 유명 배우의 결혼식이라 초대를 받지 않은 사람들까지 찾아와 북새통을 이뤘다.

　한쪽에서는 마치 자신이 결혼식을 하는 신부라도 되는 마냥 아무 배려 없이 하얀 원피스를 입고 한껏 포즈를 잡는 여배우들의 포토 타임이 한창이었다.

　그 어수선한 분위기에서도 아현의 얼굴 가득 피어 오른 웃음꽃은 더욱 짙은 향기를 내뿜으며 주변 사람들마저도 설레게 만들었다.

　"아현아!"

　"팀장님!"

아현의 사진을 찍고 있는 많은 기자들의 인파를 뚫고 간신히 들어온 연주는 숨을 돌릴 틈도 없이 자신이 손수 준비한 형형색색의 부케를 아현의 품으로 건넸다.

"감사드려요, 팀장님."

"오늘 너무 예쁘다, 진짜. 내가 연예인들 결혼식에도 몇 번가 봤는데, 어떤 여배우들한테도 꿀리지 않을 정도로 아름다워."

연주의 과분한 칭찬에 머쓱하면서도 싫지만은 않은지 수줍은 미소가 아현의 입가 끝에 살포시 머물렀다.

"아현 씨, 결혼 축하해요!"

연주의 뒤로 역시 억척스럽게 밀집되어 있는 기자들을 뚫고은석이 들어오며 축하 메시지를 건넸다.

"본부장님! 바쁘실 텐데 이렇게 직접 축하하러 와 주셔서너무 감사드립니다."

"당연히 와야죠. 다른 사람도 아니고 정 비서님 결혼식인데,연주야, 옆에 가서 서 봐. 내가 길이 남을 예술 작품으로 하나찍어 줄 테니까."

은석이 휴대전화를 꺼내 카메라를 켜며 거들먹거렸다.

연주가 꼴사납다는 말을 덧붙이고는 화사하게 빛나는 아현의 옆에 가 섰다.

그 틈을 놓치지 않고 기자들이 연속으로 플래시를 터트렸다.

"아, 이게 뭐야?"

갑작스러운 플래시에 눈이 부셔 조금은 추한 모습으로 찍힌 자신의 사진을 보며 연주가 울상을 지었다.

"사진 잘 나왔다. 앞으로 이 사진 가지고 소개팅해 봐. 한 번."

자신을 놀리는 은석을 팔꿈치로 치는 연주를 보며 웃던 아현이 고개를 돌려 주변을 기웃거렸다.

"재열이 기다리는 거야?"

그런 아현의 행동을 눈치 차린 연주가 난감한 어투로 물었다.

"네. 대표님은……."

"오늘 아마 재열이 못 올 거야. 런던 출장 잡혔거든."

"아, 그래요?"

"챙겨 갈 건 제대로 다 챙겨 갔는지 몰라."

"공 비서는요?"

사표가 수리되고 나서 뽑은 사원으로 아현이 한 달 정도 꼼꼼하게 인수인계를 해 줬던 사람이었다.

"아, 걔? 짰어."

"네?"

"회사에 적응을 못 했나 봐. 연락도 없이 안 나와 버리더라고. 참, 요즘 어린 것들은 무책임해."

자신 또한 오롯이 결혼을 하겠다는 이기적인 생각으로 상사인 재열에 대한 배려도 없이 무책임하게 퇴사를 했다고 생각하고 있었기에 연주의 불만에 공감을 할 수도, 대응을 할 수도 없었다.

뭘 바란 걸까. 자신이 재열이었어도 괘씸해서 오지 않았을 터였다.

"재열이 안 와서 많이 섭섭해?"

"네? 아니요. 워낙 바쁜 분이라는 거 알고 있으니까……."

"그래. 오죽 급하고 바쁜 일이면 네 결혼식장을 다 못 왔겠어. 섭섭하더라도 이해해 줘."

"네."

"그럼, 난 우리 아현이 잘 보이는 곳에 자리 잡고 앉아 있어야겠다."

"네. 좀 이따 봬요."

멀어지는 연주와 은석의 뒤를 먹먹한 시선으로 좇다 아현은 좀 웃어 달라는 기자의 말에 카메라를 바라보며 미소 지었다.

눈이 따가울 정도로 쏟아지는 플래시에 잠시 휴식을 취하려 두 눈을 꾹 감았다가 뜨자 기자들 틈에서 다급하게 돌아서는 낯익은 뒷모습이 보였다.

"!"

반가운 마음에 자리에서 벌떡 일어나 다시 그곳을 봤지만 그 어디에도 재열은 보이지 않았다.

"왜 그러시죠?"

기자의 의문에 아현은 어색한 미소를 지으며 자리에 앉았다.

짧지 않은 시간 동안 함께 일했던 재열을 잘못 봤을 리가 없다고 단언하면서도, 보이지 않는 재열에 서운한 기색을 감출 수가 없었다.

어쩐지 그가 이곳에 와 있을 것만 같은 기분이 들었다. 자꾸만 쓰이는 신경에 아현의 시선은 한참을 그곳에 머물러 있었다.

❋　　　❋　　　❋

도저히 마주할 수가 없었다.

티끌 하나 없는 새하얀 웨딩드레스를 차려입고 앉아서 수줍게 웃고 있는 아름다운 그녀를 마주하는 순간, 그 누구도 아닌 자신을 봐 달라 울부짖으며 더없이 행복한 그녀의 얼굴에 어두운 그림자를 만들 것만 같았다.

축하한다는 말도 나오지 않았다. 만약 와 줘서 고맙다며 그녀가 손을 내밀게 되면 그 손을 잡고 멀리 도망가 버릴지도 몰랐다.

아무도 그녀를 찾을 수 없는 곳으로.

그렇게 그녀를 꽁꽁 숨겨 버리고 싶은 위험한 욕망이 그녀와의 마지막 인사를 하지 못하게 재열을 막고 서 있었다.

언제나 자신이 바랐던 건 그녀의 행복뿐이었다. 사람들 틈에 껴서 즐겁게 웃고 떠드는 그녀를 봤으니 됐다.

하지만 발걸음이 왜 이렇게 떨어지지 않을까. 심장이 여전히 그녀를 잡으라고 아우성을 치는 걸까. 발악을 하고 떼를 쓰고…….

수없는 밤, 그녀의 행복을 위해 포기하겠다고 결의했던 모든 것들이 한꺼번에 무너져 내렸다.

그녀와 자신의 사이에 커다란 벽 하나를 두고 재열은 단 한 발자국도 움직일 수가 없었다. 그녀를 향해 갈 수도, 그녀에게서 등을 돌릴 수도…….

자료들을 들고 회의실로 향하는 자신을 따라오다 갑자기 멈춰진 발걸음에 등에 얼굴을 부딪치던 모습부터, 비를 홀딱 맞으면서도 차에서 내리는 자신에게 우산을 씌워 주던 모습, 회식 자리에서 뜨거운 국을 정성껏 식혀 주던 모습, 차가운 봄기운에 감기가 걸려 사무실에서 잠들어 버린 자신의 머리를 차가운 수건으로 식혀 주던 모습.

"……."

그 모습을 이제 모두 지워 버려야 한다는 잔인한 현실이, 다시는 품을 수도 없이 모두 물거품이 되어 버린 희망들이 재열의 심장을 사정없이 난도질했다.

미칠 것만 같았다.

왜 이렇게 항상 사랑은 내게만 야속하게 구는 것인지.

왜 자신이 이토록 간절히 원하고 사랑하는 여자를 보내 줘야만 하는지.

"어머! 비 온다!"

뒤에서 들려오는 어수선한 소리에 재열을 우두커니 섰다. 회색 잿빛으로 한층 물들여져 비를 쏟아 내는 하늘 아래서도 더는 자신의 곁에 머물러 줄 수 없는 아현을 그리워했다.

온몸이 아스러질 것 같은 고통을 선사한 상처들과 눈물이 차가운 빗물과 함께 흘러내리기를 간절히 바라고 또 바라며…….

제11화

정상급 디자이너 열 명을 선정하여 열리게 된 '2016 F/W 위너 패션쇼'에는 쇼원에 소속되어 있는 모델들이 대거로 캐스팅되어 나왔다.

VVIP 초대장을 받은 재열은 언론에 노출되는 것을 워낙 꺼려했지만 이번만은 무를 수가 없었다.

패션쇼에서 나오는 수익의 일부분은 좋은 곳에 쓸 것이니, 와서 돈 좀 많이 쓰고 가라고 신신당부를 했기 때문이다.

워낙 입지가 굵은 사람들이 오는 자리인 만큼 소속 모델들의 프로필도 한껏 어필을 할 수 있는 좋은 기회이기도 했다.

하지만 이 패션쇼에 꼭 참석을 해야 하는 가장 큰 이유는 구숙희 디자이너 때문이었다.

패션쇼의 수장이라 할 수 있는 대표 디자이너 구숙희는 세상에 딱 하나밖에 남지 않은 재열의 유일한 가족이자 그의 이모였다.

―오늘 행사 시간보다 좀 일찍 와서 이모 지인들하고 인사 좀 나누고.

숙희는 아침 일찍부터 연락을 해 왔다.

"네. 그렇게 할게요."

―가족들끼리 다 해 먹는 패션쇼라는 욕 안 먹게, 실력 확실한 모델 애들 맞지?

"직접 오디션 보고 뽑으셨으면서 왜 갑자기 의심을 하고 그러세요? 섭섭하게."

―아 참, 정 비서 다시 돌아왔다며. 은석이가 그러던데.

"아, 네."

―그런 얘기를 내가 조카가 아닌 다른 사람의 입을 통해서 들으니까 기분이 아주 묘하더라.

"죄송해요. 전화를 좀 자주 드려야 했는데. 요즘 워낙 바빠서요."

―너만 바빠? 너만 일하고? 바쁘기로 따지면 내가 더 바빠. 너보다 훨씬.

우아한 말투 속에서 드러나는 퉁명스러운 숙희의 불만에 재열이 실없이 웃었다.

어머니가 돌아가시고 난 후, 곁에 숙희마저 없었다면 재열은 지금 뒷골목 어딘가를 전전긍긍하면서 살았을지도 모를 일이었다.

숙희는 재열에게 따뜻한 엄마 같았고 때론 엄한 선생님 같은 존재였다.

"대신, 오늘 패션쇼 끝나고 나서 엄청 맛있는 만찬 대접해 드리겠습니다."

—김 대표님, 등골 휠 생각으로 그런 약속 잡으시는 거죠?

"그럼요. 고작 제 등만 휘어 놓으시게요?"

—아무튼 능글맞기는. 정 비서랑 같이 와. 간만에 얼굴도 좀 보고 하게. 내가 담당자한테는 미리 말해 놓을게.

"네. 그렇게 할게요."

—얼마나 마음고생이 심했어, 그래……. 절대 티를 내지는 말아야 할 텐데.

아현의 이혼을 간접적으로 언급하며 내쉬는 숙희의 한숨이 꽤 고달프게 느껴졌다.

"티 나지 않게 심혈을 좀 기울여 주세요. 씩씩하게 잘 버티고 있는 사람이니까."

—아무튼 부하 직원 생각하는 마음만큼만 이모를 좀 챙겨 봐! 유일하게 있는 가족이라는 애가……. 꼭 이런 날만 얼굴 보여 주지? 우리 조카님께서는.

사랑이라는 이름으로 자유가 얽매이고 일을 포기하는 것이 싫다며 외면해 버린 결혼에, 60세가 넘었음에도 숙희는 여전히 혼자였다.

그래서인지 요즘 숙희는 유일한 가족인 재열에 대한 관심이 높아졌다.

─요즘 마음 가는 여자는 없고?

"이모, 조금 이따 뵙죠."

─넌 꼭 여자 얘기만 나오면 말 돌리더라. 능력이 없는 것도, 외모가 떨어지는 것도 아닌데 왜 여자가 없니. 맞선 한번 볼래?

"인사드릴 지인들 많다면서요. 그럼 쇼 시작하기 몇 분 전에 가면 돼요?"

아직 아현에 대한 자신의 마음을 말할 순 없었다.

물론 숙희가 아현을 예뻐하고 좋게 보긴 하지만 그건 어디까지나 재열의 비서에 대한 신뢰일 뿐이지, 그 이상도 이하도 아니었다.

그걸 잘 알고 있는 재열이었기에 섣불리 자신의 마음을 꺼내 보일 수 없었다. 좀 더 시간이 필요했다.

─알았다, 알았어. 말 안 하면 되잖니. 한 시간 전에는 와서 연락해.

"네, 알겠습니다."

전화를 끊은 후, 재열은 블라인드가 전부 걷어진 창 너머로 업무에 집중하고 있는 아현의 모습을 두 눈에 꽉 담아 넣었다.

'이런 상황에 대해서는 조금만 더 일찍 말해 주시면 좋으련만!'

아현은 재열에게 처음으로, 하지만 입 밖으로는 차마 내뱉지 못하는 불만을 터트리며 파우치를 들고 화장실로 다급하게 들어왔다.

오후 일정인 '2016 F/W 위너 패션쇼'에 함께 가 줘야 할 것 같다는 재열의 말을 듣자마자 아현은 자신의 옷매무시를 가장 먼저 살폈다.

오늘은 급하게 나오느라 대충 손에 잡히는 옷을 입고 온 터였다.

큰 행사에 가기에는 후줄근한 옷임을 깨달은 아현이 거울 속의 자신을 보며 좌절했다.

그렇다고 집에 들러 옷을 갈아입고 온다고 할 수 없는 노릇이었기에, 아현은 해결책도 없는 불만을 뒤로하고 얼른 화장부터 고쳤다.

오늘따라 유난히도 초췌해 보이는 얼굴에 우울해하며 화장실을 빠져나왔다.

사무실에서 기다리고 있던 재열과 함께 지하 주차장까지 내려온 아현은 조수석에 막 올라타며 불현듯 예전 일이 떠올라 피식 웃어 버리고 말았다.

"이 시간대에 이러고 있으니까 또 땡땡이치는 기분 들지 않아요?"

"어? 방금 저도 그 생각 하고 있었는데."

재열도 자신과 같은 생각을 했다는 것에 놀라며 아현이 맞장구를 쳤다. 그가 한쪽 입꼬리를 추켜세워 매력적으로 웃었다.

"칠까요, 땡땡이? 어디 가고 싶은 데 없어요?"

"그러다가 대표님 이모님한테 혼나세요."

"아, 우리 이모. 회사로 쫓아오셔서 내 등짝에 강력한 스매싱을 날릴 수 있는 분이시죠."

"확실히요."

주차장을 빠져나온 차는 한산한 오후의 도로를 주저 없이 내달렸다.

아직 시간적 여유가 있음에도 도착한 패션쇼장은 사람들로 북적이고 있었다.

그중에는 간혹 기자로 보이는 사람들도 있었기에 아현은 긴장하지 않을 수가 없었다.

"내 옆에 딱 붙어 있어요."

그 긴장을 재열도 눈치챘는지 자신의 옆에 바짝 붙어 있는 아현을 바라보며 말했다.

"네, 대표님."

기자들의 호기심 어린 눈빛이 아현에게로 향했다가 옆에 성격 더럽기로 소문난 재열을 발견하고는 얼른 관심을 거두었다.

그의 심기를 건드려 봤자 좋을 것 하나 없다는 걸 아는지 기자들은 아예 그 근처에는 얼씬거리지도 않았다.

"어, 우리 김 대표 오시네."

지인들과 모여 대화를 나누고 있던 숙희가 멀찍이서 걸어오는 재열을 반갑게 맞이했다.

재열은 숙희와 함께 있는 지인들에게 공손히 허리를 굽혀 인사했다.

"다들 아시죠? 대한민국에서 제일 잘 나간다는 연예 기획사 '쇼윈' 대표, 김재열. 내 조카."

"워낙 유명한 분이시잖아요. 베일에 싸인 신비로운 기획사 대표를 이렇게 만나게 돼서 반갑네요. 생각보다 훨씬 더 미남이시고."

"이쪽은 IY 건설그룹 본부장 유태석 씨."

"반갑습니다."

재열이 숙희의 지인과 인사를 나누는 동안 아현은 옆에 있는 숙희에게 인사를 건넸다.

"안녕하세요. 오랜만에 봬요."

"어머, 우리 정 비서."

숙희가 얼른 아현의 두 손을 잡으며 격한 반가움을 드러냈다.

"패션쇼 너무 축하드려요. 그리고 저까지 이렇게 초대해 주셔서 감사드립니다."

"우리 재열이랑 다시 일해 줘서 너무 고마워. 성격 참 고약한 저 녀석 밑에서 일하는 거 참 쉽지 않은데, 앞으로도 잘 도와주길 바랄게."

"그럼요. 걱정 마세요. 근데 갈수록 점점 더 젊어지시는 것 같으세요."

"무스은! 주름살이 이렇게나 많은데!"

아현의 칭찬이 싫진 않은 모양인지 숙희가 호탕하게 웃으며 말했다.

그러다가 갑자기 지인과 대화를 나누고 있는 재열의 눈치를 살피더니 몸을 수그려 귀에 대고 작게 속삭였다.

"혹시 우리 재열이 아직도 여자 없니?"

숙희의 질문에 아현의 시선이 옆에 있는 재열에게로 향했다.

이상하다. 숙희의 말을 듣고 나니 화사할 정도로 환하게 웃고 있는 그의 얼굴을 바라보면서도 함께 웃어지지가 않았다.

"글쎄요……."

말끝을 흐리며 아현은 자신의 두 눈에 담아 두고 있던 재열을 밀어냈다.

"만약이라도 나중에 여자가 생긴 기미가 보이거든 나한테 몰래 말해 줘. 그래 줄 수 있지? 정 비서."

"네. 그럼요."

숙희가 소개를 시켜 주는 지인 한 명, 한 명과 일일이 인사를 나눈 재열이 한숨 돌리며 이제 시간이 얼마 남지 않은 패션 쇼장에 자리를 잡고 앉았다.

옆에 앉아 미리 나눠 준 팸플릿을 살피고 있는 재열을 바라보며 아현은 자꾸만 갑갑하게 매어 오는 숨통에 깊은 한숨을 내리 쉬었다.

그 한숨 소리가 꽤 컸는지 팸플릿을 보고 있던 재열이 고개를 들었다.

"물이라도 좀 가져다 드릴까요?"

갑자기 마주친 재열의 시선에 당황한 아현이 대뜸 물 타령을 했다.

"우리 이모가 아까 무슨 말 했어요?"

"네?"

"귓속말했잖아요."

"아…… 별 말씀 안 하셨어요."

그래, 별 말씀 아니지……. 근데 왜 이렇게 신경이 쓰이고 자꾸만 귓가를 맴돌며 가슴을 콕콕 찌르는 걸까.

"패션쇼 끝나고 이모랑 같이 저녁 먹어요."

"아니에요. 오붓하게 두 분이서 드시는 게 좋을 것 같아요."

"많이 불편해요?"

"아니요. 불편한 건 없어요."

"솔직하게 말해도 돼요."

"아니요. 진짜 안 불편해요. 얼마나 친절하게 잘해 주시는데요."

"그럼 같이 가요."

더 이상 거절하기가 뭐했다. 아니, 사실 따지자면 더 이상 거절하기가 싫다는 감정이 더 맞았다.

"네, 그럼 그렇게 하겠습니다."

손에 들고 있는 팸플릿을 넘겨 보려던 아현의 머리 위로 까만 그림자가 드리웠다.

천천히 위를 올려다보니, 유명한 여배우 민소희가 서 있었다. 눈빛이 제법 오만한 것이 입 밖으로 그다지 좋은 말이 나오진 않을 거라 예상했다.

"자리 좀 비켜 주실래요?"

당돌한 말투로 자신에게 요구하는 소희를 아현은 어리둥절한 얼굴로 바라보았다.

"대표님 비서 맞죠? 아까 숙희 디자이너님한테 얼핏 들은 것 같은데."

"아, 네."

"제가 김 대표님이랑 긴히 할 얘기가 있어서요. 그러니까 자리 좀 비켜 줘요."

분명 얼굴은 웃고 있었지만 친절한 미소는 아니었다.

아현이 무릎 위에 올려놓았던 백을 챙겨 들며 자리에서 일어나려 할 때였다. 옆에 앉아 있던 재열이 아현의 손목을 잡고 다시 끌어 앉혔다.

"앉아 있어요. 여기 아현 씨 자리잖아요."

순간, 영원히 그의 옆자리에 앉고 싶다는 위험한 욕심이 아현의 온몸을 덮쳐 버렸다.

아현은 손목에서 찌릿하게 저려 오는 느낌에 천천히 시선을 내렸다.

자신의 손목을 잡고 있는 재열의 손이 너무 따뜻해서 손목만으로는 만족하지 못할 것 같은, 감히 가져서는 안 될 위험한 감정.

"비서가 껴서 같이 들을 얘기는 아닌데요, 대표님."

"나는 민소희 씨랑 딱히 나눌 말이 없는데."

"없긴 왜 없어요. 제 뉴스 못 보셨어요? 이번 기획사랑 계약 만료돼서 어디에서 다시 둥지를 틀까 고민 중이라는 내용. 난 그 새로운 둥지가 '쇼윈'이었으면 싶은데."

영화든 드라마든 찍기만 하면 무조건 대박 흥행의 길로 직진하며 일명, 관객과 시청자 사이에서 '믿보배'라 통하는 소희는 어느 기획사에서든 눈에 불을 켜고 모셔 가려는 대단한 배우였다.

하지만 재열의 얼굴엔 소희에 대한 반가움은커녕 감정을 배제시킨 불쾌한 심기만이 남아 있을 뿐이었다.

"난 적어도 어느 정도 인성이 되는 배우들과 일을 하는 스타일이라서."

"뭐라구요?"

"인성이 안 되면 이래저래 뒤치다꺼리를 많이 해야 되는데 그런 거 꽤 귀찮아하거든요, 내가."

자신을 저격하는 말에 상당히 기분이 나빴는지 붉게 칠한 소희의 입술이 매섭게 추켜 올라갔다.

아현은 알 수 있었다. 무슨 이유 때문인지 재열은 기분이 많이 상해 있고 상대방의 기분 따위도 헤아리지 않으려 하고 있었다.

"그 말, 지금 내가 인성이 더럽다는 뜻이에요?"

"상대방에게 무언가를 부탁할 때는 앞에 미안하다거나 뒤에 부탁한다는 말을 꼭 붙여야 한다는 건 유치원생도 아는 문제입니다. 인성이 유치원생만도 못하는 사람과 무슨 일을 하겠습니까, 내가."

"이봐요, 김 대표님."

"그 누구도 나를 위해서 일해 주는 사람에게 감히 명령 따위를 내릴 수는 없습니다."

"김 대……!"

"주변에 기자가 많아서 이 정도쯤에서 끝내고 싶은데. 나야 어찌 되었든 상관없지만 이미지로 먹고 사는 민소희 씨를 위해서라도, 어떻습니까?"

소희가 이쪽으로 슬금슬금 관심을 보이는 기자들의 눈치를 살피며 이를 바득바득 갈았다. 어디 가서도 이런 푸대접과 굴욕을 당해 본 적이 없기에 분노와 창피함을 쉽게 감당하지 못하고 있는 듯싶었다.

"김 대표님."

무슨 꿍꿍이속이 있는지 갑자기 소희가 상냥한 말투로 재열을 불렀다. 재열은 대답 대신 경계 서린 눈빛으로 그녀를 바라보았다.

"혹시나 해서 물어보는 건데 정아현 씨를 비서 그 이상으로 생각하는 건 아니시죠?"

재열은 대답 대신 고운 미간을 찌푸리며 옆에서 불안해하고 있는 아현의 안색을 살폈다.

"아끼는 애정의 정도가 유난히도 애틋해 보여서 말씀드리는 겁니다. 쇼원에 소속되어 있는 친한 배우들도이 종종 얘기를 꺼내기도 하고."

그녀는 결코 혼자만 이 굴욕을 당할 수 없다는 듯이 한껏 비아냥거리는 말투로 말했다.

아현은 기분이 상했다고 사적인 이야기까지 꺼내며 재열의 심기를 건드리는 소희의 예의 없는 행동을 더 이상 지켜만 보고 있을 수가 없었다. 그녀를 말리기 위해 막 자리에서 일어서려던 찰나였다.

"그러면 안 되는 이유라도 있습니까?"

조금의 흔들림도 없는 재열의 강건한 목소리가 아현의 손목을 다시 잡아당기는 것만 같았다.

소희의 얼굴은 예상치 못한 재열의 반격에 크게 충격을 받은 얼굴이었다.

악착같이 도망 다니고 모른 척했던 재열의 마음이 금방이라도 폭발할 것 같은 불안감에 아현은 단 한 발자국도 쉽게 움직일 수가 없었다. 하지만 마음을 굳게 먹고 걸음을 옮겼다.

"두 분, 대화 나누세요."

도망가야 하는 수많은 이유들이 그의 곁에 머물 수 있는 자격들보다 훨씬 많았기 때문이었다.

아현은 또 비겁하게 도망치고 있는 중이었다. 너무 작고 초라한 자신으로 하여금 그의 가치마저 낮게 만들고 싶지 않아서…….

그리고 더 이상 상처 받고 싶지 않아서.

"못 들었어요? 그 이상의 감정 품는 데 안 되는 이유가 있냐고 물었습니다."

소희는 여전히 불쾌함이 가득 드러난 눈빛으로 재열을 바라보았다.

워낙 유명한 기획사에 완벽한 비주얼까지 소유하고 있지만 여자 보기를 돌같이 한다는 소문이 자자했다. 하지만 그 소문은 모두 거짓이었고 엉망이었다.

저 남자는 빠져 있다.

'사랑'이라는, 때로는 이성도 잃을 수 있는 그 위험한 감정에. 저 여자에게.

"충분하지 않습니까. 사랑을 받아야 마땅한 사람이라는 것."

"……"

소희를 사납게 바라보던 시선이 점점 아현이 사라진 그곳으로 옮겨 가며 온화하게 풀어졌다. 그는 더 이상 보이지 않는 아현을 그리움으로 좇으며 나지막하게 말했다.

"사랑할 수밖에 없는 여자인 것도."

아현은 패션쇼가 진행되고 있는 동안 스태프에게 양해를 구하고 쇼장을 빠져나왔다.

재열의 차를 타고 온 곳이라 정확히 위치를 몰라 무작정 앞으로 걸었다.

그러다 패션쇼장과 한참 떨어진 곳임을 확인하고 휴대전화를 꺼내 들었다.

〈대표님, 저 정 비서예요.〉

"대표님이 내가 정 비서라는 걸 모를 리는 없지……."
혼잣말을 중얼거리며 아현은 문자를 지웠다.

〈대표님.〉

휴대폰을 만지작거리던 아현이 얼굴을 감싸며 그대로 주저
앉고 말았다.

부풀어 터질 것만 같은 심장이 주책없이 설레는 것 같기도
하고, 아려 오는 것 같기도 했다.

자꾸만 재열이 있는 그곳으로 돌려지는 시선과 가고 싶은
절실한 바람이 원망스럽기만 했다.

감히, 넘보아서는 안 될 사람.

감히, 나 따위가 사랑받고 싶다며 욕심을 부려서는 안 되는
사람…….

자신에게 향해 있던 눈빛, 자신의 손목을 잡던 그의 손길,
자신의 작은 행동 하나에도 어쩔 줄 몰라 하던 모습까지.

그가 자신을 어떤 존재로 생각하고 있는지, 가슴 저리게 느
껴졌다.

하지만 아는 척할 수는 없었다. 자신을 끔찍이도 아껴 주는

그의 마음은 두고두고 갚아야 할 만큼 감사한 것이고 직장의 상사와 부하 직원, 그 이상 그 이하도 아니어야 했다. 아무것도 없는 자신에게는 너무 과분한 사람이었고 더는 사랑이라는 감정에 휘둘려 상처를 받고 싶지도 않았다.

고마움과 미안한 마음이 뒤섞여 뒤숭숭해진 기분에 더는 재열을 보기가 힘들어 아현은 그곳에 그를 혼자 두고 뛰어 나온 것이다.

〈저, 먼저 들어가 볼게요. 인사도 못 드리고 가서 죄송합니다.〉

수십 번은 더 지우고 썼다를 반복한 끝에 아현은 결국 전송 버튼을 눌렀다. 메시지가 간 지 몇 초도 흐르지 않아 재열에게서 전화가 걸려 왔지만 아현은 끝끝내 받지 않았다.

목소리를 듣는 순간 그에게 단박에 뛰어가 버릴 것만 같았다. 그리고 입술 언저리를 고통스럽게 간질여서 결국 터져 나오게 만들 것만 같았다.

감히, 내가 당신을 좋아하게 되어 버린 것 같다고. 그대의 품에 안기고 싶은 단 한 사람은 내가 되었으면 좋겠다고.

그래서 피하고 싶다. 그래서 도망가고 싶다.

온 힘을 다해 최대한 많이. 최선을 다해 최대한 멀리.

애써 외면하고 모른 척했던 감정이 더 이상은 못 참겠다고 심술을 부리며 뛰쳐나와 버렸다.

그 감정을 잡아야 했다. 끝까지 쫓아가서라도 기꺼이 잡아야 했다.

아현은 다시 한 번 울리는 휴대전화를 애틋하게 바라보았다. 지쳐 버린 듯 전화가 끊기고 짤막하게 울린 휴대전화엔 재열에게서 문자가 와 있었다.

〈전화받아요, 제발.〉

전화가 다시 울렸다. 사실 더 이상 버티는 것도 무리였다. 아현은 속으로 남자 김재열이 아닌 '쇼윈' 대표의 김재열을 생각하며 전화를 받았다.

"네, 대표님."

—지금 어디예요?

"저 이미 택시 탔어요."

—집 앞으로 갈게요. 잠깐 얘기 좀 해요.

전화 너머로 들리던 왁자지껄한 사람들의 소리가 점점 작아지더니, 이내 차 시동이 걸리는 소리가 들려왔다.

—얘! 재열아! 너 어디 가니!

멀찍이서 숙희의 목소리까지 들려오자 아현은 자신에게로 오려는 재열의 발걸음이 불편하게 느껴졌다.

"아니요, 대표님. 하실 말씀 있으시면 지금 전화로 해 주셨으면 좋겠어요. 급한 일 아니면 내일 회사에서……."

—전화로 할 얘기도, 내일까지 기다릴 정도로 여유 있는 말도 아닙니다.

"……."

—집 앞에서 기다릴게요.

재열은 그대로 전화를 끊어 버렸다.

아무리 거절을 해도 그는 집 앞으로 찾아올 것이 분명했다. 피할 길은 더 이상 없었다. 아현은 마음을 굳게 먹고 택시를 잡아탔다.

그를 피할 수 없다면 부딪치겠다. 물론, 거짓이라는 방패를 들고.

욕심을 부려서는 안 된다. 그 무엇에도 욕심을 부려서는 절대 안 된다.

그의 달콤한 목소리와 부드러운 미소도, 그의 포근한 품과 따뜻한 손도, 그의 다정한 말투와 뜨거운 눈빛도. 모든 것도 욕심을 부려서는 안 된다.

비서로서 존경하는 직속 상사인 대표님.

그 이상의 사랑으로 그를 봐서는 안 된다.

아무리 생각해도 용서가 되지 않는다. 그런 장소에서 그런 식으로, 그런 기분으로 고백을 하게 될 줄은 자신조차 상상하지 못했던 일이었다.

아현의 상황은 전혀 헤아리지 않은 채 멋대로 지껄인 자신이 한없이 원망스러워졌다.

탕!

자신을 향한 분노를 결국 삼키지 못하고 그대로 핸들을 내리쳤다.

많이 놀란 얼굴을 하고 있었다. 이러지도 저러지도 못하고 갈 길을 잃고 허공에서 헤매고 있던 그녀의 눈동자는 쉽게 끌어안을 수도 없을 만큼 위태로웠다.

어둠이 내려앉은 골목길에 헤드라이트의 불빛이 희미하게 새어 들어왔다.

재열은 단박에 차에서 내려 천천히 들어오고 있는 택시 앞으로 향했다.

재열의 눈앞에 택시가 멈춰 섰다. 창문을 통해 재열을 올려다보는 그녀의 눈동자는 불안할 정도로 차가워 보였다.

"대표님."

그러나 언제나 그랬듯 막상 마주 선 재열에게는 상냥한 미소를 지어 보였다. 재열은 자신을 향한 그녀의 미소가 처음으로 반갑지 않게 느껴졌다.

상사에게 지을 수 있는 부하 직원의 의례적인 미소. 그녀는 미소와 눈빛으로 말하고 있었다.

당신은 내게 직속 상사 그 이상의 감정이 아니라고. 그렇게 단호함을 상냥하게 감추며 재열을 올려다보았다.

"아현 씨, 나는……."

애써 아현의 시선을 외면하며 재열이 무겁게 가라앉으려는 입술을 떼어 냈다.

"알아요. 충분히 기분 나쁘셨을 거. 워낙 직원을 아끼시는 분이잖아요. 대표님은."

"……."

"저는 참 든든해요. 대표님 같은 상사분을 모시게 돼서요. 그래서인가 봐요. 할 수만 있다면 대표님의 마지막 비서는 꼭 저이고 싶어요. 그렇게 남고 싶어요. 저도 든든한 비서로. 아까 제 편 들어 주며 그렇게 말씀해 주신 거 정말 감사드립니다. 앞으로도 대표님께 부끄럽지 않은 비서가 될게요."

더는 다가오지 말라며 한 발자국 물러서는 듯한 그녀의 냉정한 반응에 재열은 아무것도 할 수가 없었다.

사랑한다는 말보단 언제나 그립다는 말을 더 많이 내뱉게 한 여자는 절실히 원하고 사랑한다는 마음으로도, 가질 수 없는 것이 있음을 쓰라림과 함께 말해 주고 있었다.

"그럼 조심히 들어가세요."

지독히도 좋은 향이 코끝을 스쳤다.

재열은 자신을 지나쳐 집으로 들어가려는 아현의 손목을 붙잡아 세웠다.

매정하다 느껴질 만큼 식은 눈동자로 올려다보는 아현의 모습에 울컥하고 감정이 차올랐다.

"내일 뵙겠습니다, 대표님."

자신의 손에서 벗어나는 아현을 그대로 놓쳐 버리고 말았다.

그 자리에서 넋이 나가 있는 재열을 덩그러니 남겨 둔 아현은 뒤도 돌아보지 않고 집으로 들어갔다.

굳게 닫히는 문을 보며 재열은 덜컥 겁이 났다. 그녀가 자신을 끝끝내 밀어내면 어쩌지 하는 걱정보다 사랑이라는 이유로 그녀의 상처를 자신이 또다시 건드린 건 아닐까 겁이 났다.

자신에게서 물러서는 그녀가 저 대문 뒤에서 어떤 표정을 짓고 있을지, 적어도 슬픈 표정만은 아니길 바랐다.

재열은 여전히 곁에 머물러 있는 그녀의 진한 흔적을 그리워하며 한동안 그 자리에 우두커니 서 있었다.

재열을 그곳에 남겨 두고 엘리베이터가 있는 곳으로 오기까지 몇 번이고 돌아가고 싶은 욕심을 버리고 또 버렸다.

엘리베이터에 올라타 돌아보는 순간 여전히 자신이 떠나온 그 자리에 서서 이쪽을 바라보고 있는 재열과 눈이 마주쳤다.

꿈틀거리는 사랑이라는 본능은 지금 가지 않으면 다시는 그를 볼 수 없기라도 하듯 자꾸만 아현의 등을 떠밀고 있었다.

만약 그 타이밍에 엘리베이터 문이 닫히지 않았다면 아현은 본능에 속수무책으로 등을 떠밀려 재열을 향해 달려갔을지도 몰랐다.

"......."

무슨 정신으로 집까지 들어왔는지 모르겠다. 아현은 신발을 벗는 것도 잊은 채 허허로운 눈길로 적막한 거실을 하염없이 바라보았다.

전등을 갈아 주며 다리를 붙잡은 아현을 난감하게 바라보던, 사과를 맛있게 먹으며 주위를 조용히 둘러보던 재열의 모습이 흐릿한 시야 앞에 아른거렸다.

"맛있네요. 밥을 아주 많이 먹고 싶을 만큼."

식탁 쪽에서 이명처럼 들리는 재열의 목소리에 아현은 그대로 주저앉고 말았다.

자신을 그토록 아껴 준 사람에게 상처를 주었다는 생각에 온몸이 아스러질 것같이 고통스러웠다.

확실한 건 이 감정은 지독하게도 외면하고 싶었던…… 사랑이다.

언재나 갈증에 차 있던 그의 눈빛을 수십 번, 수백 번은 외면해야만 했던 그 사랑 말이다.

돌이켜 생각해 보면 그의 시선은 언제나 자신에게로 향해 있었다.

뒤에서 몰래 지켜볼 수밖에 없었던, 그래서 결혼을 한다고 청첩장을 내밀던 날에도 얼굴에 번진 아쉬움을 고작 일 잘하는 직원을 보내 줘야 한다는 식으로 말할 수밖에 없었던, 그의 서글펐을 짝사랑을 생각하니, 마음이 갈기갈기 찢겨져 나가는 것만 같았다.

매일 외로웠을 그가, 자신으로 하여금 매일 힘겨웠을 그의 하루가 너무 안쓰러워 아현은 참고 있던 눈물을 아낌없이 쏟아냈다.

사랑이 확실하다. 이제 두 번 다시는 하지 못할 것 같았던 사랑이 겁도 없이 또다시 찾아드는 것이다.

하지만 그 사랑을 아현은 숨길 수 있는 깊은 곳까지, 숨길 수 있는 먼 훗날까지 숨기고 또 숨길 것이다. 자신으로 하여금 그 사람의 가치가 떨어지고 사람들의 가십거리가 되는 것을 원하지 않았다.

그만큼 소중한 그에게 생채기를 내고 싶지 않았다. 지켜 주고 싶다. 그 사람에게 단단한 울타리가 되어 주고 싶다.

그래서 이번엔 자신이 해 보기로 결심했다. 뒤에서 지켜볼 수밖에 없는, 그 서글픈 짝사랑을.

아현은 시린 눈동자로 벽에 걸린 시계를 올려다보았다. 이제 곧 재열이 출근할 시간이었다.

앞에 놓인 거울을 보며 애써 서글픈 얼굴을 가다듬고는 미소로 포장했다.

아무 일도 없었다. 그리고 앞으로도 아무 일 일어나지 않을 것이다. 그래야만 했다.

상처 받는 게 두렵지만 그 사람에게 상처를 주는 건 더 두려운 일이니까. 계속 제멋대로 뻗쳐 나가려는 마음을 그렇게 혼내고 타일렀다.

어제 밤새 머릿속을 헤치고 다니는 재열 때문에 한숨도 자지 못한 얼굴은 엉망이었다. 아현은 파우치를 꺼내 가려지지 않은 피곤함을 파우더로 덧바르며 도착한 메일들을 확인했다.

보고서들이 상당했다. 직접 결재를 해야 하는 서류가 아니고

서는 웬만한 부서의 보고서들이 전부 비서인 아현의 메일로 들어왔다.

그래서 매번 아현이 그것들을 손수 프린트해 재열에게 가져다주었다.

아침부터 분주하게 움직일 필요성을 느꼈다. 잠시만 틈을 보여도 자꾸만 상념이 밀려왔다.

그렇게 정신없이 업무를 보고 있던 중, 멀찍이서 엘리베이터 열리는 소리가 들리고 익숙한 재열의 발걸음 소리가 점점 가까워졌다.

업무를 보고 있었지만, 모든 신경은 본능적으로 그에게 쏠려 있는 상태였다.

복도 귀퉁이를 돌고 돌아서 잠시 멈춘 소리에 아현이 자리에서 일어났다. 그리고 최대한 상냥한 미소를 지으며 재열을 맞이했다.

"오셨어요."

재열의 걸음이 다시 옮겨져 아현의 맞은편에서 멈췄다.

"마케팅팀과 신인개발팀 보고서 정리해서 커피랑 같이 준비하겠습니다."

아현이 가볍게 목례를 취하며 자신을 옭매는 그의 눈빛에서 도망치듯이 탕비실로 들어왔다.

커피를 준비하고 나와 미리 정리해 놓은 보고서들을 함께 들고 대표실 문을 열었다.

산더미처럼 쌓여 있는 결재판을 앞에 두고 손도 뻗지 않던 재열은 아현이 문을 열자마자 눈을 맞추었다.

"커피와 보고서입니다."

자꾸만 자신의 손끝에 닿는 재열의 시선을 무시한 채로 평소와 같이 커피와 보고서를 올렸다.

그러다가 스치듯 보게 된 재열은 밤새 잠을 이루지 못한 눈치였다. 붉게 충혈된 눈에 얼굴 가득 고단함이 가라앉아 있었다.

"필요한 게 있으시면 말씀하세요."

마음이 약해지기 전에 다급하게 돌아섰다. 대표실 문을 닫고 목까지 차올랐던 숨을 가다듬는 아현의 귓전으로 재열의 깊은 한숨 소리가 들려왔다.

"……"

아직 과거가 할퀸 상처가 다 아물지 않았다. 그래서 여전히 따끔거리고 아려 올 때가 있다. 이런 자신을 그가 사랑한다는 이유로 모든 것을 포용하고 함께 아파해 주는 것은 결코 원하지 않았다.

그는 언제나 사랑이라는 달콤한 울타리에서 행복하길 바랐다.

그것이 아현이 재열을 외면하고 피해 다니는 단 하나의 이유였다.

자신으로 하여금 그 사람의 눈동자마저 서글프게 만들고 싶지 않았다.

더 힘들어지겠지만 그것은 상처 위에 그를 품어 버린 자신이 감당해야 할 몫이었다.

누군가를 탓할 수도, 누구에게 덜어 줄 수도 없는. 그러나 넘쳐흐르는 욕심은 어쩔 수 없다.

이렇게 피해 다니더라도 그에게서 완전히 도망가고 싶지 않았다.

잠시 약해지려는 마음을 가다듬으며 아현은 자신의 자리로 돌아왔다. 그때, 은석의 비서 지아가 올라왔다.

"선배."

"어. 지아 씨."

지아는 아현이 퇴사하기 직전에 채용된 사람으로 하루가 멀다 하고 실수를 만발했던 어리바리한 직원이었다.

그래도 그만두지 않았던 건, 독설로 무장한 재열과 다르게 은석은 언제나 그 실수를 다독여 주고 위로해 주는 친절한 상사였기 때문이다.

그래서인지 지금은 그 누구보다도 일을 잘 처리하며 후배들에게 꽤 힘이 되는 선배 비서였다.

임신 휴직으로 몇 개월 쉬었다가 저번 주부터 다시 출근했다는 소리를 들었다.

"아이는?"

아현의 물음에 지아가 머뭇거렸다. 아무래도 이혼을 한 아현에겐 조금 조심스러운 문제가 되지 않을까 노심하는 듯 보였다.

"네. 뭐……. 사실 다시는 낳고 싶지 않다는 생각이 들 정도로 힘들더라고요."

"너무 축하해. 아마, 키우면서 드는 기쁨이 몇 배는 더 커서 낳길 잘했다는 생각 분명 들 거야. 돌잔치 때 나 빼놓지 말고 불러야 돼."

"당연하죠. 소소하게 지인들만 불러서 밥 먹을 생각이에요."

"얼마나 귀여울까, 벌써부터 엄청 보고 싶어지네. 아, 근데 나 보겠다고 바쁜데 올라온 건 아닐 테고. 무슨 일이야?"

"다름이 아니라, 다음 주 월요일 날 아시아 투어 공연장 계약 건 때문에 대표님과 본부장님 출장 가시잖아요. 어떻게 준비돼 가고 있는지, 선배님께 여쭤 보고 싶어서요."

"아, 그건 내가 두 분 비행기 티켓과 숙소, 거기서 사용하실 렌트카까지 다 준비해 놓을게. 걱정하지 마."

"도와드리고 싶은데……. 쉬다 복귀하니 할 일이 너무 많네요. 그럼 염치 불구하고 부탁 좀 드릴게요. 선배,"

"뭘, 도우면서 하는 거지."

지아가 내려가고 아현은 산더미처럼 쌓인 업무에 더 이상 여유를 부릴 수 없다고 생각하며 서둘러 자리로 돌아와 앉았다.

"자, 집중하자."

아현은 또 한 번 흐트러지는 정신을 가다듬고 이왕 말이 나온 김에 출장 준비부터 해치워야겠다고 생각하며 PC를 향해 손을 뻗었다.

* * *

"아현 씨는?"

재열은 옆에서 들려오는 은석의 물음에 신발코만 바라보고 있던 시선을 돌렸다.

같이 점심을 먹기 위해 아현을 데리러 올라갔던 연주가 혼자 내려오고 있었다.

"할 일이 너무 많고 속도 별로 안 좋다고, 오늘 점심은 우리끼리 먹으라고 그러네."

"많이 안 좋대?"

"모르겠어. 아현이도 워낙 예민한 애라 뭐 조금만 신경 써도 입맛이 뚝 떨어지거든. 혹시 대표님이 업무적으로 너무 닦달하신 거 아니시죠?"

연주가 재열을 팔꿈치로 툭 치며 넌지시 물었다.

하지만 재열은 아무 대답도 하지 않고 자신의 사무실이 위치해 있는 곳을 올려다보았다.

아현은 최선을 다해, 자신을 피하고 있었다. 그날 이후 줄곧 그래 왔다.

헬스장에서 만났을 때도, 회의가 끝나고 휴게실을 지나오면서 연주와 함께 있는 것을 보고 다가가도 급하게 볼일이 생기기라도 한 사람처럼 자리를 피했다.

비서로서의 의무적인 행동만 취할 뿐 그 이상의 것은 냉정하게 끊어 버렸다.

그 이유를 잘 알고 있었기 때문에 재열은 눈앞이 캄캄해질 정도로 막막해졌다.

이렇게 피하다가 나중에 지쳐서 그냥, 모든 것을 놓고 영영히 도망쳐 버리면 어떡하지? 아예 찾을 수도 없는 곳으로 꽁꽁 숨어 버리면 어쩌지…….

그렇게 되면, 그때보다 더 깊고 간절하게 원하는 그녀를 볼 수 없게 되면 난 어쩌지.

작은 불씨에서 시작된 걱정은 결국 재열을 아무것도 하지 못하게 만들었다.

"김재열. 너 왜 그래?"

눈앞에서 손가락을 튕기며 묻는 연주의 말에 그제야 재열은 자신이 망각하고 있지 않은 사이에 음식을 눈앞에 두고 있었다는 것을 깨달았다.

"아니, 무슨 생각을 그렇게 깊고 오래해. 무슨 일 있어?"

끝까지 참았어야 했다.

자신의 경솔한 행동으로 인해 그녀의 상처에 무언가가 들이부어졌다고 생각하니, 그래서 혼자 아파하고 있을 그녀를 생각하니, 재열도 무언가 먹고 싶다는 욕망이 저하되고 말았다.

"밥은 너희들끼리 먹어. 나 먼저 들어갈게."

재열이 상기된 얼굴로 자리에서 일어나자 은석이 얼른 잡아세웠다.

"김재열, 너 진짜 무슨 일 있어?"

이런 표정의 재열을 은석이 본 건 지금까지 딱 세 번뿐이었다.

첫 번째는 어머니가 돌아가셨다는 비보를 학교에서 전해 들었을 때, 두 번째는 윤인호의 이혼 소식을 전해 들었을 때……

그리고 지금 이 순간.

"오늘 이모님한테 연락 왔어. 패션쇼장에서 그렇게 불렀는데도 정신없이 뛰쳐나가더라고 걱정하시더라. 지금 우리도 그렇고."

"별일 아니야."

"별일 아닌 녀석의 표정이 아니니까 그러지. 우리가 널 몰라? 숨소리만 들어도 어떤 기분인지 아는 사이야. 무슨 일이 일어났어. 일어나도 단단히 일어났다. 지금."

어머니는 어디에 있는지도 모를 아버지를 찾겠다며 매일 아침 집을 나섰다.

아버지를 향한 어머니의 지독한 사랑은 재열에게 끔찍한 가난을 안겨 줬을 뿐이었다.

자신의 어깨가 무겁다는 이유로 무책임하게 가족을 내려놓은 아버지를 찾던 어머니는 결국 차갑고 낯선 바닥에서 사늘하게 눈을 감아야 했다.

바보 같은 짓이라고 생각했는데……. 그깟 사랑이 뭐라고 그러나 싶었는데.

그녀가 사라진다고 생각하니 어쩌면 자신도 어머니와 다를 바 없이, 그렇게 그녀를 찾아 헤맬지도 모른다는 생각이 들었다.

"그 사람 없으면, 이젠 난 안 되는데……. 이제 진짜, 안되는데……."

그리고 그 생각은 곧…… 두려움으로 바뀌었다.

제12화

숙희가 쇼윈을 찾아온 것은 재열이 출장을 간 다음 날이었다. 재열의 부재에 대해서 얘기해 주는 아현에게 숙희는 이미 알고 왔다는 말과 함께 인자한 미소를 지어 보였다.

"오늘은 우리 김 대표 보러 온 거 아니고 정 비서랑 한 팀장 보러 온 거야."

비록 연주와 함께였지만 연락도 없이 처음으로 자신을 보러 직접 회사에 방문했다는 숙희의 말에 아현은 잔뜩 긴장했다.

하지만 걱정하지 말라는 듯 숙희의 입가에는 어쩐지 설렘 가득한 미소가 지어져 있었다.

"점심 사 줄게. 먹으면서 내 부탁 좀 들어줘."

"네. 아 참, 그날은 제가 경황이 없어서 인사도 못 드리고 갔어요. 늦었지만 패션쇼 정말 멋있었고 다시 한 번 축하드립니다."

"그러게. 정 비서가 나한테 인사도 없이 갔다고 하기에 많이 섭섭했었는데 또 그럴 사정이 있을 거라는 재열이의 말에 그러려니 했어. 그날 일은 별로 신경 쓰지 않아도 돼."

곧 연락을 받은 연주가 올라왔고 세 사람은 숙희가 미리 예약해 둔 레스토랑으로 향했다.

"이모 패션쇼 너무 가고 싶었는데! 일정이 바빠 못 갔어요. 그래도 관련된 기사랑 방송은 다 숙지했어요. 역시 우리 이모 실력은 세계에서 알아주는 실력."

연주가 엄지손가락을 추켜세우며 너스레를 떨자, 숙희가 만족스럽게 웃었다. 워낙 어렸을 적부터 봐 와서인지 숙희의 눈에는 여전히 연주와 재열, 은석이 마주 보고 앉아 네가 더 먹었네, 내가 더 먹었네 다투며 라면을 먹던 아이처럼 보였다.

"은석이랑 연애 시작했다며."

"은석이가 그래요?"

"조카인 재열이 녀석보다 더 자주 안부를 물어."

"저희 부모님한테도 저보다 더 자주 안부를 물어요. 워낙 오지랖이 넓잖아요."

"그 오지랖이 주변 사람들을 섭섭하지 않게 만들지."

"재열이한테 섭섭하세요?"

"바쁘다 보니까 어쩔 수 없겠거니 하면서도 그게 잘 안 돼. 원래 나이 먹을수록 진짜 별거 아닌 일에 섭섭해지는 법이거든."

"그래서 내가 요즘 그런가?"

연주가 옆에 앉아 조용히 두 사람의 대화를 듣고 있는 아현을 팔꿈치로 톡 치며 말했다. 숙희와는 처음으로 갖는 자리여서 아현은 잔뜩 긴장한 얼굴로 소리 없이 웃었다.

재열에게 상사 이상의 감정을 갖고 있어서인지, 숙희를 대함에 모든 행동이 조심스러워졌다.

"어이구. 번데기 앞에서 주름잡지?"

숙희의 핀잔에 연주가 어린아이처럼 배시시 웃어 보였다.

곧 직원이 들어왔다. 가장 인기 많은 코스 요리를 시키고 난후, 잠시 끊겼던 수다가 다시 시작되었다.

"너무 웃긴 게, 나 바쁠 때는 어쩔 수 없는 일이라고 자기합리화를 하면서 말이야. 재열이가 바빠서 그런 건 무조건 섭섭해. 이상하지?"

"제가 혼내 드릴게요. 이모님한테 연락 좀 하라고. 그래도 아시죠? 재열이 마음만은 늘 주변 사람 생각하고 있다는 거."

"알지. 출장만 가면 선물 사 오고, 어떻게 아는지 쇼가 잡히면 우리 스태프들한테 밥차도 보내 주고, 방송 알아서 잡아 주고……."

"조카 자랑으로 밤새시겠어요."

"3일도 더 샐 수 있어. 인물도 훤칠하고. 어디 내놔도 뒤처지지를 않잖아, 걔가. 기회가 되면 꼭 한 번 내 무대 위에 세우고 싶어. 그게 내 마지막 소원이야."

자신에겐 너무 어렵기만 한 숙희와 아무런 거리낌 없이 술

술 대화하는 연주를 아현은 부럽게 바라보았다.

주문한 코스 요리가 나오고 세 사람은 이런저런 대화를 나누며 식사를 끝냈다. 디저트로 커피와 케이크를 앞에 둔 숙희가 가방에서 무언가를 꺼내 들었다.

"그게 뭐예요?"

숙희가 테이블 위에 올려놓은 것은 다름 아닌 사진들이었다.

"너희가 재열이 곁에 제일 오래 붙어 있었으니까, 재열이 취향을 잘 알 것 같아서. 이 중에 누가 제일 재열이 취향에 가까운 거 같니?"

숙희가 몇 장의 여자 프로필 사진을 펼쳐 놓고 제법 심각하게 물어왔다.

"이모, 혹시 재열이 맞선 자리 주선하시는 거예요?"

연주가 세련된 외모의 여자 사진 한 장을 집어 들어 자세히 들여다보며 물었다.

"걔도 이제 장가가야지. 더 늦기 전에. 나도 조카 손주가 보고 싶기도 하고. 아, 그 사람은 청담동 유명한 헤어숍 디자이너인데 월 수입이 1,500만 원이 넘는대. 이 여자는 어때?"

"1,500이요? 와."

연주와 아현이 동시에 놀라며 눈짓을 주고받았다. 몇 개월을 일해야만 벌 수 있는 돈을 한 달 만에 번다는 그녀의 능력에 아현은 속없이 감탄할 수밖에 없었다.

"이 여자는 이번에 세왕 병원 외과 교수 됐어. 아버지가 병원장이구. 사실 나도 이 두 사람이 마음에 들기는 하는데."

숙희가 단아하게 생긴 여자의 사진을 아현에게 바짝 들이대며 들뜬 목소리로 말했다.

"정 비서가 보기에는 어때? 우리 재열이가 좋아할 것 같아?"

자신을 담던 재열의 눈빛을 생각하면 차마 이렇다 저렇다 쉽게 정의를 내려 대답할 수 있는 문제가 아니었다.

그랬기에 아현은 입 밖으로 아무 말도 꺼내지 않고 그저 숙희가 내민 사진을 조용히 내려다보았다.

"이렇게라도 하지 않으면 평생 장가갈 생각을 안 할 것 같아서. 말을 안 해서 그렇지……. 재열이 많이 외로운 애인 거, 너희들도 알잖니."

"알죠. 어쩌면 작은 상처의 아픔은 느끼지도 못할 만큼……. 그렇게 상처가 많다는 것도. 아, 이 여자도 괜찮은 것 같아요. 근데 사진으로 봐서는 모르니까 마주해서 대화라도 몇 마디 나눠 볼 수 있으면 좋겠다. 괜찮으면 제가 환자나 손님으로 탐방 한번 하고 올까요?"

헤엄쳐 나올 힘도 없이 순간순간 깊은 상념에 잠겨 있는 재열을 자주 마주했던 아현이었다. 금방이라도 홀연히 사라져 버릴 것만 같은 위태로웠던 모습을 오래도록 재열의 곁에 머물렀던 연주가 모를 리 없었다.

그래서 저렇게 더 적극적인 것일지도 몰랐다. 재열을 행복하게 해 주고 싶고, 재열이 사랑을 받는 일에 대해서.

"근데 이렇게 이모님이랑 맞선 볼 여자들 고르고 있으니까, 꼭 동생 장가보내는 시누이 기분이네요."

"만약 재열이에게 누나가 있었어도 누나보다 네가 더 잘 알 것 같다. 재열이에 대해서."

"제가 재열이에 대해 모르는 게 거의 없는 편이긴 하죠. 이 여자는 누구예요?"

"로펌 다니다가 이번에 따로 나와서 개인 사무실 차린다는 변호사인데……."

사진들을 들여다보며 진지하게 재열의 맞선 상대를 고르고 있는 두 사람을 아현은 조용히 관망했다.

"아무래도 변호사가 전 괜찮을 거 같은데, 재열이 사업에도 이런저런 조언을 많이 해 줄 수 있고요."

"그렇지? 나도 그런 생각은 해 봤어."

자신과는 전혀 연이 없는 여자들이라 생각하며 무심하게 봤던 사진들을 아현은 다시 들여다보았다. 사진 한 장, 한 장 화사한 미소를 짓고 있는 여자들 곁에 재열을 세워 보았다.

청순한 여자는 청순한 대로, 관능미가 흐르는 여자는 관능미가 흐르는 대로, 귀여운 여자는 귀여운 대로…… 재열과 잘 어울렸다.

아현은 자신도 모르게 버거운 숨을 토해 냈다.

"왜 그래, 정 비서? 정 비서는 다 마음에 안 들어?"

"네? 아, 아니에요."

대답은 그렇게 하면서도 아현은 자꾸만 얼굴이 조심성 없이 멋대로 시무룩해졌다.

저만치 던져 놓았다고 생각했던 서러운 감정이 사진을 넘겨 볼 때마다 빠끔히 고개를 쳐들고 가슴을 콕콕 찔렀다.

기분은 괘씸하다고 느낄 정도로 축 처져 버렸다. 숨기려고 하는데도, 감추려고 하는데도 왜 자꾸만 꿈틀대고 발악을 하는지. 아현은 심장을 잡아 뜯어내고 싶을 정도로 원망스럽기만 했다.

"분명 맞선 보라고 떠밀면 안 볼 거야. 그치?"

"아무래도 그러겠죠. 재열이가 워낙 불편한 자리를 싫어하고 낯가림도 심하니까."

"그래서 내가 너랑 정 비서한테 부탁하는 거잖아."

"어떤 부탁이요?"

"너희들이랑 점심 먹는 자리라고 속이고 나오게 하는 건 어때? 여유롭게 주말 점심 좋겠지? 마음 같아선 내가 그러고 싶다만, 이번 주말에 파리로 출장을 가게 돼서. 은석이는 너무 티 날 것 같고."

"오! 저희는 좋아요. 김재열 장가보내기 작전! 사실, 저랑 은석이만 연애하고 그러는 게 마음에 걸렸거든요."

연주가 해맑게 박수를 치며 환호했다.

"정 비서도 이번 주 주말에 도와줄 거지?"

숙희가 부드럽게 물어오자 아현은 나지막하게 고개를 끄덕이며 그렇게 하겠다고 대답했다.

"정 비서가 우리 재열이 맞선 볼 장소 좀 미리 예약해 줘."

"네……. 그렇게 하도록 하겠습니다."

"후! 왜 내가 맞선을 보는 것처럼 막 떨리고 그러지?"

호들갑을 떠는 연주를 마주하며 아현은 머릿속을 유영하는 복잡한 감정에 마음이 갑갑해져 왔다.

❊　　　　　❊　　　　　❊

금방이라도 재열이 대표실 문을 열고 나올 것만 같았다. 그가 없다는 이유만으로 감도는 허전함이 그의 부재를 절실히 알려 주는 느낌이었다.

재열이 출장을 갔어도 아현이 할 일은 산더미였다. 각 부서대로 올라온 보고서들을 프린트해서 재열이 없는 대표실 문을 열고 들어갔다.

재열이 자신을 바라보며 옅은 미소를 짓고 있는, 버려야 할 욕심뿐인 환상이 시야 앞에 아지랑이처럼 아른거렸다.

비어 있는 자리가 마음마저 공허하게 만들어 버리는 것 같아서 쓸쓸하고 외로웠다.

평소와 같이 연주와 점심을 먹으며 웃고 떠들고, 휴게실에 있는 인사팀들과 소소한 대화를 나누고, 땀에 흠뻑 젖을 때까지 운동을 하고, TV를 보며 웃고, 늦은 저녁을 먹고, 출근을 해서 밀린 업무를 보고…….

그의 그림자를 지우려고 발버둥을 치면 칠수록 짙은 그리움은 집요하게 아현의 곁에 머물렀다.

갈대숲에서 자신의 사진을 찍어 주고, 부족한 영어 발음을 몇 번이고 교정시켜 주고, 자신을 품에 가둔 채 컵을 꺼내 주고, 졸려 하던 자신과 스트레칭을 하고, 날아오는 공을 막으려 자신을 품에 안던 모습까지. 아현은 몇 번이고 걸음을 멈추고 쉬던 숨도 멈추었다.

그가 없었을 땐 어떻게 살았는지조차 의문이 갈 정도로 몰아치는 외로움에 속수무책으로 휘청거렸다.

그를 피해 다닌 시간을 후회할 만큼, 그가 출장을 간 일주일이라는 기간이 영겁의 시간처럼 길게 느껴졌다.

하지만 그가 돌아온다고 해도 달라지는 것은 없을 것이다.

평소의 일상처럼, 그를 단 한 번도 그리워한 적 없다는 듯 부하 직원이라는 가면을 쓰고 그를 대할 테니까.

그에 대한 그리움은 마음속 깊이, 더 깊이 숨어들어 오롯이 행복을 갉아먹게 될 테니까.

똑똑, 아현은 여태 느끼지 못한 인기척에 화들짝 놀라며 노크 소리가 난 방향으로 시선을 돌렸다. 그곳엔 퇴근 준비를 끝낸 연주가 서 있었다.

"퇴근 안 하세요, 정 비서님?"

"어? 팀장님."

"우리 김 대표님이 참 인복이 많아. 자리에 계시나 안 계시나 이렇게 양심적으로 일 열심히 하는 비서를 둬서 말이야."

"언제 올라오셨어요?"

"정말 야근이라도 할 생각인 거야?"

"이제 막 퇴근하려고 그랬어요."

"잘됐네. 따로 약속 없으면 퇴근 시간마다 내 시간 뺏어 가던 놈들 없는데 오랜만에 한잔하자. 어때?"

"좋아요."

서둘러 퇴근 준비를 한 아현은 연주와 함께 회사 근처 술집으로 향했다. 세상사는 게 뭐 그리도 힘든지 사람들은 벌써부터 신세 한탄을 하며 술잔을 기울이고 있었다.

겨우 하나 남은 테이블에 간신히 자리를 잡은 연주와 아현은 평소 먹던 안주를 시키고, 그 안주가 나오기도 전에 서로의 잔에 술을 채워 주었다.

"오늘도 수고했어."

"팀장님도요."

두 사람은 진하게 건배를 하고 한 방울도 남기지 않고 술을 입에 털어 넣었다.

"와, 오늘 술 달다."

"취하셔도 돼요. 집이 가까우시니까."

"버리고 안 갈 거지?"

"당연하죠. 저 믿고 취하세요."

"오랜만에 잔소리 대장 박은석도 없겠다. 날이다! 오늘."

연주가 빈 잔에 술을 채우려는 것을 아현이 얼른 받아 들어 대신 채워 주었다. 잠시 스치는 연주의 눈빛이 조금 쓸쓸하다는 것을 쉽게 감지한 아현이 상체를 기울여 거리를 좁혔다.

"팀장님, 저한테 뭐 하고 싶으신 말씀 있으시죠?"

"티 많이 나?"

"무지 많아요. 모른 척하기 민망할 정도로."

"엄청 노력했는데…… 티가 많이 났구나. 너도 그랬겠지?"

어떤 의미를 두고 한 말인지 쉽게 파악이 되지 않아 아현이 의아한 표정을 지었다.

연주는 말을 어떻게 꺼내야 할지 몰라 망설이며 의미 없이 술잔을 만지작거렸다.

독촉을 하고 싶을 만큼 연주가 제게 하려는 말이 궁금했지만 참기로 했다. 뭐든, 가장 잘하는 것이 참는 것이니까.

두 사람 사이에 거의 있어 본 적 없는 침묵이 흘렀다. 마침내 결심한 듯, 연주는 깊은 한숨과 함께 입술을 떼어 냈다.

"내 직감이 조금은 경솔할지도 모르겠지만, 그래도 확인을 한번 해 보고 싶어서."

"……"

"남 일도 아니고……. 내가 가장 아끼는 동생인 너랑, 내가 가장 사랑하는 친구인 재열이 일이니까. 몰라서 벌이게 될 나의 실수에 누구도 상처 받기를 원하진 않으니까."

이제는 더 이상 설명 같은 것을 듣지 않아도 연주가 오늘 왜, 자신과 함께 시간을 보내려고 했는지 알 수 있을 것만 같았다.

아주 깊은 곳에 꽁꽁 잘 숨겼다고 생각했던 보물을 상대방이 너무 쉽게 찾아 버린 것처럼 허탈했기도 했고 억울하기도 했다.

"재열이의 맞선 상대의 여자들 사진을 보는 네 표정이 내내, 좋지 않다는 걸 느꼈어. 거기서 시작된 생각의 실마리는 점점 커져서 재열이를 대하던 너에 행동들까지도 다시 한 번 생각하게 만들더라."

"……."

"어느 순간부터 재열이를 바라보던 너의 눈빛이 달라졌다는 거……. 넌 티를 안 내려고 무던히도 노력했겠지? 하지만 모른 척하기에는 조금 미안할 정도로 티가 많이 나. 아현아."

그런 눈빛으로 바라봐 놓고, 주변 사람들도 모두 눈치를 챌 만큼 간절히 원하고 있는 눈빛으로 그 사람을 대해 놓고, 마음은 결코 그게 아니라고 야속하게 밀어내는 자신을 보며 얼마나 혼란스러웠을까.

그 사람은…….

"너무 못나고 못됐네요. 제가……."

"……."

"대표님을 아무것도 못하게 만들었네요. 포기를 할 수도, 그렇다고 사랑할 수도……."

아무것도 존재하지 않는 허공을 공허한 시선으로 더듬거리는 아현의 눈동자는 지독히도 외로워 보였다.

"아현아."

그녀의 아픔이 고스란히 느껴지는 것만 같은 연주는 괜한 것을 물어 봤다는 죄책감으로 아현의 손을 따뜻하게 어루만졌다.

"제가 감히 어떻게 사랑받고 싶다고 욕심을 부릴 수 있는 분일까요. 제가 어떻게 감히……. 그분을 사랑할 수 있을까요. 그런데요. 그럼에도요. 팀장님."

"……."

"사랑하고 싶고…… 사랑받고…… 싶어요. 그 누구도 아닌, 대표님께."

가슴에 미어지는 슬픔이라는 무게를 실은 아현의 울부짖음이 미지근한 공기 중으로 흔적 없이 흩어졌다.

❉   ❉   ❉

깊어 가는 밤하늘에 켜진 영롱한 달빛을 올려다보는 재열의 수심은 점점 더 짙어져 가고 있었다.

이른 아침부터 제대로 된 식사도 하지 않은 채 정신없이 업무를 진행했다. 하지만 단 한순간도 아현은 머릿속에서 사라질 기미를 보이지 않고 더욱 뚜렷하게 모습을 보이며 재열을 그리움이라는 절벽으로 밀쳐 버렸다.

차가운 밤공기가 스치는 살을 의미 없이 매만지며 잠에 빠진 도시를 바라보고 있으려니, 아현과의 추억이 새록새록 떠올랐다.

워크숍에 가서 늦은 밤에 함께 연못으로 돌을 던지던 모습, 전구를 갈아 주는 자신의 다리를 잡고 당황해하던 모습, 사격을 하는 자신에게 환호하며 인형을 받고 좋아하던 모습.

그 모든 것들이 마치 손을 뻗으면 닿기라도 할 것처럼, 재열의 지척에서 환상이 되어 펼쳐졌다.

재열은 주머니에 넣어 두었던 휴대전화를 꺼내 들었다. 갈대숲에서 수줍게 찍힌 아현의 말간 얼굴을 바라보았다. 아무리 담아도 채워지지 않는 갈증에 서러워하며 재열은 두 눈에 아현의 얼굴을 넣고 또 넣었다.

"재열아."

뒤에서 들려오는 은석의 부름에도 시야에 들어찬 아현에게서 시선을 거둘 수 없었다. 그녀의 이름을 마음껏 부르고 싶었고, 불러서 돌아본 그녀를 마음껏 안고 싶었다.

"김재열……."

재열이가 누구를 원하고 있는지, 무엇 때문에 이렇게 아픈 것을 감내하며 그리워하고 있는지, 눈치챈 은석의 목소리가 걱정과 연민으로 조금씩 떨려 오기 시작했다.

"미치겠다…… 볼 수가 없으니까, 더 미칠 것 같아."

"……."

"이제 나는 그 사람 아니면 진짜 안 되는데, 이젠 더 이상 빠져나올 수도 없을 만큼 너무 깊이 들어가 버렸는데……. 더는, 그 사람을 아프게 만들고 싶지 않은데."

휴대전화를 손에 쥔 재열이 그대로 무너져 내렸다. 잡으려고 발악을 하면 할수록, 더욱 격렬하게 빠져나가려는 그녀를, 자꾸만 아프다고 아우성치는 그녀를, 잡을 수도 그렇다고 또다시 놓을 수도 없는 현실이 너무 가혹하게 느껴졌다.

귀국하는 주말에 만나서 점심이나 하자는 연주의 말에 레스토랑으로 나온 재열은 앞에 앉아 관심도 없는 말들을 떠들어대는 여자를 무감하게 바라보았다.

"이모님이 고숙희 디자이너시라면서요. 말씀 많이 들었어요."

모든 상황들이 일사천리로 정리가 되었다. 맞선을 주선한 사람은 숙희이고, 재열을 무사히 맞선의 자리까지 나오게 하려고 연주를 미끼로 던진 것이 분명했다.

그리고 그 미끼를 재열이 아무 의심 없이 덥석, 물은 것이다.

배신감이라는 감정이 소용돌이처럼 몰아닥쳤다.

"이번에 개업하게 된 사무실 오픈 파티에 재열 씨를 초대하고 싶어요. J호텔 수영장에서 할 생각이거든요. 오시는 거죠? 쇼윈이면 정말 유명한 배우들 많이 아시겠어요. 혹시, 그날 배우들과 함께 오실 수도 있나요? 그럼 파티의 퀄리티가 더 높아질 것 같은데. 대표님이시니까 그 정도는 일도 아니시죠?"

로스앤젤레스에 있는 대학교를 수석으로 졸업하고 대한민국에서 제일 잘나간다는 로펌에 다니다가 이제 개인 사무실을 차릴 거라는 이력을 지루하게 펼친 여자는, 이번에는 터무니없는 말들로 재열의 입술 사이로 결국 한숨을 터트리게 만들었다.

성격 같아서는 당장 비수를 꽂는 독설을 내뱉은 뒤 일어나고 싶은 자리였지만 그랬다가는 이모의 얼굴에 먹칠을 할 것이 분명했다.

"자기, 여기서 뭐해?"

다른 좋은 방법이 없을까, 하고 고뇌하던 머리 위에서 비음이 한층 섞인 낯익은 목소리가 들려왔다. 조금은 거북스러운 표정을 지은 재열이 소리가 나는 방향으로 고개를 올렸다.

그곳엔 설마했던 인물, 연주가 서 있었다.

"한연……."

"어떻게 날 두고 맞선을 볼 수가 있어?"

"뭐?"

"우리 사랑이 고작 이것밖에 되지 않았어? 나쁜 자식!"

연주는 팔을 공중으로 길게 뻗었다가, 마치 폭풍처럼 몰아닥치는 슬픔을 감당하지 못한다는 제스처처럼 입을 틀어막았다.

"날 포기하지 않기로 했잖아."

여자의 눈치를 슬쩍 살핀 연주가 한쪽 눈을 찡긋댔다. 전부터 연주가 왜 지금 이 시간에 이 자리에 있고 저렇게 어설프기 짝이 없는 발연기로 사람을 어이없게 만드는지 알고 있었기에 재열은 더 이상 모른 척하지 않기로 했다.

"미안해. 하지만 어쩔 수 없었어. 이모가 너무 강압적이었거든."

"날 포기할 거야?"

재열이 격하게 고개를 내젓고는 자리에서 그대로 일어나 연주의 손목을 꽉 잡았다.

"도망가자. 우리."

이 사태의 최대의 피해자인 맞선녀가 당황해하는 모습을 뒤로하고 재열은 연주와 함께 그대로 레스토랑을 빠져나왔다.

"자기, 우리 어디로 도망갈까?"

여전히 비음 섞인 목소리로 장난을 치는 연주를 재열이 밉지 않게 흘겨보았다.

"뭐야, 대체."

"어쩔 수 없었어. 숙희 이모가 회사로 직접 찾아오시기까지 했으니까."

"……"

"사실 너 불편하든지 말든지, 싫든지 말든지, 일단 맞선은 보고 있게 내버려 두려고 했는데 아무래도 마음에 걸리더라고. 너 낯가림 심하잖아. 내가 그걸 모르는 것도 아니면서 이모 장단 맞추느라 맞선 자리 같이 주선한 것도 좀 미안하고. 이 정도로 해 놨으면 한동안 맞선 시장에 발도 들여 놓을 수 없겠지? 이모한테 좀 혼날 각오는 하고 있어야 될 거야."

"도와준 거 맞지?"

"그럼! 내 마음은 순수했다? 친구를 도와주려는."

당당하게 결백을 주장하는 연주를 재열이 실없이 바라보았다.

"어디 가서 점심이나 먹자."

"미안. 은석이랑 미리 약속을 해 놔서. 바로 가 봐야 돼."

"그래. 그럼. 장소가 어딘데. 데려다줄게."

"나도 차 가지고 왔어."

재열은 연주의 차가 주차 되어 있는 곳까지 함께 걸어왔다.

"재밌게 놀고."

막 차에 올라타는 연주를 향해 인사를 건네고 돌아서던 재열을 연주가 불러 세웠다. 재열이 대답 대신, 몸을 돌려 눈을 마주했다.

"아니다. 아니야."

하고 싶은 말이 많은 눈동자를 하고는 물러서는 연주를 재열이 허탈하게 바라보았다.

"뭐야, 싱겁게. 그럼, 간다."

"김재열!"

"……."

다시 등을 보이는 재열을 연주가 불렀다.

"왜 그래."

"내가, 너 많이 아끼는 거 알지?"

뜬금없이 고백을 하며 재열에게로 한걸음에 달려온 연주의 붉어진 코끝은 어느새 울컥한 감정이 고스란히 드러내고 있었다.

"그러냐?"

"상처 받지 않기로 약속해."

"……."

"아픈 건 하지 않기로, 나랑 약속해."

바지 주머니에 꽂아 놓았던 재열의 손을 억척스럽게 끌어당긴 연주가 자신의 작은 새끼손가락과 재열의 긴 새끼손가락을 걸었다.

"상처 받고 아파하면 내가 가만 안 둬!"

자꾸만 훌쩍이는 연주를 간신히 달래 보내고 주차되어 있는 차로 돌아오는 걸음은 한없이 무겁기만 했다.

밀폐된 차 안에 공허함이 곳곳에 숨겨져 있던 모양이었는지, 눈을 깜빡이고 숨을 내쉴 때마다 슬그머니 다가와 재열의 마음을 툭 치고 지나갔다.

절대 숨길 수 없는 사랑이라는 고약한 녀석은, 그렇게 재열을 자연스럽게 아현의 집 앞으로 데리고 왔다.

"······."

아현의 모습을 단 한 번이라도 봤으면 하는 심정으로 차 안에 꼼짝없이 앉아 있던 재열은 정말, 기적처럼 장을 보고 안으로 들어가는 아현을 발견했다.

그 순간, 상처 따위는 받아도 상관없다는 생각이 들었다. 평생을 깊숙이 베이는 상처라도 그녀를 안을 수 있다면 충분히 감내할 수 있었다.

자신을 밀어내는 그녀의 행동에 대한 야속했던 감정도 모두 눈 녹듯 사라져 버렸다.

재열은 오피스텔 깊숙이 멀어져 가는 그녀의 뒷모습을 먹먹한 시선으로 좇고, 또 좇았다.

❄   ❄   ❄

—만나고 있는 사람이 있으면 있다고 이모한테 진작 말을 해 줬어야지.

　섭섭함이 잔뜩 실린 숙희의 목소리가 스피커폰을 타고 귓가를 스쳤다. 구김 하나 없는 와이셔츠를 몸에 걸치고 단추를 걸어 잠그며 재열은 넉살 좋게 대꾸했다.

　"이모가 나 몰래, 맞선 자리를 잡았을 줄 누가 알았겠어요."

　—소개 왜 안 시켜 줘? 너 맞선 자리까지 쫓아온 거 보면 꽤 애틋한 사이인 거 아니야?

　자기야, 하고 비음 섞인 목소리로 자신을 부르던 연주를 잠시 떠올린 재열이 터져 나오려는 웃음을 가까스로 참으며 정갈하게 접혀 전시되어 있는 넥타이를 골랐다.

　"아침 드셨어요?"

　연주의 염려대로 숙희에게 등짝 스매싱을 맞는 일은 일어나지 않았다. 한껏 성질을 참아 준 숙희에게 은근히 고마워했다.

　—또 말 돌리지. 혹시 몰라서 묻는 건데, 여자 맞지?

　"무슨 생각 하셨어요?"

　—내 주변에 그런 애들 많아. 지들 좋다는데 어쩔 수 있어? 내가 그런 애들을 옹호하는 건 아니지만 반대하는 것도 아니야. 혹시라도 너도 그런 쪽이면 그래도 용기를 갖고 일단은 날 소개시켜 줘.

　"네. 젖 먹던 힘까지 발휘해서 갖겠습니다. 그 용기."

　—그런데 넌 얼마나 그 상대를 꽁꽁 숨겼기에 연주도 모르

고 정 비서도 모르고 있어? 설마…… 아니다. 모르고 있으니까 직접 레스토랑도 예약을 해 줬겠지.

숙희에게서 들은 예기치 못한 아현의 등장에 재열의 마음이 먹먹해져 왔다.

"왜 그 사람한테, 그런 걸 부탁했어요. 왜……."

—사적인 거 좀 부탁했다고 지금, 기분 나빠하는 거야?

"……."

—알았어! 아무튼 지 직원 하나는 기똥차게 아껴요, 아끼기를. 그런 개인적인 건 이제 절대 입 밖으로 꺼내지도 않을게. 됐지?

숙희와 전화를 끊고도 한동안 재열은 천근만근 무거워진 마음에 움직일 생각을 하지 않았다.

❈　　　　❈　　　　❈

음반제작팀에서 보내온 앨범 재킷 사진을 프린트한 아현은 굳게 닫혀 있는 대표실 문 위로 몇 번이고 손을 올렸다가 내리기를 반복했다.

하루 종일 이 상태다. 재열과 마주하면 아무렇지 않게 비서로서 상냥함을 보이지만, 온몸이 무너져 내릴 정도로 그 가면은 무겁게만 느껴졌다.

상사 이상의 감정을 품어 버린 심장은 이제 공사를 구분할 줄도 모르고 제멋대로 뛰었다. 보면 더 보고 싶고, 보면 갖고

싶고, 보면 사랑할 수밖에 없는 남자를 모질게 밀어내고 상사
로서의 관계만 유지하려고 바동거리는 것이 너무 힘겹게만 느
껴졌다.

"후우."

아현은 프린트를 품에 꼭 쥐고 호흡을 가다듬었다.

정신 차려, 정아현. 여긴 회사고, 지금 대표실 안에 있는 사
람은 내가 사랑하는 남자가 아니라, 상사일 뿐이야.

몇십 번이고 망설였던 노크를 하고 안으로 들어섰다. 재열
은 소속 아이돌이 생방송으로 진행하고 있는 토크쇼를 보고
있었다.

"음반제작팀에서 보내온 앨범 재킷 샘플입니다."

재열의 앞에 프린트를 내려놓고 아현은 다급하게 돌아섰다.
그 순간, 대표실이 잠잠해졌다. 재열이 TV를 꺼 버린 것이다.

다시 돌아오고 처음으로 재열과 단둘이 있는 것이 불편하고
어색하게 느껴졌다.

"왜, 그랬어요?"

주어 없는 재열의 물음에 아현이 옮기던 걸음을 멈추고 돌
아보았다. 원망이 조금은 어려 있는 재열의 눈동자를 보니, 맞
선을 이야기하고 있다는 것을 쉽게 직감할 수 있었다.

"비서로서 할 일을 한 거뿐입니다."

"괜찮았어요? 내가 다른 여자 앞에 앉아서 웃고, 떠들고, 내
가 다른 여자를 사랑한다는 생각을 하면서……."

"……."

"정말, 아무렇지도 않았어요?"

진심을 뱉고 싶어 하는 입술이 제멋대로 꿈틀거렸다. 하지만 아현은 가까스로 그 모든 말들을 삼켜 넘기고 거짓말을 했다.

"네. 비서로서 해야 할 일을 한 것뿐이니까요."

더는 재열을 마주 보고 있을 수가 없었다. 그래서 아현은 다시 가볍게 목례를 취하고 나가는 문을 향해 몸을 틀었다.

"비서라며. 근데, 왜 날 자꾸만 피해."

"……."

아무 말도 하지 못하고 그 자리에 서 있을 수밖에 없었다. 아현은 뒤에서 일어서는 재열의 작은 움직임 소리에도 점점 거리를 좁혀 오고 있는 재열의 발걸음에도, 아무것도 할 수가 없었다.

"왜, 이런 표정을 짓고 서 있는 건데."

그대로 자신을 돌려세운 재열에 아무 반항도 하지 못하고 아현은 먹먹한 시선으로 재열을 올려다보았다. 더 이상 숨길 수가 없었다. 금방이라도 터져 나올 것 같은 재채기처럼, 아무리 아닌 척해도 결국 티가 나 버리는 가난처럼.

숨길 수 없었다. 그를 향한 사랑이라는 감정은.

"도망가지 말아요."

재열이 그대로 자신의 품에 아현을 끌어안았다. 아현은 귓가에 닿는 재열의 뜨거운 숨결과 포근한 품에 작은 한숨을 내뱉었다.

지독히도 따뜻한 품이다. 벗어나는 것이 두려워질 만큼.

"어디도 가지 말고 여기 있어요. 이렇게. 대놓고 나 피하지도 말고. 다른 사람에게 날 보내려고 떠밀지도 말아요."

그의 목소리가 서글프게 가라앉아 있었다. 아현은 자꾸만 벅차오르려는 눈물을 참아 내며 그를 위로해 줄 수도 그렇다고 뿌리칠 수도 없어 품에 가만히 안겨 있었다.

"이렇게 지켜만 볼 수 있게 해 준다면, 더 이상……. 아무것도 바라지 않을 테니까……."

"……."

"나에게서 도망만 치지 말아 줘요. 당신 말고는 그 누구도 날, 이렇게 행복하고 때로는 아프게 만들 수 없어."

아현은 몇 번이고 눈물을 꾹 참아 내고 간신히 입술을 떼어 냈다. 자꾸만 눈물에 젖으려는 목소리를 한껏 더 세우고 또 세웠다. 그때마다 마음은 쓰라렸고 고통스러웠다.

아현은 자신을 끌어안고 있는 재열의 손을 조심스럽게 내려놓고 뒤를 돌아 재열을 마주했다.

"걱정 마세요. 대표님. 그때 말씀드렸잖아요. 제 소원이요. 대표님의 마지막 비서는…… 제가 되고 싶다고……. 그러니 그 문제에 대해서는 전혀 걱정하실 거 없습니다. 그럼 필요하신 거 있으면 말씀하세요."

돌아서 나가는 아현이 만들어 낸 지독한 공허함 속에 남겨진 재열의 목소리가 나지막하게 울렸다.

"아무리 말해도 가져다주지도 못할 거면서. 내가 필요한 건

딱 한 가지…… 당신, 뿐인데."

                    ✢   ✢   ✢

　희석된 양주가 반쯤 남겨져 있는 크리스털 잔 표면을 마른
손길로 의미 없이 매만지고 있는 재열을 은석은 먹먹한 시선으
로 바라보았다.

　간혹 가다가 어깨까지 들썩일 정도로 뱉는 버거운 한숨 소
리와 표정이 옆에서 지켜볼 수밖에 없는 은석의 가슴을 미어지
게 만들었다.

　"무슨 말이라도 좀 해 봐."

　은석은 문득 화가 치밀어 올랐다. 다른 사람도 아니고, 세상
에서 제일 강하다고 치부했던 친구 재열이 고작 여자 하나 때
문에 이렇게 무너지는 것에 대해 은석은 깊은 회의감이 몰려왔
다.

　"김재열."

　"보고 싶다. 친구가 잔소리를 하는 이 와중에도. 계속."

　아니, 사실 여자가 아니라 사랑이라는 감정 때문에 휘둘리는
재열이 심하게 걱정이 되었다.

　아무것도 하지 못하게 만들어 버리는 그 끈질기고 고약한 감
정이 재열을 완전히 무너트리고 일어날 힘조차 모두 앗아 갈까
봐 은석은 울컥, 하고 치밀어 오르는 무언가를 쉽게 떨어트려
낼 수가 없었다.

"왜 그렇게 예뻐 가지고……."

문득 환하게 웃던 아현의 얼굴이 떠오른 재열은 마치 아현이 앞에서 웃고 있기라도 한 것처럼 따라 웃으며 컵을 들어 양주로 마른 입술을 축였다.

"그 사람의 하루가 너무 궁금해. 지금도 뭘 하고 있을까, 무슨 생각을 하고 있을까. 내 생각을 조금이라도 해 줬으면 좋겠는데."

언제나 인기가 많은 친구였다. 더 좋은 여자, 더 괜찮은 여자를 충분히 만날 수도 있는 친구가 짝사랑이라는 이름으로 이렇게 아파하는 모습이 은석을 너무 속상하게 만들었다.

"네가 뭐 부족한 게 있다고 어울리지 않게 짝사랑이냐, 짝사랑은……."

친구를 아끼고 속상한 마음에 멋대로 터져 나온 말이었다. 아현이 얼마나 착하고 참한 사람인지, 재열만큼이나 잘 알고 있는 은석이었기에, 아현이 이 자리에 없음에도 자신의 욱한 감정에 나온 말이 행여나 아현에게 상처가 될까 봐 걱정이 되었다.

은석은 자신의 컵에 있는 양주를 단숨에 털어 마시고 빈 컵에 양주를 가득 채웠다.

"그거 알아? 웃는 거 되게 예쁘다."

"……."

"일이 잘 안 풀려서 막 화가 나다가도 그 얼굴 딱 보잖아. 그럼 다 풀려. 신기하지 않아? '대표님. 괜찮으세요?' 라고 물어보면 난 벌써 웃고 있고…… 또 생각나네. 그래서 보고 싶어 죽겠네."

"……."

"화내는 거 본 적 있어, 혹시? 예전에 한 번 봤는데, 근데 그게 또 그렇게 귀엽다? 회식 때였나. 오늘 안으로 보고서 보내라고 하니까, 회식을 하다 말고 회사에 온 거지. 막 퇴근하던 길에 봤어. 본의 아니게 몰래. 뒤에서. 막, 내 욕하고 불만을 터트리면서도…… 얼음을 챙기고, 추운 날씨에 옷을 따뜻하게 입고 나오라고 걱정을 하더라."

"재열아……."

"뭘 해도 좋은데, 어떻게 잊겠어. 어떻게 모른 척 따위를 할 수가 있겠어. 어떻게 사랑하지 않을 수가 있겠어."

어디에도 쉽게 정착하지 못하고 재열의 눈동자가 허공을 맴돌았다. 밤이 깊어질수록 그의 그리움도 깊어져만 갔다.

"지금은 그 짝사랑 때문에 산다. 내가."

❈ ❈ ❈

"어머, 쟤들 미친 거 아니야?"

연주가 무언가를 발견하고 흥분해서는 붉어진 얼굴로 걸음을 재촉했다. 아현은 연주와 함께 점심을 먹고 시간이 조금 남아 커피 한 잔 하면서 수다를 떨려고 근처 카페로 향하던 길이었다.

그런데 그 길목에 있는 작은 공원에서 신인 여자 아이돌이 담배를 피우며 침을 찍찍 내뱉고 있었다. 그 안에는 국화도 있었다.

"야! 니들 미친 거 아니야!"

살벌하게 고함을 지르며 등장한 연주에 아이들은 당황해서 허겁지겁 담배를 지져 껐다.

"니들이 지금 제정신이야? 미성년자에다가 첫사랑 콘셉트로 활동하고 있는 애들이 길거리에서 담배나 피우면서 침 찍찍 뱉는 거, 기자들이 보기라도 하면 어떤 악영향을 끼칠지 생각 안 해 봤어?"

숨을 쉬지도 않고 몰아붙이는 연주에 아이들은 금방이라도 눈물을 쏟아 낼 것 같은 얼굴로 죄인처럼 고개를 푹 숙였다. 하지만 틀린 말은 하나도 없었다.

지나가는 기자들 누군가가 이 장면을 봤더라면 이것저것 끼워 맞춰 어떻게든 아이돌 이미지를 깎아 먹었을 것이다. 대부분 재열에 대해 좋은 감정이 없는 기자들이라 어떻게든 골탕을 먹이겠다고 좋다 하고 달려들었을 것이다.

"니들이 이러면 회사가 욕먹고 대표님이 욕먹어. 인성도 안 보고 개나 소 데려다가 가수 시킨다고. 다들 내놔."

연주가 손을 내밀자, 신인들이 자진해서 주머니 여기저기에서 담배와 라이터를 내놓았다.

"다들 미쳤어."

손바닥 위에 가득 찬 담배와 라이터를 보자 연주는 기가 차서 헛웃음이 다 나왔다.

"니들이 직접 살 리는 없고. 이거 다 누가 사 준 거야?"

신인들은 곤란한 얼굴로 서로의 눈치를 살폈다.

"얼른 말 안 해!"

목청이 찢어질 것같이 살벌한 연주의 고함 소리에 아이들이 움찔하며 다급하게 입술을 떼어 냈다.

"훔, 훔쳤어요."

"뭐? 훔쳐?"

"매니저 오빠가 벤에 두고 내렸던 담배…… 훔쳐서 피운 거예요."

"어머머머머……."

충격적인 대답에 연주가 뒷목을 잡고 비틀거렸다. 그 옆에 서 있던 아현이 그런 연주를 얼른 부축했다.

"죄송합니다, 팀장님. 대신 저희 매니저 오빠들하고 대표님께는 말씀하지 말아 주세요. 다시는 이런 짓 안 할게요."

신인들이 더러운 바닥에 무릎을 꿇고 싹싹 빌기 시작했다. 그 순간, 아현의 눈에 뽀얀 복숭아처럼 생긴 다리와 팔뚝에 희미하지만 수많은 상처들이 들어왔다. 의아했다. 안무 연습을 하다가 넘어졌다고 하기에는 너무 생뚱맞은 부위들인 데다 동그란 흔적은 주사 바늘구멍 같기도 했다.

"아니, 이건 그냥 호락호락하게 넘어갈 문제는 아닌 것 같다. 너희들 재질이 이렇게 나쁜 애들인지 알았으면, 처음부터 뽑아서 이렇게 정성껏 키우지도 않았어. 대표님 출장 다녀오시는 대로 말씀드릴 거야. 그런 줄 알고 그동안 사고치지 말고 얌전히 들 있어."

"제발요. 팀장님……!"

울먹이며 매달리는 신인들을 연주가 가차 없이 떼어 냈다.

"아현아, 가자!"

"잠깐만요. 팀장님. 먼저 들어가세요. 전 애들하고 얘기를 좀 해야 할 것 같아서요."

남아 있겠다는 아현을 조금 이해하지 못하는 눈치였지만, 흥분할 대로 흥분한 연주는 그런 것까지 복잡하게 생각할 겨를이 없는지 미련 없이 회사로 향했다. 그런 연주를 뒤따라가려던 아이들을 아현이 막아 세웠다.

"너희들은 잠깐 나랑 얘기 좀 하자."

아현은 그녀들을 룸으로 되어 있는 카페로 데리고 갔다. 원하는 음료가 앞에 놓여 있는데도 아이들은 아현의 눈치만 살피고 있었다.

"괜찮으니까, 다들 마셔."

아현이 음료를 살며시 건넸다. 목이 탔는지, 한 명이 단숨에 빈 컵으로 내려놓았다.

몸에 난 상처를 의심하여 데리고 오기는 했지만 어떤 말을 어떻게 먼저 꺼내야 할지 매우 조심스러워졌다. 그러나 이내 이 상처를 결코 방임할 수는 없다는 생각에 마음을 굳게 먹고 어렵게 입술을 떼어 냈다.

"보니까 몸에 상처가 좀 많은 거 같은데, 연습을 하다 넘어진 거니?"

부드럽게 물어오는 아현의 질문에 신인들은 잠시 노출되었던 것을 몰랐는지, 상처를 허둥지둥 가렸다. 그 모습을 보며 아현은 머릿속을 두르고 있던 불길한 예감이 맞을지도 모른다는 불쾌함으로 바뀌기 시작했다.

"괜찮아. 아무에게도 얘기 하지 않아. 어떻게 된 거야? 그 상처들."

"안, 안무 연습하다가 넘어진 거예요."

"그럼, 이것도 안무 연습하다가 넘어진 거니?"

아현이 손을 뻗어 한 아이의 머리카락을 거두어 냈다. 그러자 뺨과 귓불 사이에 누군가에게 심하게 할퀸 듯한 자국이 선명하게 드러났다.

그뿐만이 아니었다. 한 여자아이의 팔을 끌어다가 살짝 비틀었을 때는 겨드랑이에 가까운 팔에 주삿바늘과 비슷한 구멍도 자리 잡고 있었다.

"내가 너희들을 도와줄게. 어떻게 된 건지, 다 얘기해 봐."

최대한 침착해야 하는데, 자꾸만 떨려오는 목소리에 아현은 호흡을 가다듬었다.

그리고 그런 아현의 말이 끝남과 동시에 국화가 왈칵, 하고 눈물을 쏟아 냈다. 어찌나 서럽게 울던지 아현의 코끝마저 시큰해져 왔다.

"울지 마…… 울지 마. 국화야."

자신의 동료를 달래던 나머지 아이들도 훌쩍이기 시작했다.

그러다가 무언가를 크게 결심했는지, 눈물이 범벅된 얼굴을 한 국화가 고개를 들어 아현을 마주했다.

"매니저 오빠가 때렸어요."

"뭐?"

"사실 며칠 전에 스케줄을 끝내고 저희들과 갈 곳 있다고 했어요. 위에서 보고받은 스케줄은 분명 다 끝났는데……."

국화는 잠시 말을 잇지 못하다가 두 눈을 찔끔 감고 말을 터트렸다.

"도착해서 보니까 처음 와 보는 곳이었어요. 매니저 오빠를 따라서 들어가니까, 웬 처음 보는 아저씨들이 앉아 있었어요. 대단한 분들이니까 깍듯하게 모시라고 그러는데…… 무서워서 도망쳐 나오다 매니저 오빠한테 잡혀서 맞았어요. 이건 전부 파운데이션으로 가린 상처들이에요."

아현은 극심한 충격에 아무 말도 할 수가 없었다. 숨을 쉬는 것도 잊고 눈을 깜빡이는 것도 잊은 채로 그렇게 한참 동안을 넋이 나간 채로 앉아 있었다.

"매니저 오빠가 다른 사람한테 말하면 가만두지 않겠다고 그랬어요. 특히, 너희들이 입을 함부로 놀렸다가는 대표님이 제일 위험할 거라고 그랬어요."

위험이라는 단어 뒤에 재열이 언급되자 심장이 발작을 하기 시작했다.

아현은 텁텁하게 말라 오는 갈증에 덜덜 떨리는 손을 뻗어 간신히 물 컵을 손에 쥐고 입술을 적셨다.

"대표님 하나 무너트리는 거, 그 사람들한테는 아무 일도 아니라고 그랬어요……. 대표님은 참 좋은 분이세요. 살가운 건 아니지만, 적당한 수입이 없는 연습생 가족들에게 꼬박꼬박 월급을 보내 주실 만큼…… 연습실에 잠들어 있는 제게 조용히 담요를 덮어 주실 만큼…… 그래서 더 무서웠어요. 정말 대표님이 위험해지실 것 같아서……."

무슨 일이 벌어지고 있는 건지, 어떤 끔찍한 일들이 재열의 뒤에서 은밀하게 발톱을 숨기고 있는 건지, 아현은 이성의 끈이 박살 날 정도로 혼란스러웠다.

일단, 당장 해결할 수 있는 문제가 없다고 판단한 아현은 아이들에게 이 일에 대해 일단은 함구할 것을 약속받은 후, 사무실로 올라왔다.

사무실로 올라오는 동안, 발목에 철근이라도 매단 것처럼 걸음을 내딛는 것이 버겁게만 느껴졌다.

"……."

지극히 불안할 때 나오는 증세로 가뜩이나 짧은 손톱을 이로 잘근잘근 씹어 대며 아현은 이 일을 해결할 열쇠를 찾아 고뇌했다.

하지만 열쇠는 쉽게 모습을 드러내지 않았다. 하루하루, 피가 말라 가는 것 같은 고통에 시달렸다. 무엇보다도 재열에게 피해가 갈지도 모른다는 말은 아현을 한시도 불안감에서 벗어나지 못하게 만들었다.

업무들이 손에 잡히지 않았다. 잠도 제대로 이루지 못했고 입맛조차 없어 한 끼도 제대로 먹지 못하고 하루 종일 굶기까지 했다.

며칠 후, 국화에게서 연락이 왔다. 국화는 모자를 얼굴 깊숙이 푹 눌러 쓰고 긴장이 역력한 모습으로 주위를 불안하게 둘러보며 아현의 맞은편에 앉았다.

"그날 이후로 많은 생각을 해 봤어요. 하지만 아무리 이렇게 저렇게 생각해 봐도, 전 딱 한 가지예요. 대표님을 지켜 드리고 싶은 거."

모자를 써서 드린 까만 그림자 밑으로 국화의 굳어 있던 눈빛이 반짝였다.

"대표님은 저의 아빠 같은 사람이에요. 고아여서 아무것도 없는 저를, 자식처럼 보살펴 주신…… 이러나저러나, 제가 무너지는 건 어쩔 수가 없는 것 같아요. 전, 마약을 한 신인 가수로 한동안…… 아니면 평생을 무대에 설 수 없게 되겠죠? 사람들은, 믿고 싶은 것만 믿고, 보고 싶은 것만 보게 될 테니까……."

국화는 하던 말을 잠시 멈추고, 차오르는 눈물을 두 뺨으로 흘려보냈다. 아직 저 많은 눈물을 감당하기에는 너무 어린아이였다.

"대표님에게도 피해는 갈 거예요. 저 같은 애를 가수로 데뷔시켰다고……."

"국화야……."

"이게 도움이 될지 안 될지는 저도 잘 모르겠어요."

국화가 무언가 크게 결의라도 한 듯이 비장한 얼굴로 호주머니에서 녹음기를 꺼냈다.

"혹시 몰라서 속옷에다가 숨기고 들어간 녹음기예요. 그 사람들이 했던 대화들이 담겨 있어요. 들어보니까 딱히 별 내용은 없더라고요. 정 비서님이 그러셨잖아요. 대표님을 지키고 싶다고…… 하지만, 전 어려서 어떻게 해야 할지도 모르겠고, 제가 당사자니까…… 더 모르겠고……."

처음엔 그 매니저를 붙잡고 진실을 캐물으려고 했다. 하지만 아무런 증거 없이 그 매니저를 잡기에는 밑 빠진 독에 물을 붓는 격처럼 터무니없는 짓이라고 생각이 들었다.

증거가 필요했다. 빼도 박도 못하는 증거.

하지만, 국화가 내민 녹음기를 보며 아현은 이 상황을 모두 역전시킬 수 있을 거라고 단언했다.

"그 모든 것까지 밝히면 돼. 우리가. 네가 어쩔 수 없는 상황에 놓였을 뿐이라고. 절망하지 마. 그래도 아직은 사람들은 흥미로운 이야기들 보다는 진실인 이야기들에 더 관심을 보이는 법이니까."

"과연 그럴 수 있을까요? 그 사람들 엄청 무서운 사람들인 거 같던데, 과연 우리가 할 수 있을까요?"

국화의 가느다란 어깨가 비를 맞은 고양이처럼 미세하게 떨려 왔다.

아현은 국화의 옆으로 자리를 옮겨 그런 국화의 어깨를 따뜻하게 감싸 안았다.

"어떻게 돌아가는지 모르겠어요. 하지만 조금만 더 늦으면 정말 대표님이 위험해지실 것 같아요. 매니저가 우리를 가지고 협박했어요. 스폰을 강요하고 마약으로 우리를 잡아 둔 것은 다른 사람이 아닌, 너희 대표가 될 거라고. 그 아저씨들은 그렇게 충분히 만들 수 있다고. 털어서 먼지 안 나오는 놈 없다면서 그렇게 우리 대표님을 털어 버릴 거라고……."

국화는 아현의 품에 안겨 한참을 그렇게 두려움에 떨고 힘겨워했다.

이렇게 착하고 순수한 아이를 이용해 먹는 세상이 너무 잔인하고 야속하게 느껴졌다.

할 수만 있다면 모든 것을 갈기갈기 찢고 무너트리고 싶은 심정이었다.

아현은 목 끝까지 차오르는 눈물을 가까스로 참으며 품에 안겨 있는 국화를 더욱 꽉 끌어안았다.

✽ ✽ ✽

국화가 건네준 녹음기를 손에 쥐고 아현은 긴장감에 자꾸만 메마른 갈증을 달래며 3시가 되기만을 기다렸다. 마침 시곗바늘이 3시 정각을 가리켰을 때, 한 치의 망설임도 없이 사무실을 빠져나와 약속 장소인 카페로 향했다.

그곳엔 미리 연락을 받은 국화 매니저와 점잖게 정장을 차려 입은 남자가 나란히 앉아 아현을 기다리고 있었다.

아현은 호흡을 가다듬고 차갑게 굳어진 얼굴로 그들의 맞은편에 앉았다.

"이렇게 만나 뵙게 되어서 유감입니다. KJY 그룹. 민 사장님 비서 유정기라고 합니다."

남자는 심플한 블랙 지갑에서 자신의 반듯한 명함을 꺼내 감정이 절제된 동작으로 아현에게 건넸다. 하지만 아현은 받을 생각은커녕 그 명함을 물끄러미 내려다볼 뿐이었다. 불쾌함을 숨기지 않고 드러낸 것이다.

순간, 남자의 얼굴에 머쓱함과 살벌함이 깔렸다가 사라졌다. 남자는 아현의 앞자리에 자신의 명함을 내려놓고 친절한 목소리로 말을 이어 나갔다.

"대표님은 잘 계십니까? 예전에 광고 계약 때문에 뵜으니까, 안 뵌 지 한 2년 정도 되었네요."

"그 입으로 감히, 꺼낼 수 있는 분이 아니라는 걸 잘 아실 텐데요."

아현은 KJY 그룹 민 사장 비서인 유정기의 입술 밖으로 재열이 언급되는 것을 노골적으로 꺼려하며 낮게 으르렁거렸다. 그런 아현을 보며 유정기는 비열한 웃음을 입술 끝에 깔아 놓고 테가 없어 사람을 더욱 차가운 인상으로 만드는 안경을 추켜세웠다.

"대표님이 참 듬직한 비서를 두신 것 같습니다. 이렇게 위험을 무릅쓰고 상사 일에 적극적으로 나서는 여비서도 흔치 않은데 말입니다."

"모든 사실을, 고발할 생각입니다."

아현은 더 이상 시답지 않은 대화를 매정하게 끊어 버리고는 손에 들고 있던 녹음기를 보란 듯이 공중에 들고 단호하게 말했다.

유 비서가 그 녹음기를 보며 행여나, 주변에 있는 사람들이 이쪽에 관심을 보일까 봐 경계하며 멋쩍게 웃음을 지었다.

"같은 직종에서 일하는 사람들끼리 너무 야속하게 굴지는 맙시다. 정 비서님."

"뭐라고요?"

"그쪽이 그쪽 보스를 지키고 싶은 것처럼, 저도 제 보스를 지켜야만 하는 것을 모르시지는 않을 테죠."

유 비서가 고개를 까딱거리자 옆에 앉아 있던 매니저가 여태 들고 있던 가방을 테이블 위에 올려놓았다. 그리고는 관심조차 없는 아현의 시야로 가방을 살포시 열어 안에 꽉 차 있는 현금을 보여 주었다.

"약속드리죠. 그 녹음기만 무사히 넘겨주신다면, 김 대표님뿐만 아니라 쇼윈에 대한 모든 것을 없던 일로 마무리 짓기로."

"아니요. 차라리 한여름에 눈이 온다는 피노키오의 거짓말을 믿겠어요."

만만치 않은 상대라는 것을 감지했는지, 유 비서의 숨소리가 제법 거칠어졌다.

"이런 대화가 있더군요. 쇼윈의 대표 김재열은 우리의 샌드백이 될 것이라고."

사실 녹음기에는 없는 대화였다. 하지만 술에 취해 막, 정신을 잃으려던 국화가 그 자리에서 직접 들은 대화의 일부분이었고 아현은 유 비서에게 그 대화의 사실을 자신이 가지고 있는 것처럼 최대한 자연스럽게 굴어야 했다.

전혀 주눅들지 않는 아현의 냉정한 반응에 유 비서는 진심으로 분개가 서린 한숨을 거침없이 내뱉었다. 그리고는 여태 숨기고 있던 본성을 여지없이 드러냈다.

"정 비서님이 이런 식으로 나오시면 진짜 위험한 건, 다른 사람이 아닌 김 대표님이시라는 걸, 정말로 모르시나요?"

"제 보스는 털어도 먼지 한 톨 나오지 않을 분입니다."

재열에 대한 신뢰와 확신이 있었다. 그랬기에 아현은 유 비서의 협박에도 눈 한 번 깜빡이지 않고 대응했다.

하지만 그런 아현의 반격에도 유 비서의 입술 꼬리에 잡혀 있는 옹졸해 보이는 웃음은 여전히 여유가 넘쳐흐르고 있었다.

"전 제 보스를 지키기 위해서, 고작 터는 걸로 끝내지 않습니다."

"그딴 협박. 저한테 안 통해요."

"먼지? 그깟 걸로 한 사람을 끝장낼 수는 없는 법이죠. 어떤 수단과 방법을 써서 라도 지킵니다. 전, 제 보스와 저의 위치."

살벌함이 서려 있는 유 비서의 눈동자에서 아현은 불길한 예감을 떨어트릴 수가 없었다.

"자, 이제 지켜보세요. 정 비서님. 당신이 얼마나 약한 존재인지. 그 약한 존재가 주제 파악 못하고 나대다가는 과연, 누가 다치는지도."

유 비서가 더 이상 미련 없다는 듯이 테이블 위에 올려놓은 가방을 들고 일어났다.

한 번도 뒤돌아보지 않고 카페를 빠져나간 유 비서는 나가자마자 재킷 안주머니에서 휴대전화를 꺼내 어디론가 전화를 걸고 있었다.

그러다 뒤를 돌아 자신을 바라보고 있는 아현을 보며 기분 나쁘게 비소를 지었다.

"그냥 그 녹음기 순순히 드리는 게 좋으실 거예요. 정 비서님. 안 그러면 정 비서님뿐만 아니라, 대표님이 정말 위험해지세요."

그때, 시종일관 유 비서 옆에 앉아서 두 사람의 대화를 듣고 있던 매니저가 나지막하게 아현을 달랬다. 아현은 원망이 가득한 눈동자로 그런 매니저를 마주했다.

"당신도 죗값 톡톡히 치르게 해 줄 거예요."

"저 사람들. 그냥 단순히 기업 운영하는 사람들 아닙니다."

아현이 다시 뒤를 돌아 창밖에서 이쪽을 바라보며 전화 통화를 하는 남자의 얼굴을 바라보았다.

두 눈을 얇게 뜨고 남자의 입 모양을 아현은 날카롭게 주시했다.

"뭐라구요?"

"대표님은 그걸 알고 계셨고, 그래서 광고 계약도 모두 취소하시고⋯⋯ 물론, 저도 돈에 눈이 멀어서 이런 짓을 했다만, 저 사람들은 자신의 회사를 지키기 위해서 물불 안 가리는 사람들이에요."

"물불 안 가리다니요?"

"말 그대로입니다. 어쩌면, 정 비서님은 대표님을 이대로 잃을 수도 있다는 뜻입니다."

"대표님을 이대로 잃을 수⋯⋯."

말을 내뱉는 순간, 온몸으로 몰아닥치는 불길한 예감에 아현은 자리를 벅차고 일어났다.

언제, 어디로 갔는지 온데 간데없이 사라진 유 비서의 행방에 거세게 파동 치는 불안감을 뒤로하고 택시를 잡으려고 돌아선 순간이었다.

퍽!

둔탁한 무언가가 머리를 내려쳤고 아현은 그대로 정신을 잃고 말았다.

＊　　　　＊　　　　＊

정신이 희미하게 들었을 때 주변에서 느껴지는 이질감이 불쾌하게 느껴졌다. 아현은 천근만근 같은 눈꺼풀을 버겁게 들어 올리며 짙은 어둠이 깔려 있는 낯선 이곳을 눈동자로 연신 더듬거렸다.

두 팔은 묶여져 있었고 입술에는 두꺼운 테이프가 붙여 있었다.

"저 사람들. 그냥 단순히 기업 운영하는 사람들 아닙니다."

현재 놓인 최악의 상황을 보니 그 매니저가 대충 어떤 의미에서 그런 말을 했는지 짐작이 갔다.

행여나 재열에게 위급한 일이라도 닥칠까 싶어 카페에서 나오자마자 유 비서를 찾았고 그 순간, 둔탁한 무언가가 자신의 머리를 내려쳐 기절을 했다.

유 비서의 치졸한 계략에 아무 대응도 못 하고 넘어갔다는 분통함이 자신이 어떻게 될지도 모른다는 두려움보다 컸다.

아현이 밧줄에 묶인 몸을 바둥거렸지만 꼼짝도 하지 않았다. 아무리 발악을 해도 변할 상황은 없다는 것을 느끼며 괜히 힘을 빼지 말지 않기로 체념했다.

어둠에 익숙해진 시야로 본 이곳은 사람들의 인적이 드문 허름한 창고 같은 곳이었다. 작은 창문 하나 없는 밀폐된 창고에서는 지금이 몇 시가 되었는지도 가늠할 수가 없었다. 끌려오면서 쓸렸는지 무릎도 욱신거리고, 머리가 깨질 것처럼 아려왔다.

모든 것이 엉망진창이었다.

맨 처음 국화 매니저를 찾아가 당신들이 저지르고 있는 것들을 멈추고 죗값을 치르라고 경고했다.

하지만 그 매니저는 곧, 음성의 주인공인 민 사장 비서 유정기를 찾아가 모든 상황을 말하고 말았다. 그래서 결국 이런 최악인 결과가 나온 것이다.

처음부터 그런 자잘한 희망 따위는 가져서는 안 되는 거였다.

그런 쓰레기만도 못한 사람들에게 기회 같은 것을 주어서는 안 되는 거였다.

어리석고 미련했던 자신의 선택에 극심한 후회가 몰려왔다, 하지만 이제 와서 돌이킬 수 있는 것은 아무것도 없었기에 그마저도 부질없는 짓일 뿐이라는 생각이 들었다.

목이 타들어 갈 것 같은 역한 갈증을 느끼며 괴로움과 사투를 버리고 있던 아현의 시야로 갑작스럽게 환한 빛이 들어왔다. 순간, 공격적인 빛줄기에 아현이 눈을 찌푸렸다.

"일어나셨어요? 정 비서님."

비아냥거림이 한층 실린 유 비서의 목소리가 들려왔다. 아현은 분노가 어린 눈빛으로 유 비서를 노려보았다. 유 비서는 모든 상황이 자신에게 유리하다는 듯한 오만한 눈빛으로 아현을 내리깔아 보았다.

"아, 테이프 때문에 대답을 못 하시는구나. 난, 아직도 카페에서처럼 건방을 떨고 계시는 줄 알았네."

좌악. 유 비서가 조금의 배려도 없이 아현의 입을 막고 있는 테이프를 뜯어냈다. 살결이 뜯겨 나가면서 입술에서 피가 나는 것처럼 아팠지만 아현은 그 작은 신음 소리조차 내지 않았다.

"상사에 대한 정 비서님의 충성심이 위대해서 눈물이 다 날 지경이네요. 그 쥐꼬리만 한 월급 받으면서 뒤치다꺼리하는 게 전부인 주제에 무엇 때문에 이렇게 김 대표를 지키려고 쓸데없는 저항을 다 하십니까, 하시기를?"

"지금 제가 가지고 있는 음성 가지고 가 봤자, 소용없어요. 이미 여기저기에 복사본을 다 저장해 둔 상태거든."

"아, 그거 필요 없어요. 이제."

유 비서가 쓰고 있던 안경을 벗어 손수건으로 닦으며 여유롭게 말했다. 예기치 못했던 유 비서의 반응에 아현은 상황이 잘못 돌아가고 있음을 깨달았다.

"뭐라고요?"

"김 대표님이 지금 여기로 오실 거거든요. 정 비서님하고는 말이 좀 안 통하는 것 같아서, 김 대표님을 불렀어요. 저희는 김 대표님과 흥정을 할 생각입니다."

재열이 이곳에 오고 있다는 유 비서의 말에 아현은 깊은 절망감에 빠졌다.

이곳은 깊은 구멍을 파 놓아 쉽게 헤쳐 나갈 수 없는 함정이었다.

재열이 이곳에 오는 순간, 모든 상황들은 유 비서가 원하고 유리한 방향으로 흘러가게 될 것이 분명했다.

"김 대표가 협박하던데요? 정 비서님 털끝 하나라도 건드리면 자기가 절대 가만두지 않을 거라고. 그래서 우리는 정 비서님은 절대 건드리지 않기로 다짐했어요."

어쩐지 말의 맥락이 묘했다. 아현은 재열이 당하게 될 치욕과 위험이 두려워져 눈물이 차올라 붉게 충혈된 눈으로 유 비서를 원망스럽게 쏘아 보았다.

유 비서가 재킷 안에서 울리는 휴대전화를 받았다.

"그래? 알았어."

전화를 끊은 유 비서가 자리를 털고 일어났다.

"우리 김 대표님이 도착을 하셨다고 하시네. 정 비서님도 함께 가 주셔야 할 것 같습니다."

"당장, 모두 다 그만 둬!"

있는 힘을 다해 악다구니를 치는 아현의 입을 다시 청 테이프로 틀어막은 유 비서는 뒤에서 대기를 하고 있는 직원들에게 턱짓을 해 보였다.

직원 두 명이 안으로 들어와 투박한 손길로 아현을 일으켜 세웠다.

가지 않으려고 몸부림치는 아현을 가볍게 들어 올린 그들은 아직 영업 전인 듯 보이는 유흥업소의 복도를 지나 한 룸 안으로 들어갔다.

"아현 씨!"

룸 안으로 끌려 들어오는 아현을 향해 달려온 재열은 옆에 서 있는 두 남자를 가볍게 제압하고 그대로 아현을 제 품 안으로 끌어안았다.

"미안해요. 늦게 와서."

아현은 자신을 온몸으로 끌어안는 재열의 따뜻한 품에서 얼른 빠져나왔다. 그리고는 두려움과 눈물이 가득 찬 눈망울로 재열을 올려다보았다. 재열은 아현의 입을 틀어막고 있는 청 테이프에 절망했다.

가느다랗게 떨려 오는 커다란 손으로 아현의 뺨을 애틋하게 어루만졌다.

그녀를 지켜 주겠다고 그 수많은 밤을 약속하고 또, 결심했 었다.

하지만 아현을 이렇게 위험한 기로 위에 서게 만들고 지키 지 못했다는 죄책감에 재열은 가슴이 뜯겨져 나가는 것처럼 고통스러웠다.

"눈물겨운 재회는 이쯤에서 그만두시고 본론을 좀 말하고 싶은데."

보초를 서고 있는 직원들을 물리고 유 비서가 앞으로 나왔 다. 재열은 품에 안고 있던 아현을 자신의 뒤로 세우고 유 비 서를 마주했다.

오한이 들 정도로 재열의 눈동자는 시퍼런 살기가 가득했 다.

여태, 시종일관 여유가 넘쳐 있던 유 비서마저 움칠할 정도 의 짙은 살기였다.

"김 대표님의 비서가 우리 사장님을 능멸시키려고 하기에, 좀 혼내 준다는 것을 이렇게까지 하게 되어 죄송하다는 말씀, 먼저 드리겠습니다."

"닥치고 원하는 걸 말해."

재열은 금방이라도 유 비서에게 달려들어 물어뜯어 버릴 사나운 기세로 말했다. 그 어떤 것에도 범접할 수 없는 그의 살벌함에 유 비서는 살짝 당황함을 감추지 못하고 안경을 추켜세웠다.

"정 비서님이 복사해 두었다는 이 음성들을 모두 삭제 시켜 주시고, 약속을 하나 해 주셨으면 좋겠습니다. 지금 저희 회사에서 지지를 해 드리고 계신 대선을 앞둔 분의 비자금 비리가 터지려고 하는데, 그걸 김 대표님께서 언론에 다른 미끼를 던져 주셨으면 싶어서요."

"……."

"정 비서님 살리시는데, 배우 하나 죽인다고 손해 볼 건 없는 거 아닙니까?"

재열의 옷깃을 잡아당기며 아현은 그러지 말라고 아우성쳤다.

재열은 아무 미동도 보이지 않고 그저 뒤에 서 있는 아현의 손을 더욱 꽉 감싸 쥐었다.

"설마, 지금 망설이고 있는 중이신가요? 김 대표님?"

"어. 그렇다면?"

"이거 우리 정 비서님이 억울해서 어쩌나, 우리 정 비서님은 대표님을 위해서라면 목숨까지 바칠 각오가 되어 있으시던데, 우리 대표님은 자신의 명예에 똥물 한 방울 튈까 무서워 고민을 하고 있는 중이시라니."

"누가 그 고민을 한다고 그랬나?"

"……."

"누굴 먼저 짓밟아 이 바닥에 두 번 다시는 발도 들여놓지 못하게 만들어 버릴까, 고민하고 있는 거야."

"뭐?"

"넌 밟아 봤자 내 발만 더러워질 것 같고, 아무래도 네가 잘 못된 충성심을 길들이고 눈을 멀게 만든 민 사장이 좋겠지?"

"이 자식이 뭐라는 거야?"

"멍청하긴. 그 매니저를 돈으로 샀으면서 아직도 모르겠어?"

유 비서의 얼굴이 전혀 조심성도 없이 굳어졌다.

"나도 돈으로 살 수 있다는 거야. 그 정도의 돈은 나한테도 있거든."

재열의 협박에 유 비서가 반쯤 실성한 웃음으로 분노를 참고 있었다.

"내가 그 새끼를…… 깜빡하고 있었네. 박쥐 같은 새끼."

그때 남자 하나가 다급하게 유 비서에게 달려와 귓속말로 무언가를 속닥였다. 일순간 유 비서의 얼굴에 격한 근심이 깔렸다가 사라졌다.

"이대로는 통 억울해서 내가 그냥 못 보내 주겠네. 우리 김 대표님."

유 비서가 뻣뻣한 고갯짓을 하며 뒤로 물러서 룸을 빠져나간 순간이었다.

"안 돼…… 안 돼애."

버석하게 메마른 아현의 입술 밖으로 외마디의 고통스러운 신음이 터져 나왔다. 유 비서 뒤에서 나타난 검은 인영은 그대로 재열을 무너트렸다.

그리고 그 뒤에 있는 아현에게도 손을 뻗었지만 주저앉아 있는 재열이 남자를 막고 섰다.

또 한 번 그 첨예한 칼날은 재열의 몸을 깊숙이 찔렀다가 빠졌다.

"넌, 이 사람 머리털 한 끝도 못 건드려……."

턱의 뼈가 다 도드라지게 보일 정도로 재열은 악에 받쳐 저항했다.

남자는 완강한 재열의 저항과 뒤에서 들려오는 요란한 경찰 사이렌 소리에 혼란해하며 모든 것을 포기하고 그대로 달아났다.

칼이었다.

날카롭고도 첨예한 칼이 재열의 여린 살을 역방향으로 깊게 두 번 정도 쑤셔 되었다.

한 번도 경험해 본 적 없는 그래서 절대 익숙해지지 않을 살이 도려 나가는 고통은 건승했던 재열을 한순간에 무너트려 버렸다.

손가락 사이사이를 비집고 스며드는 피는 그야 말로 처참했다.

주변에 공존하고 있는 모든 시간들이 잔인하다고 느껴질 정도로 느릿하게 흘러갔다. 아현은 차가운 바닥으로 쓰러져 고통에 몸부림치는 재열을 그대로 끌어안았다.

"아…… 안 돼. 안 돼! 대, 대표님! 대표님!"

재열의 옆구리에서 나온 붉은 피는 금세, 재열의 하얀 와이셔츠를 적시고 아현의 원피스를 물들였다.

한순간의 잘못된 선택이 재열을 최악의 상황으로 등을 떠미는 것만 같아 죄책감에 아현은 억장이 무너져 내렸다.

아현은 그대로 재열을 품에 안았다.

"안 돼요, 안 돼요. 대표님!"

아현에 품에 안겨 숨을 위태롭게 헐떡이던 재열은 피로 범벅이 된 손을 버겁게 들어 올려 아현의 뺨을 타고 내려오는 눈물을 닦아 주었다.

붉은 피가 묻은 그의 손이 너무 차갑게만 느껴져서 아현의 억장을 또 한 번 무너트리고 있었다. 아현은 자신의 뺨 위에 머물러 있는 재열의 손을 그대로 감쌌다.

항상 잡고 싶던 손이었다. 단 한 번도 놓치고 싶지 않은 손길이었다.

아현은 그런 재열의 손을 감싸며 여태, 꽁꽁 숨겨 놓았던 그 말을 눈물과 후회에 젖은 목소리로 내뱉었다.

"사랑해요……."

"……."

"사랑한다고요……. 이제야 말해서 미안해요. 너무 오랜 시간을 기다리게 해서 미안해요. 기다리게 한 만큼, 더 많이, 더 오래 사랑할 수 있게 내게 기회를 줘요. 절대, 이대로 떠나면 안 돼요. 절대."

❈ ❈ ❈

"아오, 대표면 다야? 아, 상사면 다냐고!"

막 퇴근을 하고 엘리베이터를 기다리고 있던 재열은 비상구 문을 열고 들어오며 나지막하게 불만을 터트리는 아현의 어눌한 목소리가 들리는 방향으로 고개를 돌렸다.

평소 온순한 성격과는 다르게 조금 괴팍한 힘으로 핸드백을 책상 위에 던져 놓은 아현은 PC키를 연속으로 누르며 분노를 표출했다.

"그렇게 급한 거면, 자기가 좀 직접 하시든가, 아니, 퇴근하고 회식하고 있는 나를 꼭 시켜야겠어?"

급하게 받아 볼 보고서 메일을 부탁한 것이 화근이라면 화근이었던 모양이었다.

"기왕 이렇게 된 거. 내일 오전에 올리려던 보고서까지 올리고 가는 게 낫겠다. 그리고 내일 조금, 더 자야지."

아현은 술을 마셔서 그런지, 아니면 화가 나서 그런지 붉게 달아올라 있는 얼굴로 입술을 삐죽거리며 보고서를 인쇄했다.

아무리 화를 내도 속에서 부글거리는 억울함이 해소가 되지 않는 모양이다.

아현은 인쇄가 되어 가고 있는 보고서를 뒤로하고 탕비실로 가서 시원한 냉수 한 컵을 단숨에 들이켰다.

"아니, 이 쌀쌀한 날씨에 얼음은 또 웬 말이야?"

무심결에 냉장고를 열어 보았을 때, 텅 비어 버린 얼음 통에 또 불만을 하며 아현은 물을 담아 얼렸다.

"그러니까, 독감이 걸리지. 그러니까, 무슨 애도 아니고 왜 뜨거운 걸 못 먹어?"

재열은 그런 아현을 기둥 뒤에서 숨을 죽이고 바라보았다. 적성에 안 맞게, 몰래 훔쳐보는 꼴이었지만 선뜻 다가가고 싶은 마음은 없었다.

처음 보는 그녀의 취기가 있는 모습도, 평소에는 눈도 제대로 마주치지 못하고 숨소리만 들어도 움칠하던 그녀가 저렇게 목에 핏대까지 세우며 남몰래 대들고 있는 모습이 괘씸하기보다는 귀엽게 느껴졌다.

인쇄가 다 된 보고서를 정리한 아현이 불이 꺼져 어둠만 깔려 있는 대표실 문을 예의 바르게 노크하다 말고 피식, 웃음을 터트렸다.

"이놈의 습관이 이렇게 무서워요. 안에 아무도 없는 거 뻔히 알면서 웬 노크……."

아현이 대표실 문을 열고 들어갔다.

"참, 잘생기긴 더럽게 잘생겼어!"

상냥함이 배제되어 있는 아현이 시큰둥한 목소리가 대표실 안에서 작게 울렸다. 재열은 흥미롭다는 듯이 입꼬리를 낮게 들어 올렸다.

"이런 인물로 배우나 하지, 왜 대표를 해 가지고 날 이렇게 힘들게 만들어. 만들기를!"

딱히 듣기 거북한 불만은 아니었기에 재열은 자신도 모르게 입가에 만족스러운 미소를 띠었다.

그 뒤로도 몇 마디의 불만을 더 토해 내고 나서야 아현은 대표실 문을 열고 나왔다.

그러다 갑자기 주머니에 넣어 두었던 휴대전화를 꺼내 들어 어딘가로 문자를 보내기 시작했다.

그녀가 들고 있던 휴대전화를 다시 바지에 집어넣는 순간, 재열의 손에 들려 있던 휴대전화가 짤막하게 몸을 떨었다.

〈보고서 메일 보내 드렸습니다. 내일 일교차가 심해서 저녁때 는 상당히 추울 수 있대요. 옷 따뜻하게 입고 오시고요. 내일 뵙 겠습니다!^^〉

"제발, 따뜻하게 입고 오셔서 이번에는 꼭 감기 넘어 가시 길 바랄게요. 대표님."

그녀가 가방을 주섬주섬 챙겨 들며 걱정 어린 목소리로 그 렇게 중얼거리고 올라왔던 비상구 문을 열고 사라졌다.

"……"

그녀가 사라지고 굳게 닫힌 비상구 문을 바라보며 재열은 얼굴 가득 미소가 자꾸만 번져 가는지도 모른 체로, 문자를 읽 고 또, 읽었다.

"재열이 웃는다. 좋은 꿈을 꾸고 있나 봐."

연주의 말마따나 재열의 버석하게 마른 입술 끝에는 희미한 미소가 떠올라 있었다. 다행히 급소를 피한 재열은 무사히 응급수술을 맞춘 그는 마취에서 잠시 깨어났다가 다시 잠이 들었다.

의사의 말로는 빠른 회복 중이라고 했지만, 아현은 여전히 곤히 잠들어 있는 재열이 영원히 깨어나지 않을 것 같은 두려움에 떨었다.

아무것도 바르지 않은 그의 부드러운 머릿결에 살짝 열어 놓은 차디찬 바람에 맥없이 나부꼈다.

행여나, 재열이 감기라도 걸릴까 싶어, 창가로 다가가 열려 있던 창문을 조심스럽게 닫고 돌아와 재열의 곁에 머물러 앉았다.

"가서 점심이라도 먹고 와. 아현아. 여긴 내가 보고 있을 테니까, 그러다가 너 쓰러져."

재열의 소식에 피가 마를 정도로 절망했던 연주의 걱정에도 아현은 꼼짝 없이 그 자리에 앉아 있었다.

"아현아……."

재열이 수술을 들어가고 나서부터 아현은 꼬박 하루를 단 한순간도 재열에게서 떨어지지 않았다.

"아니에요. 전 괜찮아요."

아현은 침대 위에 힘없이 늘어져 있는 재열의 손을 두 손으로 소중하게 감쌌다. 아현과 함께 재열의 곁을 지키고 있던 은석이 연주를 데리고 조용히 병실을 빠져나갔다.

적막한 병실에 퍼지는 재열의 일정한 숨소리가 그나마 아현을 위로했다.

금방이라도 일어나 왜 우냐고 물어보며 자신을 끌어안아 줄 것만 같아 아현은 자꾸만 울컥, 하고 치미는 감정을 참고 또, 참았다.

너무 오랜 시간을 혼자 두었던 그를 더는 혼자 두고 그 어디에도 가고 싶지 않았다.

지난날 아팠던 자신의 곁을 밤새도록 떠나지 않고 지켜 주었던 그처럼, 그래서 자신이 눈을 떴을 때, 나를 누군가는 애타게 기다리고 있구나, 하고 절실하게 느끼게 해 줬던 것처럼, 그에게도 그 모든 것을 느끼게 해 주고 싶었다.

당신은 내게 너무 소중한 사람이라는 거,

내겐 당신이 꼭 필요하다는 거,

내가 당신을 너무 사랑하고 있다는 거,

"빨리 말해 주고 싶으니까, 얼른 일어나 줘요."

코끝을 스치는 비릿한 냄새에 머리가 지끈거려 왔다. 재열은 관자놀이를 손가락으로 지그시 누르며 굳게 감고 있던 시야에서 서서히 어둠을 거두어 냈다.

버거움에 반개한 눈동자로 재열은 주변을 천천히 훑었다.

지독히도 꺼려했던 병원이었다.

"……."

정신을 잃기 마지막 순간에, 절규에 가까운 아현의 희미한 고백이 몇 번이고 재열을 흔들어 깨우는 것 같았다.

자신이 잘 들은 것이 맞는다면, 재열은 아현에게 그토록 오랫동안 사무치게 듣고 싶었던 그 말. 사랑한다는 그 말을 분명 들었다.

그 순간, 가장 고통스러웠던 건 첨예한 칼날로 들쑤신 깊게 베인 살결의 상처가 아닌 멈춰져 버린 자신의 세상이었다.

숨을 쉬는 것조차도 괴로울 정도로 들쑤시는 상처를 가만히 내려다보던 재열은 자신의 다리 밑 귀퉁이에서 곤히 잠들어 있는 아현을 발견했다.

누가 업어 가도 모를 정도로 고단하게 잠에 빠져 있는 아현의 눈가는 눈물로 촉촉이 젖어 있었다.

자신으로 인해, 또 한 번 세상이 무너지는 두려움에 시달렸을 그녀를 생각하니, 그 어떤 고통보다 더 잔인하게 재열의 마음을 조여 왔다.

거추장스럽게 자신을 끌어당기는 링거를 뽑아내고 조금만 움직여도 허를 찌를 것 같은 고통을 어금니를 꽉 깨물고 참아 내며 침대에서 내려온 재열이 아현의 빈 옆자리를 채웠다.

"……."

그리고 침대에 엎드려 있는 그녀의 옆으로 함께 얼굴을 엎드려 마주했다.

지척에서 말간 아현의 얼굴을 향해 재열은 살며시 손을 뻗었다. 언제나 닿을 듯 말 듯, 손을 뻗으면 달아나던 그녀가 손끝에서 그대로 머물러 있었다.

살결이 간질거리고 가까이서 들려오는 재열의 숨소리를 느꼈는지, 지그시 감겨 있던 아현의 눈이 천천히 떠졌다.

"오랜만에 보는 거 같네요."

녹녹한 재열의 목소리가 아현의 귓가로 조용히 스며들었다. 아현은 아려 오는 마음을 감싸며 재열의 향기가, 아직 고르진 않지만 그래도 익숙한 숨소리와 목소리가 가까이 있다는 것에 감사했다.

"아현아."

그의 부름에 뿌옇던 세상이 밝아졌다.

재열이 조심스럽게 손을 올려 아현의 뺨 위에 흘러내린 뜨거운 눈물을 닦아 냈다.

"나 보고 싶었어요? 난, 정아현 씨 무지 보고 싶었는데."

아현은 대답 대신 조용히 눈을 감고 그대로 재열의 입술 위로 자신의 입술을 포개었다.

그의 입술은 평소 상상했던 것보다 훨씬 더 따뜻하고 촉촉했다.

뺨을 흠뻑 적신 눈물을 닦아낼 여유조차 주지 않을 만큼, 그의 입술은 달콤했다.

비로소 지금 이 순간이 꿈이 아닌, 그토록 간절히 원하던 현실이라는 것이 절실히 느껴졌다.

"대답을 해 줘야 할 것 같아서."

재열이 자신의 입술에서 아현의 입술을 떼어 냈다. 그리고는 소중한 것을 만지는 것처럼, 뺨을 두 손으로 감싸 안았다.

"나도 사랑해요."

"……."

"단 한 번도 사랑하지 않았던 순간이 없을 만큼. 사랑합니다."

"사랑하면 안 되는 줄 알았어요. 그래서 계속 밀어냈어요. 나 같은 애가, 감히 욕심을 내서는 안 되는 사람이었으니까…… 하지만 이제 아니에요."

자신의 뺨을 어루만지는 재열의 손등을 아현은 애틋하게 만지며 몇 번이고 살아 있는 재열의 살결을 느꼈다.

"욕심, 내 보고 싶어요. 간절히 원하고 또 원해요. 당신을. 그러니까, 두 번 다시는 내 곁을 떠나지 말아요."

눈물로 고백하는 아현의 뺨을 애틋하게 어루만지던 재열의 입술이 다시 한 번, 천천히 아현에게로 향했다.

추운 겨울날, 꽁꽁 얼어붙은 몸을 녹이는 따뜻한 아랫목처럼, 파고드는 그의 숨결에 잔뜩 굳어 있던 아현의 몸이 서서히 녹아내리기 시작했다.

자신의 입안을 헤집고 스며드는 그의 부드럽고 뜨거운 것이, 아현은 감당되지 않을 만큼 좋았다.

이 시간이 오래도록 머물러 있음을 소망한다.

오롯이 그만 사랑할 수 있는 지금 이 시간이. 오롯이 그가 나를 사랑할 수 있는 지금 미치도록 소중한 시간이. 그가 나를 끌어안고, 내가 그를 끌어안을 수 있음을 허락한 이 시간이.

영원히 떠나지 않기를 간절히 바라 본다.

　에필로그

　—다음 소식입니다. 한동안 국민들을 노여움으로 들끓게 만든 KJY 그룹 민 사장의 악행이 수면 위로 드러나며 수사에 임한 검찰이 민 사장에 구속영장을 청구하였습니다. 반면, 민 사장에게 거액의 돈을 받고 함께 범행을 저지른 후, 모든 증거들을 피해자 쇼윈 김재열 대표에게 또 다른 거액을 받고 넘긴 뒤, 행적을 감추었던 매니저 이모씨와 민 사장의 비서 유모씨를 어제 오후, 경기도 한 고시텔에서 체포했습니다.

　사람들은 한동안 영화나 드라마에서 있을 법한 일들이 실제로 일어났다며 그들의 죗값을 운운하며 입을 모아 떠들어 댔다.
　하지만 언제나 그렇듯 그 사건은 사람들의 머릿속에서 점점 잊혀 갔고 아현과 재열도 그들과 별다를 바 없는 평범한 일상으로 돌아왔다.

아니, 더 이상 평범한 일상은 아니었을지도 몰랐다.

"자리를 너무 오래 비운 것 같은데 이제 그만 회사로 들어가 봐야 하지 않을까요? 대표님."

손목에 찬 시계를 바라보며 초조하게 묻는 아현의 손을 꽉 맞잡고 자신의 코트 주머니 안에 집어넣은 재열은 어제는 풍풍 굵직한 눈송이들을 쏟아 붓더니 오늘은 제법 화창한 겨울의 하늘을 올려다보며 그가 덤덤하게 말했다.

"이렇게 땡땡이쳐도 혼낼 사람 하나 없는데 뭘 그렇게 걱정해요. 대표가 땡땡이친다고 누가 혼을 내요?"

그의 작위적이지 않은 붉은 입술 사이에서 뽀얀 입김이 넘실거렸다.

"어디서 많이 들어 본 말이네요."

사실 회사에 들어가고 싶지 않은 건 아현도 마찬가지였다. 같은 사무실에 있다 하더라도 어쨌든 대표실이라는 문을 사이에 둔 이상은 어쩐지, 재열과 다른 공간에 있는 것만 같아 아쉽고 싫었다.

재열과 떨어져 있는 시간은 단 몇 초라도 애석하게만 느껴졌다.

"여기서 사진 찍을래요?"

앙상한 나뭇가지에 눈꽃이 옹기종기 피어 있는 나무를 가리키며 재열이 화사하게 웃었다.

"주변에 지나다니는 사람에게 부탁해 보시죠? 가로로 한 번, 세로로 한 번, 나무 꼭대기까지 다 보이게 찍어 달라고."

"다른 거 필요 없는데, 난 우리 아현 씨 얼굴만 제대로 나오면 되는데."

재열이 휴대전화를 아현의 얼굴에 바짝 들이미는 짓궂은 장난을 쳤다.

"와, 근데 이 여자 분은 누구 여잔데 이렇게 하루가 멀다 하고 점점 예뻐지는 거죠? 불안하게?"

점점 능청스러운 연기가 늘고 있는 재열이었다. 아현은 행여, 지나가는 행인 누군가가 듣기라도 했을까 싶어 주위를 산란하게 살폈다.

"다들 내 말에 인정할 겁니다."

끝까지 낯간지럽게 나오는 재열을 못 말린다는 듯한 미소를 지으며 팔을 휘적거리며 얼굴을 막았다.

"혹시, 남자 친구 있으세요?"

재열이 사선으로 걸으며 여전히 휴대전화 동영상을 들이밀고 취재하듯이 물었다.

"그러다 넘어지세요."

"대답해 봐요. 남자 친구 있어요. 없어요."

아랑곳하지 않고 계속해서 장난을 걸어오는 재열에 아현이 백기를 들고 장난에 응해 줬다.

"있어요. 근데 그 질문은 왜 하세요? 혹시, 없으면 저한테 작업이라도 거실라고요?"

"네. 그러려고요. 그런데, 그 남자 친구가 많이 멋져요?"

"아마, 보시면 깜짝 놀라실 걸요?"

"아, 혹시 매일 그 옆에 붙어 있던 남자가 남자 친구 맞아요?"

아현이 눈을 굴리며 생각하는 척하다가 얼굴 가득 만연한 웃음을 지으며 당당하게 고개를 끄덕였다.

"네. 매일 제 뒤꽁무니를 껌 딱지처럼 쫓아다니시는 분 계세요."

"아, 알아요. 훤칠하던데? 웬만한 남자들은 감히 시도해 볼 엄두도 안 날 만큼?"

재열의 뻔뻔스러운 자기 자랑에 아현이 함박웃음을 터트렸다.

"어쩜, 그렇게 얼굴색 하나 안 바뀌고 자기 자랑을 하세요?"

"진심을 말할 땐, 얼굴색이 잘 바뀌지 않는 법이죠."

"이제 그만해요. 손잡고 싶으니까."

아현의 말에 재열이 휴대전화를 재킷 안에 넣고 손을 뻗었다. 그 손을 아현이 두 손으로 소중하게 움켜쥐었다. 그리고는 재열의 듬직한 팔에 머리를 살포시 기대고 최대한 걸음을 늦추었다.

자신이 부리고 싶은 늦장만큼이나, 그와 함께할 시간도 그렇게 늦장을 피워 달라고 속으로 조용히 바랐다.

"안 추워요?"

다정함이 스며든 재열의 물음에 아현이 있는 힘껏 고개를 내저었다.

"아니요. 추워요."

"진작 말하지 그랬어요."

재열이 코트 단추를 풀고 아현이 들어올 수 있는 공간을 만들었다.

"안아 줘요."

"네. 안아 드릴게요."

아현은 조금의 주춤거림도 없이 마지막 남은 퍼즐의 한 조각처럼 그대로 재열의 품 안으로 깊숙이 파고들었다.

"그런데 말이에요."

"네."

"언제까지 대표님이라고 부를 거예요?"

"네?"

"세상에, 남자 친구를 부를 수 있는 아주 좋은 호칭들이 많은데."

"……."

"예를 들면, 자기라든지…… 그게 조금 부담스러우면 오빠라든지."

입은 웃고 있지만 목소리는 전혀 웃고 있지 않은 덤덤한 모습으로 재열이 아현을 더욱 꽉 끌어안으며 말했다.

"해 봐요. 재열 오빠."

❋   ❋   ❋

"너무 무리하시는 거 아니에요?"

저번 주에 갖게 된 상견례에서 결혼 날짜를 잡은 연주는 웨딩 촬영을 위해 극단적인 다이어트를 실행했다. 그녀는 고작 방울토마토 열 개와 아몬드 몇 개로 점심을 때우고 벌써 두 컵째 맹물을 들이켜고 있었다.

"결혼 날짜를 생각 없이 너무 일찍 잡아 버렸어. 그러고 보면 박은석은 나 눈곱만큼도 생각 안 해 줘. 아니, 못해도 살 뺄 시간은 좀 줘야 하는 거 아니야?"

반나절 사이에 부쩍 야위어진 것 같은 연주가 우울한 목소리로 투덜거렸다.

"하루라도 빨리 팀장님과 함께 있고 싶으신가 보죠."

"그래도 요즘 예쁜 게, 담배를 잘 참고 있어. 금연한지 벌써 두 달이나 넘어가."

은석을 흐뭇해하며 자랑하는 연주에게 은근히 지고 싶지 않은 마음이 들어 아현이 살며시 턱을 추켜세운 자세로 입술을 떼어 냈다.

"저희 대표님은 벌써 6개월이 넘어가시는데. 말씀으로는 그러시더라고요. 저 다시 회사 입사한 날, 백반집에서부터 금연 시작하셨다고. 저 상관하지 말고 피우라 말씀드렸는데도, 간접흡연이 그렇게 나쁘다며 길거리 지나가다가 날아오는 담배까지 물러 주세요."

"그렇게 좋냐? 아주, 그냥 눈에 콩깍지 제대로 씌었구만?"

"콩깍지만 보이세요? 꿀도 떨어지고 있는 중일 텐데."

아현이 자신의 눈을 크게 뜨며 들뜬 목소리로 말했다. 연주가 흐뭇함이 만연한 얼굴로 아현의 볼을 아프지 않게 꼬집었다.

"너만 연애하냐? 어? 너만 연애해?"

"저만 연애하는 기분이에요. 꼭."

"역시 너는 사랑받을 때가, 누군가를 사랑할 때가, 가장 좋아 보인다."

"행복하셔야 돼요. 팀장님."

"그럼. 너도 당연히 행복해야 되고 재열이가 못 해 주면 당장 말해. 내가 등짝 스매싱을!"

"그 손을 평생 쓸 일은 없으실 거 같네요."

"또 남자 친구 자랑이냐?"

"아마, 눈만 뜨면, 입만 열면 하게 될 걸요? 남자 친구 자랑. 요즘엔 그게 제일 할 만하더라고요."

능청맞은 아현의 반응에 연주가 오글거린다며 밉지 않게 흘겨보더니 몸서리를 쳤다.

❊   ❊   ❊

"그런데 아까부터 표정이 왜 그러세요?"

아현은 자신이 해 준 해물찜을 먹으면 먹을수록 표정이 오묘하게 바뀌어 가는 재열을 의아해하며 물었다. 해물 찜의 양은 전혀 줄어들지 않았는데, 벌써 밥을 한 그릇 반이나 먹은 것도 이상했다.

"제 표정이 왜요?"

입만 웃고 있는 재열이 미더덕 하나를 입에 쏙 집어넣더니, 옅은 비명과 함께 그대로 뱉어 냈다.

"아, 뜨거."

"어머. 진짜 많이 뜨겁겠다."

아현이 옆에 놓인 티슈를 뽑아 재열에게 건넸다. 그리고 앞에 있는 차가운 물을 건네주었다.

재열의 잘생긴 얼굴이 사정없이 구겨져 우거지상이 되어서는 차가운 물을 단숨에 들이켰다.

"이런 표정도 멋있네요. 어째."

식탁 위에 올린 손으로 턱을 괸 아현이 황홀함에 푹 빠져서 말했다. 그런 아현에 재열이 아주 살포시 혀를 내밀었다.

"좀 많이 데인 것 같은데, 얼마나 데였는지 좀 봐 줄래요?"

아현이 자세히 보기 위해 자리에서 일어나 재열이 아기처럼 내밀고 있는 혀에 거리를 좁힐 때였다.

"아니, 눈으로 말고."

아현을 향해 팔을 뻗은 재열이 그대로 아현의 뒷머리를 부드럽게 감싸고 입을 맞췄다.

"아휴! 정말 시도 때도 없이!"

그래도 꽤 싫지 않은 아현의 핀잔에 재열이 유혹하는 표정을 한껏 지으며 정갈한 눈썹을 추켜세웠다.

"그런 표정 짓지 말아요. 너무 귀여우니까."

전경이 고스란히 다 보이는 고층에 위치한 재열의 공간에서 아현은 안락함과 평온함을 느끼며 재열의 어깨에 머리를 기대었다.

주위가 고요하고 귓전으로는 일정한 재열의 숨소리가 들려왔다.

살아 있음을, 지금 이 순간이 지독히도 소중하고 행복함을 절실히 알려 주는 것만 같았다.

재열과 함께 있는 순간이라면 그 어떤 불행이 찾아와도 두려움이 전혀 없을 것만 같은 짙은 행복이었다. 재열이 자신의 어깨에 기댄 아현의 보드라운 뺨을 쓰다듬었다.

"아현아."

가끔 이렇게 편안하게 자신을 부르는 그의 목소리가 좋다. 귀를 간질이는 그의 달콤한 목소리가.

"네."

나지막이 대답하는 아현의 목소리에는 그 어느 것보다도 달콤하고 감미로운 대답이 돌아왔다.

"사랑해."

마음껏 들을 수 있고, 마음껏 내뱉을 수 있는 그 말.

자신에게 그가 존재하고 그가 자신의 곁에 존재하며 무사히 지나간 오늘의 하루에 아현은 깊은 감사를 느꼈다.

"저도요. 사랑해요."

아현의 목소리는 평소보다 한층 들떠 있었다.

바라고, 또 바랬다. 눈만 뜨면 즐거움이 가득할 것만 같은 다채로운 하루가, 오래, 아니 평생 내 곁에 있는 그대에게, 그대 곁에 있는 나에게 머물러 주기를.

—*fin*

작가 후기

　지면으로는 벌써 네 번째 인사를 드리는 이은교입니다. 일
단, '그대가 내게로'는 연재가 시작된 순간부터 폭발적인(?)
인기를 얻어 저를 여러 번 설레게 한 글이었습니다. 그 인기와
사랑을 주신 독자님들께 너무나 감사드립니다.

　영화 〈악마는 프라다를 입는다〉 중에서 이런 말이 있습니
다.
　'말은 제대로 하자. 넌 노력하지 않아. 그냥 징징거리는 거
야.'
　얼마나 대단한 글을 쓰겠다고 주변 사람들을 그렇게까지 많
이 힘들게 만들었는지 모르겠습니다. 저는 어쩌면 글을 쓰는
데 노력을 한 것이 아니라, 어떻게 징징거려야 사람들이 나의

고충을 더욱 알아줄까? 하는 일에 더욱 노력을 가했던 것일지
도 모릅니다.

반성하겠습니다.

좀 더 멋진 글, 좀 더 재미있는 글, 좀 더 완벽한 글! 을 쓰
고 싶었는데, 이번에도 그다지 만족은 하지 못하는 글인 것 같
아 너무 속상하지만, 또 제가 책 한 권의 분량이 나오는 완결
을 썼다는 것에 흐뭇합니다.

사랑하는 나의 가족, 언제나 글 쓴다고 신경질만 내는 저를
이해해 주셔서 감사드리구요. 건강하게 행복하게 삽시다. 우
리.

원고 기간 좀 늘려 달라고 무턱대고 사무실로 찾아간 저를
친절하게 반겨 주신 팀장님 감사드리구요. :) 앞으로 남은 두
작품도 잘 부탁드리겠습니다.

그리고 우리 연주 언니(소설 중, 한 팀장 이름을 빌린 분). 내가
어디 가서 또 언니 같은 사람을 만날 수 있을까, 언제나 힘이
되어 줘서 고맙고…… . 미안한 마음을 평생 우정이라는 이름
안에서 갚고 싶어. 그럴 기회 줄 거지(오글)?

호주에 있는 친구 경화, 새로운 도전을 하게 된 친구 진이,

매일 보자면서 1년째 못 보고 있는 나의 대학 친구들, 모두들 내 곁에 머물러 주셔서 고맙습니다.

저는 이번 연도에는 꽤 자주 찾아뵙게 될 예정입니다. 하하. 아직 계약이 남아 있는 글이 많아서요. 이렇게 무언가를 할 수 있고, 나를 찾는 곳이 많다는 것에 늘 감사함을 여기며 열심히 살겠습니다.

재열이, 아현이, 연주, 은석이도 모두 잘 가고.

저의 책을 읽는 모든 분들이 언제나 행복하시길 바라며.
더 몇만 배는 재미있는 글로 찾아뵙겠습니다.

—요즘 미치게 연애 하고픈,
왜 나만 남자 친구가 없는 거야? 의
이은교 올림.